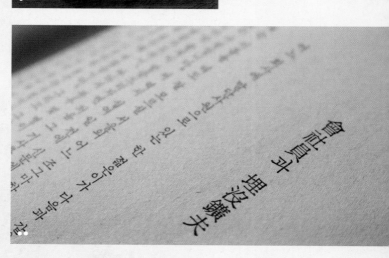

- 　김승옥, 『뜬 세상에 살기에』.
- ●● 　『뜬 세상에 살기에』에 수록된 「회사원과 매몰광부」.
- ●●● 　김승옥의 강렬한 눈빛이 인상적인 뒤표지.

- 　　　강용준, 『광인일기』.
- ●●　『광인일기』 뒤표지. 요미우리신문에서 발표한 '세계 10대 소설' 수상자 기사를 그대로
　　　활용했다.
- ●●●　최인호, 『맨발의 세계일주』 앞표지.
- ●●●●본문 화보에 실린, 취리히에서 우연히 만난 솔제니친을 찍은 사진.

- 이중섭, 「그릴 수 없는 사랑의 빛깔까지도」.
- •• 이중섭과 친분이 두터웠던 시인 구상의 글이 함께 실려 있다.
- ••• 당시만 해도 미발표 작품이었던 엽서그림 서른두 점을 처음으로 실었다.

汎友에세이選 26

田 惠 麟 著

목마른 季節

汎 文 社

- 전혜린, 『목마른 계절』.
- •• "그녀는 철새처럼 한 계절의 꿈을 앓다가 31세의 젊음을 포기했다"라는 말로 전혜린을
  소개하고 있는 임헌영의 글.
- ••• 1976년 범우사에서 펴낸 초판임을 알 수 있는 판권.

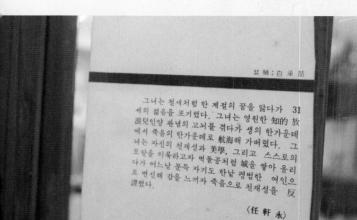

裝幀：白承喆

그녀는 철새처럼 한 계절의 꿈을 앓다가 31
세의 젊음을 포기했다. 그녀는 영원한 知的 放
浪兒인양 관념의 고뇌를 겪다가 생의 한가운데
에서 죽음의 한가운데로 航海해 가버렸다. 그
녀는 자신의 천재성과 美學, 그리고 스스로의
모랄을 이룩하고자 벽돌공처럼 城을 쌓아 올리
다가 어느날 문득 자기도 한낱 평범한 여인으
로 변신해 감을 느끼자 죽음으로 천재성을 反
證했다.

〈任軒永〉

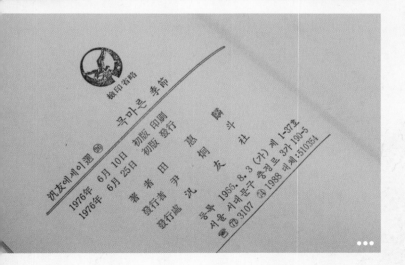

沈友에세이選 ㉕　　무마른 季節

1976年 6月 10日　初版 印刷
1976年 6月 25日　初版 發行

著者　田
發行者　尹
發行處　況

思 桐 社

등록 1965. 8. 3 (가) 제 1-37호
서울 서대문구 충정로 3가 190-5
3107　1988 대체:510354

● 　김찬삼, 「세계일주 무전여행기」.

●● 　잉카 문명의 마추픽추를 소개하고 있는 본문.

●●● 　김찬삼, 「김찬삼의 세계여행기」 10권 전집.

●●●● 전집 중 제4권 아프리카 편에 가봉에서 만난 슈바이처 박사 이야기가 수록되어 있다.

● 　친구들 사이에서 최고의 공포영화로 선정된 〈죠스〉, 〈오멘〉, 〈엑소시스트〉의 원작소설들.
　죠스가 '아가리'로 번역된 것이 재미있다.

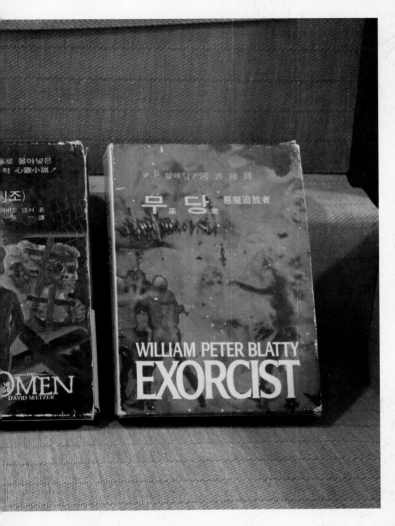

● 　박두진, 『시와 사랑』.

●● 　책등에는 '자작시 해설(自作詩解說)'이라고 한문으로 씌어 있다.

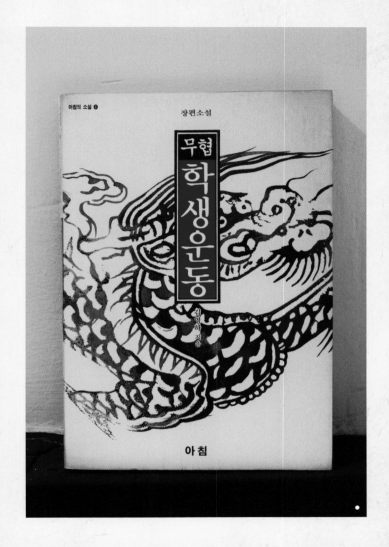

- ● 오태석, 「북이 울릴 때」.
- ●● 책등에 한자로 오태석의 이름이 씌어 있다.
- ●●● 이 책에는 연극 〈춘풍의 처〉를 처음 기획할 당시부터 무대에 올리기까지의 과정이 담긴 '춘풍의 처 공연일지'가 들어 있다. 당시 상연된 〈춘풍의 처〉 화보도 함께 실었다.

⇧얼굴이 예쁘고 창조력이 우수하면 더 좋고, 요컨대 춘향 상
홍련이면 꼭 또 꼭 좋습니다. 〈뺑장사 : 출연/이호재 · 이문

• • •

- 정비석, 『비석과 금강산의 대화』.
- ●● 책에 실린 저자근영(著者近影).
- ●●● 금강산 흑백 화보를 16쪽에 걸쳐 실었다.

- 이재훈, 『서양철학사』.
- 단기 4281년 12월 10일, 즉 서기 1948년 초판임을 알 수 있는 판권.
- 현대철학은 당시 생존해 있던 버트런드 러셀까지 다루고 있는데, 오늘날처럼 '美國'이라는 한자 대신 '米國'을 여전히 쓰고 있는 점이 흥미롭다.

西洋哲學史

著　者　李　載　塤

發行所　乙酉文化社

臨時定價　五五〇圓

四二八一年十二月十日發行

서울鍾路永保빌딩
振替서울三二五四三番
電話（光）{
三九四七番
〇三八〇番
}

〔漢城堂印刷〕
（4280年9月2日·登錄 248號）
（登錄仁號）

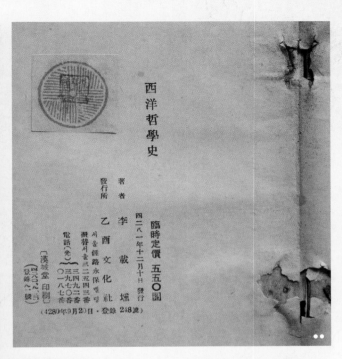

第七章　四

第一節　總

實用主義는 英·米가 生産한 特色
이며 또 있어. 將來의 發展性으로 보나
將來에도 이 獨逸에도 立場에
... 個人의 個人의 兩人의 處論이며

第二節　제임스

... William James 1842-1910 ...

- 을유문화사에서 펴낸 『세계사상교양전집』. 모두 3부(전기, 후기, 속전)로 나뉘어 출간되었는데 총 서른아홉 권이 한 세트다.
- •• '전기'에는 기획위원 안춘근이 쓴 『양서의 세계/세계사상교양사전』이 한 권 더 들어 있다.

- 휘문출판사에서 펴낸 『셰익스피어 전집』. 붉은색 장정에 금박으로 제목을 입혔다. 각 권 앞쪽에 번역자의 해설과 연극 장면을 담은 흑백사진 등을 실었다.

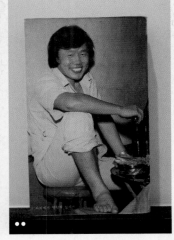

- 이창우, 『옛날 옛날 한 옛날』. 앞표지는 수갑을 찬 저자의 사진이 실려 있어 충격적이다.
- 뒤표지에는 대폿집에서 환하게 웃고 있는 사진이 실려 있어 그사이 무슨 일이 일어난 것인지 궁금증을 자아낸다.
- 박완서, 『욕망의 응달』. 박완 선생이 자신의 전집에서도 빼게 한 단 한 권의 괴작이다.
- 뒤표지에는 소설의 내용과는 달리 푸근한 모습의 저자 사진이 실려 있다.

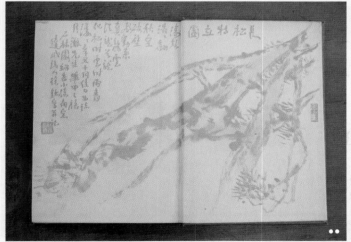

● 　박종화, 『월탄시선』. 월탄 박종화가 회갑 기념으로 펴낸 시선집.

●● 면지에는 산정 서세옥이 그린 소나무와 한시가 인쇄되어 있다.

- 이휘영, 『이방인』. 1957년 청수사 판.
- 이휘영, 『이방인』. 1973년 문예출판사 판.

文藝文庫

異　邦　人

알베르 까뮈
李　彙　榮　譯

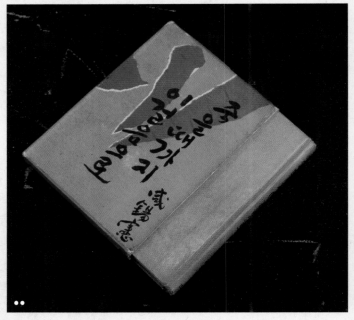

- 함석헌, 『죽을 때까지 이 걸음으로』. 책등에 '나의 자서전'이라는 부제목이 붙어 있다.
- 표지 제목은 이당 안병욱이 썼다.

● 최인호, 『지구인』. 1980년 예문관에서 나온 초판 표지 1, 2권을 각각 앞뒤로 엎어놓고 연결하면 섬뜩한 눈초리를 하고 이쪽을 노려보는 얼굴을 마주하게 된다.

조병화

기다린다는 건
차라리 죽음보다 더 참혹한 거
매일 매시 매초, 내 마음은
너의 문턱까지 갔다간
항상 쓸쓸히 되돌아온다.
그러나 죽지 않고 살고 싶은
이 기다리는 고통은
아직 네가 있기 때문이다.
비굴을 넘어서

—— 〈사랑〉 전문

에 펠 탑

에 펠 탑 100주년
광장엔 까만 흑인들 뿐이었다

물건 사라고.

● 　조병화, 『지나가는 길에』. 1989년 초판이고 신원문화사에서 기획한 시인총서 4번이다.
●● 　이른바 '기행시집'으로 외국 여행을 하면서 느낀 감정을 직접 그림으로 그리고 짧은
　　시로 써서 엮었다.

창작과비평사에서 펴낸 '신작시집' 시리즈. 총 네 권인데, 모두 모으기까지 대략 십 년이 걸렸다.

- 청람문화사에서 펴낸 『한국논쟁사』 전집. 『사상계』 편집장을 역임한 손세일 씨가
  한국전쟁 이후부터 1970년대까지 있었던 지식인들 사이에서의 논쟁을 분야별로 엮어
  펴낸 책.

- 손도심, 『호랑이』. 아담한 크기지만, 6백 쪽이 넘는 방대한 분량에 호랑이에 관한 거의 모든 것을 수록했다.
- 이겸노, 『통문관 책방비화』. 고서점 통문관의 역사부터 고서를 수집할 때 겪었던 우여곡절 등을 모은 책이다.
- 통문관을 이끌어온 고 이겸노 선생.

探書의
즐거움

探書^{탐서}의
즐거움

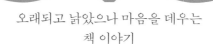

오래되고 낡았으나 마음을 데우는
책 이야기

윤성근 지음

모요사

잠자는 책(冊)은 이미 잊어버린 책(冊)
이 다음에 이 책(冊)을 여는 것은
내가 아닙니다

　　　　　　　—김수영, 「서책」 중에서

　책을 좋아하시나요? 저는 좋아합니다. 책도 종류가 다양하지
만 오래된 책을 아주 좋아합니다. 오래된 책을 좋아하기 때문에
몇 해 전부터 동네 헌책방에서 책과 함께 일하고 있습니다. 무엇
을 좋아한다는 것은 가슴 설레는 일입니다. 그중에서도 책을 좋
아한다는 건 말로 다 표현하지 못할 멋진 즐거움입니다. 하지만
어떤 사람들은 왜 책 같은 것을 좋아하는지 모르겠다고 말합니
다. 그런 말도 이해가 됩니다. 책은 개나 고양이처럼 같이 놀 수 없
고 꽃처럼 좋은 향기가 나는 것도 아니니까요.

　얼마 전 한 출판사가 오래된 시집을 옛 모습 그대로 복각해서
출판했는데 대단한 인기를 모았습니다. 서점엔 날마다 새로운 책
들이 쏟아져 나오고 있는데, 그 틈바구니에서 이 책은 단번에 베
스트셀러가 되었습니다. 어떻게 이런 일이 가능할까요? 복각본
은 말 그대로 원래의 것을 그대로 따라한 모조품에 지나지 않는

데 말입니다. 반면에 유명한 화가의 작품을 똑같이 따라한 그림이 사람들에게 환영받는 경우는 거의 없습니다. 하지만 옛날 책은 때때로 이렇게 복각본으로 재탄생하는 일이 있습니다. 옛날 책의 매력이란 도대체 무엇일까요?

헌책방에서 일하다보면 오래전에 출판됐던, 그러나 지금은 서점에서 구할 수 없는 절판된 책을 찾으려는 사람들을 자주 만나게 됩니다. 때로는 그 책의 개정판을 쉽게 구할 수 있는 경우에도 굳이 예전에 나왔던 책을 손에 넣기 위해 여기저기로 발품을 파는 사람들이 적지 않습니다. 이런 분들은 책의 내용은 물론이거니와 책이라는 물건 그 자체를 좋아합니다. 어떤 책 한 권을 구하기 위해 십수 년씩 전국의 헌책방을 돌아다니는 수고도 마다하지 않는 분이 있습니다. 저는 그런 사람을 특별히 괴짜라고 생각하지 않습니다. 다만 책과 단단히 사랑에 빠진 것뿐입니다.

몇 년 전 한 젊은 여성분이 전화로 고은 시인이 오래전에 쓴 소설인 『일식』이 있느냐고 물었습니다. 마침 그 책을 갖고 있었기 때문에 우리 책방에 한번 오셔서 책을 살펴보셔도 좋다고 말씀드렸습니다. 얼마 후 그분이 책방에 왔고, 제가 『일식』을 내드리자 마치 오랫동안 헤어져 지낸 가족을 만난 것처럼 감격하면서 연신 고맙다고 말하는 것입니다.

이유인즉, 아버지가 얼마 전부터 몸이 아파 누워 계신데 고은 시인을 각별히 좋아했다고 합니다. 아버지는 다니던 직장에서 은퇴한 후로 헌책방을 돌아다니면서 시인의 작품을 수집했습니다. 물론 언제든지 서점에 가면 말끔하게 새 옷을 입은 판본을 구할 수도 있지만 초판만을 고집했습니다. 나중에 알고 보니 퇴직하기 전 회사에 다니면서도 늘 시간만 되면 이렇게 고은의 책 초판을 구하려고 돌아다녔다고 합니다.

그렇게 책을 찾아 전국을 누비고 다닌 것이 삼십 년이나 됩니다. 결국 거의 모든 책을 다 구하게 됐습니다. 물론 초판으로 말이죠. 하지만 안타깝게도 몇 년 전부터 몸이 불편하여 몇 걸음 걷기도 힘든 상태가 되었습니다. 그런데도 아버지의 책 사랑은 식을 줄 모릅니다. 이런 얘기를 들려주던 따님은 아버지가 구하지 못했던 책 몇 권 중에 『일식』에 대한 말씀을 자주 하셨다고 합니다. 그래서 편찮은 아버지를 대신해 본인이 직접 그 책을 수소문하고 있었던 것이지요. 마침 제가 책방 홈페이지에 올렸던 책 사진을 보고 연락을 해온 것입니다.

솔직히 말하자면 저에게 『일식』은 별로 중요하지 않은 책이었습니다. 그 책은 시인의 작품세계가 제대로 정립되기 전에 쓴 소설에 해당하고 지금 가지고 있는 작가의 이름값에 비추어보면 작품성이 뛰어나다고 말할 수도 없기 때문입니다. 그저 유명한 시인의 초기작인데다가 절판되었고, 초판이기 때문에 누군가 찾는 사람이 있을 것 같아서 갖고 있었을 뿐입니다. 하지만 어떤 사람은 이 책을 수십 년 동안 찾아다니고 있었습니다. 따님과 저의 기막힌 인연이 아니었다면 아마도 이 책은 오랫동안 헌책방의 서가 한쪽 구석에 먼지와 함께 잠들어 있었을지도 모르는 일입니다.

　절판된 옛날 책들에는 이렇듯 다 사연이 있습니다. 책은 하나지만 그 책을 찾는 사람마다 제각각 이야기가 있으니 똑같은 책이라도 거기에 들어 있는 추억은 셀 수 없이 많습니다. 그로 인해 책은 살아서 숨 쉬게 됩니다. 그게 바로 옛날 책의 매력입니다. 오래된 책을 읽고 있으면 그 안에서 수많은 사연들이 모여 웅성거리는 소리가 들립니다. 바스러질 듯 낡은 책 한 권 안에는 오히려 무한한 생명력이 넘쳐흐릅니다.

　지금 보시는 이 작은 책에 소개한 책들은 우선 저에게 각별한 의미가 있는 것들입니다. 제 마음을 풍성하게 만들어주었고, 사랑을 느끼게 해주었던 그런 책들입니다. 어릴 적부터 알 수 없는 곳으로 떠나는 여행을 동경했던 저에게 '한국의 인디애나 존스' 김찬삼 교수의 세계여행기와 영원한 청년작가 최인호의 여행 책은 소중한 보물입니다. 김찬삼이라는 사람을 모르는 분이 많고 "최인호가 여행기도 썼어?"라는 말도 여러 번 들어봤지만 이 책을 보물이라고 생각하는 사람 역시 많습니다. 고은의 『일식』이나 박완서의 『욕망의 응달』은 과연 이 작가가 이런 책을 썼을까, 싶을 정도로 조금 이상한 내용이지만 작가를 열렬히 사랑하는 독자에게는 이유가 되지 않습니다. 무조건 초판을 갖춰야 하지요.

독특한 감수성과 세련된 문체로 인기가 많은 작가 김영하가 아직 학생일 때『무협 학생운동』이라는 소설을 썼다는 걸 아는 사람은 별로 없습니다. 호랑이를 좋아해서 그에 대한 모든 걸 다 알고 싶었던 한 사람이 있었습니다. 인터넷도 없던 시절이기에 호랑이라는 글자만 보여도 수첩에 적고 악착같이 자료를 수집해서 끝내 책 한 권을 만들어냈습니다. 카뮈와 셰익스피어의 작품이 우리말로 처음 번역됐던 때를 기억하시나요? 평론가이자 불문학자이며 뛰어난 번역가인 김화영 교수가 젊은 시절 번역한『이방인』 초판은 작은 문고본일 뿐이지만 그 한 권을 갖고 싶어서 온갖 노력을 기울이는 사람들이 많습니다.『삼국지』로 유명한 월탄 박종화 선생이 역사소설가이기 이전에 시인인 것을 아는 사람은 선생이 회갑 기념으로 펴낸 비매품인『월탄시선』을 아낍니다. 인사동에 있는 백 년 된 고서점인 '통문관'에는 그 나이만큼 비밀스런 이야기들이 많습니다. 그걸 알고 싶은 사람이라면 통문관의 첫 주인이 고서점에 얽힌 이야기를 써서 남긴 유일한 책인『통문관 책방비화』를 꼭 읽어봐야 합니다.

이 책에는 주로 1950년대부터 1980년대까지 우리나라에서 출판된 책 중에 의미 깊은 절판본들을 소개했습니다. 물론 그 이전에 나온 책들도 중요한 것들이 많습니다만 실제로 그런 책을 손에 넣기란 쉽지 않지요. 책을 발견한다고 해도 치러야 할 비용을 생각한다면 그림의 떡인 경우가 많습니다. 옛 책의 원본에서만 느낄 수 있는 특별한 감정은 수많은 독자들을 설레게 합니다. 가능하다면 당시에 출판된 그대로인 초판을 간직하고 싶은 게 한마음이지요. 그렇기 때문에 복각본이나마 소장하고 싶은 게 아닐까요?

이 책에서 다룬 절판본들은 백석의 시집 『사슴』이나 김기림의 『기상도』 초판처럼 일부 전문가들의 영역에 있는 것이 아니기에 누구라도 한 번쯤 도전해볼 만한 가치가 있습니다. 어느 책방에서 우연히 만나게 될 수도 있을 만한 그런 책들입니다.

잠들어 있는 책에 가치를 부여하는 것은 독자입니다. 저 역시 적지 않은 절판본들을 찾아다니는 과정에서 무엇과도 비교할 수 없을 만큼 흥분되는 경험을 자주 겪었습니다. 죽은 듯 잠들어 있는 책을 찾아 깨워 숨을 쉬게 하는 무한한 즐거움에 여러분을 초대합니다.

2016년 봄
'이상한나라의헌책방'에서, 윤성근 씁니다.

차
례

천재 작가의 처음이자 마지막 수필집

뜬 세상에
살기에

金承鈺 隨筆集 지식산업사

『뜬 세상에 살기에』

김승옥 지음

지식산업사

1977년

어느 세계에나 '레전드' 또는 '전설'로 불리는 사람이 있기 마련이다. 무협소설을 보면 이런 캐릭터가 꼭 한 명쯤은 등장한다. 그는 무술의 고수로 알려져 있지만 중원이 아무리 난삽한 폭도들에게 시달리고 있다고 하더라도 좀처럼 모습을 드러내지 않는다. 다만 그 은둔 고수에 관한 믿기 힘든 전설적인 일화들만이 입에서 입으로 전해질 뿐이다. 이야기의 주인공은 악의 세력에 맞서 싸우는 한 혈기 넘치는 젊은이인데, 결국 자신의 약함을 인정하고 절대 고수인 전설 속의 인물을 찾아 산으로 들어간다. 대충 이런 이야기다.

여기서 중요한 것은 잘생긴 주인공이 아니라 '전설'이다. 독자들은 전설이 과연 어떤 능력을 갖추고 있는지 궁금해하면서 책장을 넘긴다. 그렇기 때문에 작가는 주인공만큼이나 '전설'을 만들어내는 데 큰 힘을 기울인다. 전설이 되기 위해서는 몇 가지 조건이 필요하다. 물론 첫 번째 조건은 그가 오랫동안 은둔하고 있어야 한다는 거다. 두 번째는 전설적인 일화다. 전해 내려오는 멋진 얘깃거리가 없다면 전설이 아니다. 그리고 마지막으로, 많은 사람들이 여전히 전설이 다시 등장하기를 기대하고 있어야 한다. 전설이 전설로서 끝나지 않고 혼란스러운 중원에 나타나 모든 상황을 한 번에 정리해주기를 바란다. 전설은 당연히 그럴 만한 능력이 있는 존재여야 한다. 이런 조건 중에서 가장 중요한 것은 역시 믿기 힘들 만큼 멋진 일화 한두 가지를 갖고 있느냐이다.

소설이 아닌 현실 속 '전설'은 보통 스포츠 선수 혹은 가수, 영화배우 같은 쪽에서 자주 입에 오르내린다. 많은 사람들이 즐기는 분야인 것이다. 미국 뉴욕 양키스의 베이브 루스(George Herman Ruth, 1895~1948)라면 전설이라 부를 만하다. 영원한 홈런 타자 베이브 루스에게는 만화영화에서나 나올 법한 일화가 있다. 너무도 유명한 '예고 홈런'이다. 말 그대로 타석에 들어서서 방망이를 치켜들어 펜스 너머를 가리키는 것이다. 상황은 2스트라이크로 타자가 몰린 상황이다. 베이브 루스는 조금도 떨지 않고 오히려 포수에게 이렇게 말한다. "홈런을 치기 위해선 공 하나만이 필요할 뿐이다." 그리고 결과는 예고한 그대로다. 방망이로 가리킨 쪽으로 커다란 포물선을 그리며 볼이 날아간다. 홈런이다.

이 일화는 영화나 소설 속에 등장하는 꾸며낸 이야기가 아니라 1932년 10월 1일 양키스가 시카고컵스와 경기했을 때 실제 있었던 사건이다. 타자가 방망이로 펜스를 가리켰는지, 포수에게 그런 말을 했는지 등등 여러 가지 면에서 의혹도 제기되고 있지만 당시에 베이브 루스가 홈런을 친 것은 엄연한 사실이다. 그리고 사람들 대부분은 이 일화를 믿는다. 얼마나 근사한 사건인가. '예고 홈런'이라니! 이 정도면 과연 야구의 전설답다.

헌책방에 있는 책들 중에 절대 팔고 싶지 않은 책이 있다면 무엇이냐는 질문을 종종 받는다. 쉬운 질문 같지만 막상 부닥치면

머릿속이 복잡해진다. 헌책방 일꾼에게 팔고 싶지 않은 책은 무엇일까? 한번 팔리고 나면 다시 구할 수 없을 것 같은 희귀한 책일 것이다. 질문하는 사람도 그런 줄 짐작하고 있을 거다. 물론 그렇다. 희귀한 책. 하지만 희귀한 것만 가지고는 안 된다. 이야깃거리가 많은 책이어야 하고 당연히 그 책의 저자는 전설적인 인물이라야 한다.

책의 세계에도 야구만큼이나 전설이 많다. 그러니 전설을 말하기 전에 범위를 좁혀야 할 필요가 있다. 우리나라 작가 중에서, 문학 작품을 쓰는 사람 중에 전설은 누굴까? 나라면 서슴없이 '김승옥'을 말하겠다. 1960년대 우리나라 문단은 감히 '천재들의 시대'라고 부를 만하다. 소설가 황석영은 1962년에 단편 「입석 부근」을 『사상계(思想界)』에 발표하면서 등단했다. 그때가 불과 고등학생 나이였다. 몇 해 전 생을 마감했지만 여전히 '영원한 청년'이라는 별명으로 불리는 최인호 역시 고등학교 2학년 때인 1962년에 한국일보 신춘문예로 등단했다. 최인훈은 1959년에 등단했지만 최고의 명작인 『광장』은 1960년에 발표했다. 이청준이 등단한 것은 1965년이다. 유명한 『병신과 머저리』는 1968년 작품이다. 『죽음의 한 연구』로 유명한 '한국의 제임스 조이스' 박상륭이 『사상계』 잡지에 단편 「아겔다마」를 발표한 것은 1963년이다. 소설가는 아니지만 요절한 문학평론가 김현은 1962년에 평론 「나르시스의 시론」을 『자유문학』 잡지에 발표하면서 평론가로 활동을 시작했다. 이때 같은 대학에 다니고 있던 친구 김승옥은 한국일보 신춘문예에 저 유명한 단편 「생명연습」이 당선되면서 또 한 명의 천재 작가에 이름을 올렸다.

이렇듯 많은 천재들 중에서 유독 김승옥을 꼽는 이유는 앞에서도 말했듯이 멋진 일화를 갖고 있기 때문이다. 그는 전설이 되기 위한 여러 가지 요소를 두루 갖췄다. 김승옥은 누구도 무시할 수 없는 천재적인 감수성을 타고났다. 자기 관리에 허술했기 때문에 완결된 작품은 별로 없지만 써내는 글마다 찬사를 받았는데, 1981년에 갑자기 신의 음성을 듣고 종교 쪽으로 돌아선 후 완전히 절필했다. 그때 이후로 지금껏 작품을 내놓지 않고 있다. 수십 년 동안 산속에 살고 있는 은둔 고수 같은 삶이다.

오랫동안 절필 상태에 있었던 만큼 김승옥에 관한 전설적인 일화도 여럿이다. 가장 믿기 힘든 것이 절필의 이유인 '신의 계시'다. 당시 김승옥은 동아일보에 '먼지의 방'이라는 작품을 연재하고 있었는데 15회를 끝으로 갑자기 글쓰기를 중단해버린다. 하나님의 음성을 들었는데 선교를 하라는 말씀이었다는 게 그의 주장이다. 그때 이후로 지금껏 정말로 아무런 작품도 발표하지 않고 순수한 마음으로 선교에 힘을 쏟고 있는 걸 보면 어느 날 갑자기 미쳐서 정신이상이 된 것도 아니다. 과연 신의 음성을 들었던 것 같다.

또 하나의 일화는 소설과 관련된 것이다. 역시 천재 소리를 듣던 평론가 이어령은 『문학사상』 잡지를 펴내고 있었는데 김승옥에게 소설 하나를 써달라고 부탁한다. 생활비가 없어 못 쓰겠다는 김승옥을 위해 이어령은 호텔방까지 잡아주었는데 김승옥은 쓰다 말고 달아나버린다. 이에 이어령은 작가를 다시 잡아다가 다른 호텔에 투숙시켰고 이번에는 옆방에 편집부 직원들을 상주시켜 도망치지 못하도록 했다. 그때 김승옥은 '서울의 달빛'이라는 소설을 쓰고 있었는데 앞부분 조금만을 완성한 채로 결국 호텔을 박차고 나가버렸다. 이어령은 김승옥이 쓴 소설 도입부를 읽어보고 이 정도도 훌륭하다는 판단을 내렸다. 이 글은 「서울의 달빛 0장」이라는 제목이 붙여졌고 1977년 제1회 이상문학상을 받게 된다.

수십 년 전 홀연히 중원을 떠난 은둔 고수에다 기막힌 일화까지 갖춘 이상 김승옥을 전설로 부르지 못할 이유가 없다. 그리고 그가 쓴 전설적인 책 한 권을 뽑는다면 당연히 산문집인 『뜬 세상에 살기에』라고 하겠다. 이 책은 소설도 아닌데 무슨 의미가 있느냐고 묻는다면 작가가 후기에 쓴 이 한마디로 간단히 정리한다. "수필집이라는 걸 처음 낸다." 소설가 김승옥이 처음으로 펴낸 수필집이다. 지금까지 어떠한 작품집도 내지 않고 있기 때문에 적어도 이 책은 김승옥의 유일무이한 수필집인 것이다.

물론 몇 해 전 『내가 만난 하나님』이라는 산문집이 출판된 적
이 있지만 그것은 제목 그대로 종교적인 이야기만을 따로 편집한
책이고 『뜬 세상에 살기에』에 들어 있는 모든 글이 실려 있지는
않다. 천재 작가 김승옥의 갖은 진면목이 『뜬 세상에 살기에』 안
에 오롯이 담겨 있다. 게다가 이 책 속에는 작가의 어린 시절 이야
기며 결혼생활, 그리고 동료 문인들에 얽힌 얘기들도 들어 있기
때문에 그 가치가 더 높다.

가장 흥미로운 자료는 김승옥이 김현 등과 함께 만든 잡지 『산
문시대』에 얽힌 자세한 후일담이다. 이 동인지는 김승옥과 김현
이 1962년에 정식으로 등단하고 난 뒤 의기투합해 만들었는데
1964년 9월에 제5호를 끝으로 발행을 중단했다. 김승옥은 『뜬
세상에 살기에』의 마지막 부분에 이 잡지에 대한 이야기를 제법
길고 자세하게 풀어놓았다. 『산문시대』 창간호는 3백 부 한정본
으로 만들었는데 참여 작가 모두가 대학생이었던 때라 제작비가
없어서 인쇄만 기계로 했고 나머지 장정 작업은 모두 직접 했다.
만약 어딘가에서 잡지 창간호를 입수할 수 있다면 김승옥이나
김현의 손길을 느껴볼 수 있으리라. 이런 이야기를 듣게 되면 헌
책방에서 일하는 사람으로서 뭔가 도전의식이 생긴다. 이 잡지
3백 권은 지금 어디에 흩어져 있을까?

「산문시대 이야기」에 이어서 「자작해설(自作解說)」이라는 글도
실려 있다. 제목 그대로 자신이 쓴 작품을 스스로 해설한 것인데,

신춘문예 당선작인 「생명연습」을 비롯해서 「무진기행」, 「환상수첩」, 「누이를 이해하기 위하여」, 「서울, 1964년 겨울」 등이 어떻게 탄생하게 되었는지 작가가 직접 밝힌다. 「서울, 1964년 겨울」을 언급하면서 창작 동기는 "재미있는 유머 소설을 한 편 써보자"라고 간단히 말하는 것을 보며 허탈한 느낌과 함께 부러운 마음이 내 속을 긁어댔다. 「서울의 달빛 0장」은 "굳어진 손을 풀기 위한 워밍업" 정도였다니 이만한 천재가 또 나올까 싶을 정도다.

그런데 정작 내가 이 책을 가장 귀중하게 여기는 이유는 잡다하게 모아놓은 산문들 중 하나인 「회사원과 매몰광부(會社員과 埋沒鑛夫)」라는 짧은 글 때문이다. 이 글은 200자 원고지로 서너 장 분량밖에는 안 되지만 처음 읽었을 때 한동안 내게 큰 충격을 주었다. 글은 "어느 회사에 말단사원으로 있는 한 젊은이가 다음과 같은 얘기를 했다"라는 문장으로 시작한다. 자기 얘기가 아니라 누군가에게서 들은 걸 전하겠다는 것을 강조하듯 여기서 일부러 한 문단을 끊는다. 그리고 뒤따라오는 내용이 참으로 절묘하다. 젊은이가 해준 이야기는 제목과 같이 회사원과 광부에 관한 짧은 사연이다. 회사원은 도시에서 생활하며 연애도 하면서 다른 사람들과 하나도 다를 것 없이 살아간다. 그런데 그런 일상과 똑같은 시간을 공유하는 광부는 현재 갱도가 무너져 매몰되어 있다. 회사원은 신문에서 그 사고 소식을 듣고 괴로워하지만 그

로서는 애인과의 데이트가 우선은 중요하다. 여기서 갈등이 생긴
다. 광부는 회사원과 전혀 상관이 없는 사람이지만 그 역시 생명
을 가진 인간이다. 어느 곳에선 사람이 죽어가는데 똑같은 하늘
밑에 살고 있는 한 사람의 마음은 이토록 심드렁할 수가 있다니.
글은 회사원과 광부의 상황을 교대로 보여주면서 독자를 불안하
게 만든다. 짧은 글이지만 마치 장편소설 하나를 본 듯 머릿속이
복잡하다. 프란츠 카프카의 미완성 단편을 보았을 때와 비슷한
충격을 받았다. 회사원과 매몰광부 이야기는 2004년에 펴낸『내
가 만난 하나님』에도 포함되어 있지만 역시 세로쓰기 편집으로
되어 있는 초판으로 읽는 느낌이 더 가슴 벅차다.

김승옥은 소설을 통해 인간에 대해서 말하고 있다. 좀 더 범위
를 좁히자면 인간의 행복에 대해서 말한다. 행복이란 무엇일까?
즐거운 것? 아무런 불편도 없이 사는 것? 1977년에 이상문학상
을 받고 난 다음 그해 10월 숙명여자고등학교에서 했던 강연원고
를 보자면 김승옥이 말하는 행복이란 즐거움이 아닌 고통이다.
"인간의 행복이란 자신의 고통과 다른 이들의 고통이 같을 때 비
로소 태어나는 것이라고 저는 생각합니다."(157쪽) 삶을 통찰하는
명쾌한 해석을 대하며 절로 마음이 숙연해진다. 우리들이 사는
세상은 실로 많은 고통들로 가득 차 있다. 회사원이 저녁에 퇴근
하고 애인과 데이트를 하는 게 행복의 전부일까? 그것이 행복이

라면 매몰된 광부의 불행은 너무도 커서 회사원이 누리는 소소한 즐거움과는 견줄 수조차 없는 것이다. 현재 매몰된 광부는 회사원이 애인과 데이트하는 것을 상상하면서 행복해질 수는 없을 것이다. 하지만 반대로 회사원은 죽음의 벽 앞에 있는 광부와 함께 고통을 나눌 수 있다. 수많은 사람들이 광부의 고통과 함께할 때 그것은 자그마한 행복이 된다. 광부가 살아서 구조될 수 있다는 희망이 생긴다. 그보다 더 큰 기쁨이 어디 있으랴. 사람들은 그런 행복을 자주 잊어버린 채 살아간다. 오히려 그렇게 잊히는 것이 고통이다.

『뜬 세상에 살기에』 뒤표지에는 특이하게도 작가의 사진 한 장이 크게 박혀 있다. 대개 책 뒤에는 그 책을 홍보하는 문장을 적어놓기 마련인데 김승옥의 수필집에는 그런 게 없다. 아무런 글자도 없이 다만 김승옥의 사진 한 장이 있을 뿐이다. 사진 속에서 작가는 볕이 드는 마루에 앉아 이쪽을 물끄러미 바라보고 있다. 두 손에는 신문이 한 부 들려 있고 다른 신문은 엉덩이에 깔고 앉았다. 오른쪽에 있는 창문으로 빛이 강하게 들어오기 때문에 작가의 얼굴 절반은 그늘졌다. 그늘진 표정 사이로 눈빛만이 살아 있어 이렇게 말하고 있는 것 같다. "당신은 지금 행복한가?"

문학으로 이룰 수 있는 거의 모든 명예를 이십대 나이에 다 성취한 '전설'은 그로부터 수십 년 세월이 흘렀지만 여전히 살아 있다. 몇 해 전부터 건강이 좋지 않다는 소식을 듣고 있지만 한편으론 새로운 소설을 쓰고 있다는 얘기도 들린다. 줄곧 인간과 사랑, 그리고 우리들 모두의 행복에 대해서 고민했던 '전설 김승옥', 그 자신은 행복했을까? 만날 수 있다면 한번 물어보고 싶다. 그리고 지금 병석에 있는 작가의 고통을 조금이나마 함께 나누고 싶다. 나와 우리들 모두의 행복을 위해서.

「뜬 세상에 살기에」 뒤표지에 실린 김승옥 사진.

왜 작가들은 광인 이야기를 쓸까

「광인일기」
강용준 지음
예문관
1974년

얼마 전 책을 한 권 선물 받았다. 제목은『광인일기』다. '광인일기'라고 하면 가장 먼저 떠오르는 게 러시아 작가 고골의 작품인데 여태 제대로 읽어본 기억이 없다. 어떤 책이 너무 유명하면 괜히 읽기가 꺼려지기도 한다. 고골의「광인일기」같은 게 바로 그런 책이다. 그래도 선물이라고 받았으니 이번에는 읽어보자 하고 책을 들여다보니 좀 특이하다.

표지 제목은『광인일기』인데 내가 알던 고골의 그것만 들어 있는 게 아니다. 본문 가장 처음에 나오는 것이 고골의 작품이긴 한데 그다음은 모파상의「광인일기」, 루쉰이 쓴「광인일기」, 일본 작가 아쿠타가와 류노스케의「어느 바보의 일생」, 그리고 마지막으로 우리나라 작가 김동인의「광염 소나타」까지 모두 다섯 편을 책 한 권에 엮었다.

그러고 보니 고골 말고 중국의 루쉰도 광인이 나오는 단편을 썼다. 하지만 모파상의 광인 이야기는 생소하다. 모파상이라면 흔히「목걸이」라는 단편으로 알려진 작가가 아닌가. 따뜻하고 감성 어린 소설을 쓰는 작가인 줄로 알았는데 광인이라니! 아쿠타가와 류노스케는 원래 좀 정신이 이상한 사람이라고 알고 있다. 그러니 바보나 광인에 관한 글을 썼다고 해도 놀랍지 않다. 가장 흥미로웠던 것은 역시 김동인의 단편이다. 김동인이라고 하면 내게는 학창시절 교과서에서 배웠던「붉은 산」,「배따라기」정도만이 기억에 남아 있을 뿐이다.「광염 소나타」라는 작품은 제목조차 처음 들어본다.

　그러니까 이 책은 동서양의 대표 작가들이 쓴 '광인 이야기'를 모아 엮은 것이다. 출판사의 참신한 편집에 일단 마음속으로 박수를 보내고 고골의 작품부터 읽기 시작했다. 고골의 「광인일기」만 조금 긴 편이고 나머지는 단편이라고 해도 무척 짧은 작품이라 두어 시간 잡고 있으니 광인 이야기 다섯 편을 모두 읽을 수 있었다.

　우연인지 필연인지, 책을 읽고 여운이 채 가시기도 전에 또 다른 『광인일기』가 내 손에 들어왔다. 헌책 다루는 일을 하다보니 오래된 책을 자주 보는데 특히 1970년대, 혹은 그 이전에 나온 책들은 출판됐던 그 당시에는 내가 읽어볼 수 없는 것들이어서 더욱 관심을 갖고 찾아 읽는다. 한 무더기 책들 속에서 발견한 것은 작가 강용준의 『광인일기』다. 1974년에 초판을 낸 책으로 표제작인 「광인일기」를 시작으로 하여 단편 여덟 작품을 엮었다.

　이름도 생소한 강용준의 『광인일기』가 이렇듯 표제로 나온 것은 작가 얼굴을 책 표지 전체에 담은 것과 무관하지 않다. '광인일기'와 이를 쓴 작가 '강용준'이라는 두 연결고리가 당시만 하더라도 뭔가 내세울 만한 마케팅 요소였기 때문이리라. 작가 얼굴만 커다랗게 나온 사진을 책 표지로 삼는 것은 지금으로 쳐도 다소 충격적인 표지 디자인이다. 궁금증은 책 뒤를 보면 곧장 풀린다.

무엇을 근거로 삼은 건지는 확실하지 않지만 '세계 10대 소설' 수상자를 발표한 요미우리신문을 그대로 복사해 뒤표지를 장식했다. 지금은 그 이름을 기억하는 이가 드물지만 강용준은 사실 세계적으로 그 작품성을 인정받은 대단한 작가였던 거다!

강용준은 「철조망」으로 1960년 『사상계』 잡지에서 발표한 제1회 신인문학상을 수상했다. 1971년에는 제4회 한국창작문학상을 받았는데, 1970년에 발표한 「광인일기」가 일본 요미우리신문에서 선정한 세계 10대 소설로 뽑히게 된 것이 상을 받은 계기가되었다. 그 후로 이렇다 할 작품 활동 없이 지금에 이르지만 「광인일기」와 「철조망」만큼은 지금도 서점에서 새 책으로 구입할 수있을 정도로 작품성을 인정받는 소설이다.

북한에서 태어나 자란 작가는 한국전쟁 당시 인민군으로 징집되어 참전했다가 국군에게 붙잡혀 포로생활을 했다. 이 경험은 강용준이 소설을 쓰는 밑거름이 되었다. 그래서인지 대부분 작품의 주제는 한국전쟁 혹은 그 후의 사회상과 맞물려 있다. 「광인일기」 역시 다르지 않다. 주인공 '나'는 휴전이 되고 나서 1953년부터 삼 년간 '조순덕 대위'와 함께 장교로 복무했다. '나'는 전역후 미국으로 건너가 공부하고 돌아와 소공동에 있는 외국계 기업에서 일한다. 작품 속에서 '광인'으로 묘사되는 조순덕 대위는 한국전쟁을 겪은 후 실제로 정신병이 생겨 제대했다. 어느 날 갑자기 주인공의 사무실로 조 대위가 찾아온 것을 계기로 나는 조 대위의 과거와 현재를 더듬어가며 그가 왜 광인이 됐는가를 추적한다.

제목은 다른 작품들이 보통 그렇듯 고골의 「광인일기」에서 빌려온 것 같다. 주제도 비슷하다. 이리하여 우연찮게 근 한 달 사이에 광인 이야기 여섯 편을 연달아 보고 나니 소설 속에 나오는 광인들이 전부 다르지만 또 비슷한 구석이 많다는 걸 알게 되었다. 작품이 나온 시기도 전부 다르고 배경도 러시아, 중국, 프랑스, 일본, 우리나라까지 넓게 퍼져 있지만 광인이 된 사람들은 하나같이 사회라는 조직 안에서 탈락한 이들이라는 공통점이 있다. 말하자면 병리학적으로 정신이 이상해진 것이 아니라 사회가 사람들로 하여금 미치지 않고는 살 수 없도록 몰아간 것이다.

그러나 조 대위의 과거를 기억해 짜 맞춰볼수록 그와 '나'는 결국 똑같은 광인, 즉 이 사회의 정신병 증상 중 하나라는 사실을 발견한다. 조 대위와 '나'는 한국전쟁이 끝난 후 완전히 다른 길을 걸었다. 조 대위는 전쟁이 한창이던 때 전쟁영웅이라는 이름까지 얻었으나 그런 극한 상황은 한 인간의 머리를 돌게 만들었다. 결국 전쟁이 중단된 후 군에서 겪은 비인간적인 가혹행위가 원인이 되어 완전히 정신을 놓고 불명예제대를 하기에 이른다. 제대 후 가난한 농부의 딸과 결혼했지만 자식이 죽고 이혼하게 된다. 방황하던 조 대위는 '북괴고정간첩단'에 포섭되고 남한 정부는 곧 그를 체포한다. 심문을 통해 조 대위는 '뇌기능 상실자'라는 판정을 받고 정신병원에 갇힌다. 이렇듯 조 대위의 인생은 단 한 번 웃을 기회도 없이 죽는 순간까지 내리막의 연속이었다.

'나'는 어떤가? 제대 후 곧장 미국으로 건너가 사 년간 공부하고 미국인이 경영하는 회사에서 일했기 때문에 한국전쟁 후 거의 십 년 동안 이 치열한 한국사회 저 멀리 밖에 있을 수 있었다. 게다가 물려받은 유산도 상당해서 한국에 돌아와서는 가회동에 90평이나 되는 2층짜리 양옥에 살고 있으며, 사회적으로는 잘나가는 샐러리맨이다. 돈도 잘 버는데다가 때때로 무교동에 가서 호스티스와 육체관계를 즐기는 '미국식' 향락주의자이기도 하다. 그러나 이렇게 다른 두 사람은 결국 미친 세상이 가진 하나의 증상에 불과하다. '나'는 이것을 깨닫고 한마디 말을 입 밖으로 흘려보낸다. "대관절 자네는 무엇인가. 그리고 또 대관절 나는 무엇인가. 아 이제 나는 그것을 알겠다. 우리는 미상불 모양만 다른 같은 내용의 다른 꼴들임이 틀림없다."

강용준의 「광인일기」 마지막 부분을 보면 정신병원에서 퇴원하는 조 대위에게 의사가 이런 말을 한다. "부디 사회와 국가를 위해 보람 있는 일을 해주시오." 살육의 전쟁이 끝났다고는 하지만 또 다른 의미로 전쟁과도 같은 치열한 사회에 적응할 기회가 주어지지 않았던 조 대위에게 '사회와 국가를 위해 보람 있는 일'이란 영원한 탈락, 즉 자살을 의미한다. 전쟁 후 모든 사람들이 하나같이 단결해 국가를 재건하는 일에 매진하고 있는데, 그 틈바

구니에 들어가서 하나의 부속품이 되지 못한다면 그는 기계를 좀먹는 녹슨 나사못일 수밖에 없다. 그가 이 사회를 위해 할 수 있는 일이란 스스로 기계 밖으로 빠져나와 죽는 것이 유일하다. 결국 조 대위는 병원에서 나온 지 이틀 만에 치사량의 수면제를 먹고 목숨을 끊는다.

이것을 그저 한국전쟁이 끝나고 난 후 어느 한때의 일이라고 생각하며 책을 덮을 수 있을까? 그 후로 수십 년이 지났다. 지금은 확실히 그때보다 더 자유롭고 좋은 세상이 되었을까? 그렇게 장담할 수 있을까? 사람을 미치게 만드는 사회는 여전히 존재한다. 그렇다면 앞으로도 또 다른 옷을 입은 광인 이야기들은 계속 나올 것이다. 1800년대의 고골부터 1900년대의 김동인까지, 그리고 강용준의 「광인일기」를 이어서 또 어떤 이야기가 지금의 이 미친 사회를 폭로할지 알 수 없는 일이다.

담배 포장지에 그린 가족사랑

「그릴 수 없는 사랑의
빛깔까지도」

이중섭 지음

한국문학사

1980년

화가 이중섭이라는 이름을 들었을 때 우리가 흔히 가장 먼저 떠올리는 인상은 학교 다닐 적 미술 교과서에서 자주 보아 익숙한 작품 〈흰 소〉의 강인한 모습이다. 이 그림은 시험문제에도 곧잘 나왔다. 이 그림을 그린 작가가 그림을 통해 표현하려는 의도는 무엇인가가 질문이다. 그러면 답은 늘 '우리 민족의 강인한 정신' 같은 멋진 말을 골라야 했다. 그냥 외워서 쓴 것일 뿐, 왜 그런 답을 골라야 했는지 이유는 모른다. 어떤 선생님도 알려준 적이 없다. 물론 미술책에 등장하는 '소 그림'을 빼면 실제로 이중섭이 어떤 그림을 그렸는지, 왜 그렸는지도 몰랐다. 심지어 고등학생 때까지만 하더라도 매번 시험문제에 나오는 이중섭이 어느 시기에 활동했던 작가인지도 몰랐다. 대학에 들어와서 서양미술에 관심을 가지고 있던 중에 이중섭의 그림에 대해서 알아볼 기회가 생겼는데, 일제강점기와 한국전쟁을 겪었던 시기에 그림을 그렸다는 걸 그제야 알았다.

　발단은 친구가 피카소에 대해 말하면서 이중섭의 그림이 피카소의 영향을 받은 게 확실하다고 주장하면서다. 나는 이중섭은 물론이지만 피카소에 대해서도 아는 게 별로 없었다. 우리들은 피카소 화집이 없었기 때문에 도서관에 가서 『서양미술사』 책을 확인했다. 피카소에 대한 다른 책들도 봤다. 과연 그랬다. 피카소의 그림이 이중섭에 비해 좀 더 구성이 해체된 느낌이 강했지만 둘은 비슷해 보였다. 친구는 특히 이중섭이 자주 그렸던 황소의 모양이 피카소의 그것과 닮았다고 주장했다. 듣고 보니 정말 그런 것 같았다.

피카소는 1800년대 후반에 태어났다. 이중섭이 1916년생이니까 그는 훨씬 윗세대다. 그런데도 피카소는 이중섭보다 오래 살았다. 천재 예술가들은 일찍 죽는다는데 피카소는 장수했다. 작품도 많이 남겼다. 친구는 이중섭이 일본에서 공부하던 시절 이미 일본에서 유행하던 피카소의 작품을 보고 영향을 받았을 게 분명하다고 강력하게 주장했다. 나는 피카소든 이중섭이든 미술에 대해서는 아는 게 별로 없었으므로 그런 주장이 매우 그럴듯해 보였다.

사실 두 작가의 그림이 좀 비슷해 보였지만 내 생각에 이중섭이 피카소의 영향을 받았을 것 같지는 않았다. 설명할 수 없지만 그림에서 그런 게 느껴졌다. 뭐라 표현해야 좋을까? 그건 '주저함'이다. 피카소의 그림에선 망설임 따위는 찾아볼 수 없다. 선이 강렬하고 확신에 차 있다. 그런데 이중섭의 그림에서 내가 느낀 건 뜻 모를 망설임 혹은 무엇에 대한 주저함이었다. 당시에는 그걸 내 스스로에게도 정확히 이해시키지 못했고 한참을 그런 상태에서 거의 잊어버리다시피 지냈다.

나이를 웬만큼 먹은 지금 다시 그의 작품을 생각해보면, 과연 이중섭이라는 한 가난한 화가의 짧은 생애 속에서 찾을 수 있는 명징한 작가의 의도 같은 게 있기나 한 걸까 하는 의문이 든다. 학교 다닐 때 배웠던 그런 뜨거운 민족주의적인 의식이 있었을까? 소 그림만 본다면 그렇게 설명할 수도 있겠지만 알고 보니 이중섭이 그린 것은 강인한 느낌의 소 이미지뿐만 아니라 실오라기 하나 걸치지 않은 아이들과 바다, 그리고 익살스러운 자세로 몸을 뒤틀고 있는 여인의 모습도 많았다. 그런 소박한 그림은 아무리 눈여겨봐도 우리 민족의 대찬 성질 같은 걸 표현하는 게 아니다. 이중섭의 의도는 무얼까? 벗고 있는 아이들이 웃으며 뒤엉켜 있는 그림을 가만히 보고 있노라면 거기에선 아무런 심각한 의도도 느껴지지 않는다. 만약 그런 게 있다면 단 하나, '가족'이 아닐까. 차라리 그편이 '한민족의 기상'이라든지 '뜨겁게 불사른 예술혼의 발현' 같은 어려운 말보다 더 마음에 와 닿는다. 어쩌면 그때 생각을 더 밀고 나가지 못했던 그 '망설임'의 대상이 아내와 아이들일지도 모른다.

새해 시작부터 뜻 깊은 미술 전시가 있어서 화랑을 찾는 사람들이 부쩍 늘었다. 한 화랑에서 오랜만에 이중섭의 그림을 실제로 볼 수 있는 전시를 기획했기 때문이다. 작년 가을엔 이중섭 평전이 새로 나왔다. 최근엔 작가가 보낸 그림엽서, 편지 등을 모아 엮은 책도 출간됐다. 흥미로운 건 이런 책들과 전시회 모두 이중섭과 일본인 아내 야마모토 마사코, 그리고 이들 사이에서 태어난 아이들 쪽으로 주제를 삼고 있다는 점이다. 강제로 나라를 빼앗긴 땅의 백성으로 태어난 한 남자와 그 남자를 사랑했던 일본인 여성, 너무나도 짧은 행복을 누릴 수밖에 없었던 이들 사이에는 도대체 무슨 일이 있었던 것일까?

비록 지독한 가난 때문에 부인과 아이들만 따로 일본에 가 있는 처지였지만 홀로 제주도에 남은 이중섭이 가족을 마음속 깊이 그리워한 것은 잘 알려진 사실이다. 얼마 전 책으로 엮여 나온 『이중섭의 사랑, 가족』(디자인하우스, 2015년)은 이런 화가의 모습을 잘 보여준다. 이 책에는 이중섭이 아내에게 보낸 사랑스런 그림엽서와 아이들에게 보낸 손 편지가 실려 있다. 그림과 편지들이 모두 개인적인 내용이긴 하지만 그 안에서 우리는 천재라 불리는 화가이기 이전에 평범한 한 인간인 이중섭이라는 남자가 가족을 향해 보냈던 진실하고 애절한 사랑 고백을 엿볼 수 있다.

사실 이 특별한 책이 지금 처음 독자들 앞에 선보이는 것은 아니다. 미술사학자 최열이 쓴 『이중섭 평전』이 있기 전에 고은 시인의 『이중섭 평전』이 있었듯, 이중섭의 엽서와 편지를 엮은 책도 오래전에 비슷한 구성으로 출판된 적이 있다. 1980년 한국문학사에서 초판을 펴낸 『그릴 수 없는 사랑의 빛깔까지도』에는 '李仲燮 書翰集(이중섭 서한집)'이라는 부제가 붙어 있다. 표지는 저유명한 '은지화(담뱃갑 속의 은박지에 못 등으로 긁어 그린 그림)'를 상징하듯 은색으로 장정했다. 특이한 것은 제목 아래 한자로 작게 밝혀놓았다시피 '附·原色葉書畵集(부·원색엽서화집)', 그러니까 컬러로 인쇄된 엽서그림을 부록으로 본문과 함께 넣어놓았다는 점이다. 과연 책장을 넘기니 목차 다음에 곧바로 엽서그림 서른두 점이 먼저 독자를 반긴다. 이 엽서그림들은 당시만 하더라도 전혀 알려지지 않았던 미발표 작품이었다.

미술평론가 이경성, 이구열 선생이 본문 뒤에 그림에 대한 감상을 덧붙였다. 이중섭과 친분이 두터웠던 시인 구상도 생전의 화가를 떠올리며 이야기를 보탰다. 시인은 친구 이중섭을 이렇게 보았다. "중섭에게 있어 그림은 그의 생존과 생활과 생애의 전부였다. 아니 그의 죽음까지도 그림에 대한 순도(殉道)였다." 일제강점기에 태어나 일본 여자와 혼인을 하고, 느닷없이 맞은 해방에 이은 한국전쟁까지……. 여린 감성을 지닌 화가에게 이 모든 일

『그릴 수 없는 사랑의 빛깔까지도』에 실린 시인 구상의 글. 아픈 친구를 위해 천도복숭아를 그려온 사연이 애틋하다.

들은 참으로 가혹하기만 했다. 그럼에도 불구하고 이중섭은 그림을 그렸다. 그림 재료가 없을 때는 합판이나 맨 종이에 그렸고, 붓은 물론 연필마저 없을 때는 못으로 긁어 그렸다.

이중섭의 엽서그림 밑에 시를 쓴 김춘수 시인은, "광복동에서 만난 이중섭은/머리에 바다를 이고 있었다./동경에서 아내가 온다고/바다보다도 진한 빛깔 속으로/사라지고 있었다"라며 짧은 생을 살다 간 화가를 추억한다. 그러나 한참 뒤에 다시 만난 이중섭은 "바다가 잘 보이는 창가에 앉아/진한 어둠이 깔린 바다를/그는 한 뼘 한 뼘 지우고 있었다". 끝내 기다리던 아내는 동경에서 오지 않았다. 하릴없이 편지만 주고받을 뿐이었는데 우표 살 돈마저 없이 궁핍했기 때문에 소식도 자주 오가지 못했다. 1953년에 일본에 있던 아내는 자신을 이중섭의 학교 후배라고 소개한 '마(馬) 아무개'라는 사람에게 속아 큰돈을 사기당하는 일을 겪었다. 그렇지 않아도 궁핍한 생활 중에 큰 악재였다.

이 시기에 아내에게 쓴 편지에서 이중섭은, "……사흘에 한 통씩은 편지 보내라고 부탁을 했는데도 왜 골치 아픈 얘기만 써 보내는 거요. 우표 값이 없다고 썼는데, 우표 값이 없어서 편지를 사흘에 한 통은 낼 수가 없다는 말인가요? ……일 년 넘도록 멀리 서로 헤어져 있으면서 그토록 소원을 했는데도 그 소원하는 바를 이행치 못하는 여자를 어떻게 믿으라는 건가요?"라면서 슬픔을 감추지 못한다. 하지만 그다음 편지에선 곧바로 "나의 귀여운

즐거움이여, 소중한 나만의 오직 한 사람, 나만의 남덕이여……"
하면서 가장 사랑하는 사람을 애타게 부르고 있다. 그 외에도 아
이들에게 쓴 편지는 또 얼마나 간절함이 묻어나는지 말로는 다
설명할 길이 없다.

　우리들이 신화적 인물로 만든 이중섭이라는 사람의 속사정은
이렇듯 대부분이 가족을 향하고 있다. 어려운 환경 속에서도 어
떻게든 그림을 그릴 수 있었던 건 가족을 향한 애틋한 사랑, 하지
만 좀처럼 이룰 수 없었던 행복을 향한 열망이 있었기 때문이다.
때론 힘차고, 어느 땐 천진난만한 모습으로 보는 이들을 행복하
게 만드는 이중섭의 그림은 이렇게 모진 어려움 속에서 탄생했다.
『그릴 수 없는 사랑의 빛깔까지도』의 뒤표지에는 이중섭이 입에
담배를 물고 있는 사진이 한 장 있다. 이목구비가 뚜렷하고 이마
가 반반하다. 그러나 눈가에는 깊은 망설임의 그림자가 있다. 나
는 아직도 가끔씩 그것에 대해서 생각하곤 한다. 만날 수 없는 바
다 건너 가족들을 향한 심정―그쪽으로 갈 수도, 여기에 머무를
수도 없는 그 심정이 이중섭의 그림을 볼 때마다 내게 어떤 말을
걸고 있는 것 같다.

폐지로 버려질 뻔한 전혜린의 수필집

『목마른 계절』

전혜린 지음

범우사

1976년

헌책방은 새 책을 다루는 서점과 달리 책이 들어오면 전산작업을 할 수 없다. 큰 헌책방의 경우 입고되는 책을 일일이 컴퓨터에 입력해서 온라인으로도 판매하고 있지만 내가 일하고 있는 작은 책방에서 그런 일은 쉽지 않다. 이유는 여러 가지다. 그중에서 가장 곤란한 점은 바코드 때문이다. 헌책방은 오래된 책들을 주로 다루기 때문에 책 뒤에 바코드가 없는 책들이 허다하다. 아마 지금 이십대 정도 나이만 되더라도 책 뒤에 바코드가 없었던 시절을 상상하기 어려울 것이다. 바코드는 당연히 있는 것이고 그걸 크게 신경 쓰지 않고 책을 읽는다. 최종소비자가 상품에 붙어 있는 바코드까지 신경 쓰는 경우는 별로 없다. 어쨌든 일단은 책 정보를 담고 있는 바코드라도 있어야 쉽게 컴퓨터에 입력을 하는데 그게 없으니 기왕에 온라인 쇼핑몰을 갖고 있는 헌책방에서도 일일이 책 정보를 하나하나 입력하는 게 고된 일이다.

책을 좋아해서 자주 사보는 사람들도 이 바코드를 유심히 보는 사람은 거의 없다. 그저 상품이면 모두 뒤에 그런 게 붙어 있구나, 하고 생각할 뿐이다. 더구나 책 뒤에 바코드가 찍혀 나온 것은 그리 오래된 일이 아니다. 책 정보를 담고 있는 코드인 ISBN도 1990년대 이전으로 거슬러 올라가면 없는 책이 대다수다. 그런 책에 대한 정보를 찾으려면, 최악의 경우 그 책을 처음부터 한 장 한 장 읽어보는 수밖에 없다.

헌책방도 엄밀하게 말하면 책 장사를 하는 곳인데 이렇게 무턱

대고 책을 읽는 게 너무 비효율적이라고 말하는 사람도 있을 것이다. 하지만 나처럼 나이가 많지 않고, 그렇기 때문에 책에 대한 연륜도 높지 않은 사람이라면 어쩔 수 없는 노릇이다. 요즘 나오는 책들이야 인터넷 검색창에 책 제목만 적어 넣어도 떡하니 정보가 나오지만 1980년대 이전 정도로 햇수가 내려가면 인터넷도 무용지물일 때가 많다. 검색이 된다고 하더라도 그게 제대로 된 자료인지 검증해야 하는 건 또 다른 문제다. 적어도 책에서만큼은 인터넷이 만능이 아니다.

얼마 전 헌책방에 한 무더기 책이 새로 들어왔다. 책이 들어오면 헌책방 일꾼이 가장 먼저 해야 할 일은 끈으로 묶어놓은 책을 풀어서 분야별로 분류하는 것이다. 빨리 하기 위해서 보통은 '문학', '역사', '철학', '예술'처럼 큰 덩어리로 먼저 나눈다. 그다음에 이미 분류된 책들을 하나하나 살피며 다시 분류한다. 그렇게 해서 몇 덩어리로 나눈 책들을 깨끗하게 닦고 난 다음부터 한 권 한 권 책 정보를 살피기 시작한다. 책이라는 이름을 달고 세상에 태어난 이상 가치 없는 것이 있겠냐마는, 가격을 매기기 위해서라도 책들의 계급을 나눠야 할 필요가 있다. 이게 참 곤란한 문제다. 책의 가치라는 게 저마다 정해져 있는 것은 아니며 공식적인 지표가 어디에 공지된 것도 아니다. 별로 중요하지 않은 대접을 받다가 어느 날 갑자기 중요한 책이 되는 경우도 적지 않다. 물론 그

반대로 어떤 계기 때문에 책의 값어치가 곤두박질하는 애석한 일도 있다. 그래서 헌책방 일꾼은 그런 책들을 잘 살피고 골라내는 눈을 가지기 위해 늘 노력한다. 물론 집중해서 보려고 하지만 많은 책들에 둘러싸여 일하다보면 종종 중요한 책인데 그냥 흘려버리는 때도 있다.

최근에야 다시 책 더미 속에서 찾아낸―아니, 이 경우엔 '되살려냈다'라고 말하는 게 좋겠다―전혜린의 수필집이 바로 그런 경우다. 이 책은 몇 달 전 다른 책들과 함께 들어왔지만 오래전에 출판된 작고 볼품없는 문고본이라 신경을 쓰지 못하고 그저 쌓아뒀던 것이다. 책 제목은 『목마른 季節』이다. 처음에 이 책을 봤을 때 나는 책 표지에 있는 한자를 잘못 읽어서 '季節(계절)'이 아닌 '李箱(이상)'으로 생각했다. 연작시 「오감도」, 소설 『날개』 등으로 유명한 작가 '이상' 말이다. 이상은 그의 작품이 교과서에 실려 있을 정도로 워낙 잘 알려진 작가이기 때문에 여러 곳에서 펴낸 작품집이 많다. 반사이익을 노린 것인지는 모르겠지만 이상이라는 이름을 제목에 집어넣은 다른 작가의 작품도 적지 않다. 그래서 '목마른 이상'이라는 제목을 봤을 때 그저 어떤 무명작가가 이상의 이름을 책 제목에 넣어서 쓴 촌스러운 잡문 같은 거라고 짐작하고 옆으로 치워놨던 것이다.

그렇게 반년도 넘은 시간이 흐른 다음 우연히 그 책을 다시 봤는데, 이번엔 제목을 제대로 읽었다. 『목마른 계절』이다. 아아, 이

것은 그 이름만으로도 우리를 깊은 감수성의 바다로 끌어당기는 전혜린의 수필집 제목이 아니던가. 게다가 다른 허접한 책 더미 속에 파묻힌 저 가녀린 문고본은 1976년 범우사에서 펴낸 초판이다! 나는 깜짝 놀라 얼른 쌓여 있는 다른 책들을 치우고 죽어가는 전혜린을 구조했다.

전혜린은 법학도였으나 도중에 전공을 독일문학으로 바꾸고 독일로 건너가 뮌헨 루트비히 막시밀리안 대학교에서 공부했다. 1956년에 결혼해 딸을 낳았지만 1964년에 이혼했고 성균관대학교 조교수로 일하다가 이혼 다음 해인 1965년 수면제 과다복용으로 사망했다. 많은 일들을 경험했고 작가로, 번역가로, 그리고 교육자로 기억되는 그이의 삶은 이 땅에서 고작 서른한 해를 살다 간 짧은 생이었다. 생전에 소설이나 시를 써서 출판한 것은 없고 전혜린이라는 이름을 확인할 수 있는 책은 대부분 외국문학 작품을 우리말로 번역한 것이다. 그리고 사후에 나온 책으로는 『그리고 아무 말도 하지 않았다』(1966년)와 『이 모든 괴로움을 또 다시』(1968년)가 있다.

1960년대에 나온 두 책에 비해 『목마른 계절』은 앞선 책에 있는 내용을 발췌해서 한 권으로 만든 것이기 때문에 당연히 독자들 사이에서 인지도는 떨어질 수밖에 없다. 하지만 책을 만듦에 있어서 편집이란 바로 이런 맛이 아닌가. 먼저 나온 책이 제대로 정리되지 않은 전혜린의 글들을 아무런 수정 없이 그대로 실었다면 『목마른 계절』은 이것을 절묘하게 편집했다. 이를 통해 독자들은 천재 소리를 듣던 젊은 학자이자 루이제 린저와 프랑수아즈 사강의 작품을 우리말로 옮긴 번역가, 탁월한 수필가이며 동시에 여리지만 치열한 감성을 지닌 한 아름다운 여성을 만나게 된다.

때론 짧고 단호하게, 어느 곳에서는 편안하면서도 깊이를 알수 없을 정도로 저 끝까지 녹아 있는 감성들을 글로 만나노라면 이런 사람이 어째서 이리 빨리 생을 마감하게 되었는지, 책 위에 놓인 글자들이 서로 뒤엉켜 이내 파도처럼 아쉬움이 밀려올 뿐이다. 민족문제연구소 소장으로 몇 해 전 『친일인명사전』 편찬을 주도한 문학평론가 임헌영은 『목마른 계절』 첫머리에서 "그녀

『목마른 계절』 뒤표지,
임헌영의 글.

는 철새처럼 한 계절의 꿈을 앓다가 31세의 젊음을 포기했다"라는 말로 전혜린을 소개한다. 한때 이 문장은 너무도 유명해서 외우고 다니는 사람들이 적지 않았을 정도다. 여성, 젊음, 천재, 그리고 자살과 요절은 동시대 청년사회에 큰 반향을 일으켰다.

본문 중에는 전혜린이 독일에서 쓴 단상들과 함께 편지, 그리고 일기도 몇 편 들어 있다. 그중에서 1959년 2월에 쓴 일기, 죽음을 예감하며 써내려갔을 그 일기를 나는 몇 번이나 되뇌어보았다. 책을 읽을 때마다, 이 부분을 만나면 더 이상 앞으로 나아가지 못하고 며칠은 쉬어야 했다. 마치 비가 내리는 것처럼 세로쓰기로 편집된 일기는 희망과 설움, 삶과 죽음이 동시에 뒤범벅이 된 소낙비 내리는 강물 같다. "모든 것은 그렇게 무의미하다. 나는 내 자신과 내 분노를 증오시해서는 안 된다. 나는 어느 책으로 인해 죽지 않는다. 그러나 누가 알겠는가? 바로 이와 같은 무의미한 감정으로 인해 헐값으로 죽을지도 모른다. 나는 죽음조차도 기뻐하지 않는다. 하지만 나는 여러 번 그것을 갈망했다. 모든 것이 그렇게 무의미하기 때문에."

전혜린이 쓴 책은 수십 년이 지난 지금도 여전히 절판된 것 없이 새 책으로 만나볼 수 있다. 그만큼 독자들이 계속해서 전혜린을 찾는다는 말이고, 얼마 되지 않는 분량의 유고지만 시절이 변

해도 문장 속에 끊임없이 솟아나는 힘이 있다는 것이다. 『목마른 계절』 역시 범우사에서 나오는 문고본을 지금도 싼값에 구할 수 있다. 그럼에도 불구하고 1976년에 펴낸 초판을 대하며 감격스러운 이유는 책을 펼 때마다 전혜린을 바로 눈앞에서 만나는 것 같은 느낌이 들기 때문이다. 사십 년 전 날짜가 적힌 이 오래된 책 속에서 전혜린은 여전히 젊고 날카로운 눈빛을 가지고 살아 있다.

한국의 무일푼 여행자, 슈바이처를 만나다

『세계일주 무전여행기』
김찬삼 지음
어문각
1962년

『김찬삼의 세계여행』
김찬삼 지음
한국문학사
1980년

"인생은 나그네길……" 이렇게 시작하는 노래가 있다. 정해진 것 없이 무작정 떠도는 것 같은 우리네 삶을 그렇게 표현한 것으로 오래전 크게 유행했던 곡이다. 그런데 정말로 인생 대부분을 길 위에서 보낸 사람이 있다. 그이를 부르는 별명도 가지각색이다. '영원한 세계인', '한국의 돈키호테', '한국의 인디애나 존스' 등 여행과 모험에 관한 한 이 사람만큼 우리나라에서 뚜렷한 발자국을 남겨놓은 이도 없다. 1958년, 우리나라에서는 최초로 본격적인 세계일주에 도전한 김찬삼 교수를 두고 하는 말이다.

그는 어릴 적 내 우상이었다. 어릴 적 우상이야 자꾸만 바뀌는 거지만 김찬삼만큼은 꽤 오래 지속됐다. 강원도 태백에서 어린 시절을 보낸 나에게는 문을 열면 보이는 저 산 너머 마을조차도 미지의 땅이었다. 해가 저쪽 산 너머로 지면 그쪽 동네에는 따사로운 햇살이 비추는 줄 알았다. 언젠가 동네 형들과 함께 산 위까지 올라가봤는데 그 너머에 신비한 세계가 있지 않아서 실망했던 적이 있다. 서울로 집을 옮기고 나서도 나는 정릉이라고 하는 작은 동네에 살았기 때문에 북악터널을 걸어서 지나 세검정, 홍제동만 가도 마치 외국에 간 것 같은 느낌이 들었다.

초등학교 고학년 때 내게도 자전거가 생겼다. 부모님이 누가 쓰던 걸 얻어 온 헌 자전거였다. 누가 그렇게 했는지 모르겠지만 까만색으로 재도색된 그 자전거는 한눈에 봐도 조잡했다. 그래도 내겐 적토마나 다름없어서 그걸 타고 많이도 돌아다녔다. 정릉에서 미아리고개를 넘어 돈암동, 대학로를 거쳐 종로까지 갔다. 시간이 좀 더 많이 나는 주말에는 친구들 몇과 함께 자전거를 타고 몇 시간 동안 위험한 찻길을 달려 여의도까지 가기도 했다. 지도를 볼 줄도 몰랐던 우리들은 여의도까지 가는 길을 알아보기 위해 정릉이 종점인 3번 버스를 타고 여의도 순복음교회까지 몇 번씩 오가며 길을 외웠다. 오직 버스노선으로만 이어진 길로 여의도까지 가야 했기에 위험하고 먼 여정이었지만 나름 참신한 아이디어였다.

그렇게 도착한 여의도는 우리들에게 엘도라도였다. 당시엔 그 넓은 광장 전체에서 자전거와 롤러스케이트를 대여해 탈 수 있었기 때문에 개인 자전거를 갖고 간 우리들은 하루 종일 돈 낼 필요도 없이 드넓게 펼쳐진 KBS방송국 앞 도로를 전속력으로 질주할 수 있었다. 그런 경험은 좁은 흙바닥 골목이 전부였던 동네에서는 절대로 불가능했다. 하지만 기쁨도 잠시, 오후 서너 시 정도엔 집으로 돌아가야 했다. 자전거를 타고 집으로 가는 길도 올 때와 마찬가지로 족히 몇 시간은 걸리는데다가 해가 지면 찻길이 더욱 위험해지기 때문이었다.

더 먼 곳으로 자유롭게 떠나보고 싶은 심정을 달랠 수 있는 유일한 도구는 학교에서 교과서와 함께 나눠주는 『사회과부도』뿐이었다. 거기에서라면 세계 여러 나라의 지도를 구경할 수 있다. '우리나라가 이렇게나 작은 땅이었나'라는 실망감을 처음 느낀 것도 그때다. 시내 헌책방에서는 노란 표지의 『내셔널지오그래픽』 잡지를 가끔 볼 수 있었다. 그 안에 있는 외국은 여의도에 비할 바가 안 되는 신세계였다.

그러다 한번은 커다란 양장본 몇 권 분량으로 된 놀라운 책을 발견했다. 삼중당 출판사에서 펴낸 『김찬삼의 세계여행』 시리즈다. 삼중당이라고 하면 작은 문고본 책밖에 아는 게 없었던 내게 그렇게 큰 책은 꺼내서 펴보기가 무서울 정도로 감당이 안 됐다. 당시 우리 집에는 그 책들 중에서 딱 한 권 '미국편'이 있었다. 전체 시리즈를 본 것은 이때가 처음이다. 한참을 망설이다가 그중에 한 권을 빼서 펴보려는데 주인아저씨가 "살 거 아니면 펴보지 마!"라고 단호하게 말하는 것이 아닌가. 그때 나는 여전히 어린애였지만 당돌하게도 "얼마 안 있으면 부모님 따라서 외국 나가거든요. 그래서 보려는 거예요. 아버지가 필요한 책 있으면 사주신다고 했어요……" 하면서 거짓말을 했다. 말끝이 흐려져서 거짓말인 게 탄로 나지 않을까 걱정했는데 아저씨는 잠깐 나를 위아래로 훑어보더니 책을 꺼내도록 허락해주셨다. 김찬삼과의 첫 만남이었다.

세계여행이라니! 꿈도 못 꿀 일이다. 더 놀라운 것은 이 책을 쓴 사람이 외국인이 아니라 우리나라 사람인 것이다. 몇 장을 더 넘기고 있는데 헌책방 주인아저씨가 갑자기 책을 뺏어갔다. 더 이상은 안 되니까 그만 보고 책을 살 거면 부모님을 모시고 오라는 것이었다. 너무 아쉬워서 좀 더 보게 해달라고 사정했는데 책 속에는 여자들 벗은 사진이 많이 나오기 때문에 어린애들은 볼 수 없다고 잘라 말했다. 그러고선 정말 몇 년 동안 그 책과 다시 인연이 닿지 않았다. 대학생이 되었고, 졸업하고 난 뒤에는 회사에 다니느라 김찬삼이라는 이름을 오랫동안 다시 찾아볼 겨를이 없었다. 그러다가 2003년, 김찬삼 교수의 부고 기사를 인터넷 뉴스를 통해 듣고는 깜짝 놀라 다시 그 책들을 찾아다녔다. 그사이 워낙 오랫동안 많은 곳을 돌아다녔기 때문인지 여기저기서 펴낸 책들이 한둘이 아니었다. 헌책방에서 봤던 『김찬삼의 세계여행』은 단지 그중 일부일 뿐이었다. 1970년대까지의 세계여행은 단행본 한 권짜리부터 대판형으로 만든 네 권짜리 책이 있는가 하면 컬러 화보와 함께 열 권짜리로 펴낸 것도 있었다.

더 찾아보니 김찬삼이 여행기를 처음 내놓은 것은 1962년의 일이다. 첫 세계여행을 마치고 쓴 책이다. 이 여행은 거의 무일푼으로 떠난 무전여행이었다. 그래서 책 제목도 『세계일주 무전여행기』다. 배와 대중교통, 그리고 걸어서 여행을 다니다보니 세계 59개국을 방문하는 데 총 2년 10개월이 걸렸다. 여행 거리는 대략 137,000킬로미터나 된다.

후기에 쓴 무전여행 방법을 수십 년이 지난 지금 다시 보니 참으로 흥미롭다. 우선 국경을 넘으면 꼭 그 나라 신문사에 찾아가서 자신이 한국인임을 밝히고 무일푼으로 세계여행을 하고 있노라고 말한다. 지금이라면 좀 이상한 사람 취급을 받을 수도 있겠지만 1950년대에는 동방에서 온 이 여행자를 대단히 신기하게 여겼나보다. 책 표지엔 군인, 혹은 간첩이나 스파이 같다고 해도 될 만한 이상한 옷차림을 한 여행자가 등에 배낭을 메고 한 손엔 큰 가방을, 다른 손에는 사진기를 들고 서 있다. 이런 모습을 한 한국인 여행자에 대한 이야기는 곧장 신문에 실렸고 그다음 날 김찬삼은 문교부 일을 담당하는 관공서에 찾아간다. 공무원은 신문에서 당신을 보았다며 환대해주었고 여행에 필요한 여러 가지 안내를 받을 수 있었다. 이렇게 되면 종종 그 나라의 학교나 교회에서 강연 요청이 들어오는데 그것으로 얼마간 돈을 벌 수 있었다. 때론 영어로 글을 써서 신문사에 보내 원고료를 받기도 했다. 내성적인 성격으로 똘똘 뭉친 나 같은 사람은 꿈에도 생각할 수 없을 만큼 당돌한 여행 방법이다.

소년 김찬삼은 어릴 때부터 방랑벽이 좀 있었나보다. 시간이 나면 늘 자전거를 타고 돌아다녔다. 가까운 곳은 물론이고 전국 방방곡곡을 자전거로 누볐다. 선로가 놓인 곳이라면 어디로든 갈 것 같았던 기차를 몹시 좋아해서 어른이 되면 기차를 운전하는 차장이 되고 싶었다. 부모님의 근무지를 따라 사는 곳을 인천으로 옮겼을 때는 기차보다 더 자유로워 보이는 거대한 무엇을 발견했다. 인천항에 들어와 정박해 있는 집채만 한 영국 상선이었다. 기차는 정해진 궤도만을 움직이지만 배는 길이 없다. 마음먹은 대로 세계를 누빌 수 있는 것이다. 그의 마음속엔 이제 차장의 꿈보다는 선원이 되겠다는 포부로 가득 찼다. 뜻을 밀고 나가기 위해 선원학교에 지원하려고 했지만 아버지는 당신의 뒤를 이어 법관이 되기를 원했다.

결국 김찬삼은 기차 차장도, 선원도, 법조인도 되지 못한 상태로 이십대를 보냈고 부모님의 뜻에 따라 일찍 결혼해 가정을 꾸렸다. 뼛속까지 방랑벽에 젖어 있던 그에게 걸맞지 않은 안정적인 가정생활이 서른 살이 넘도록 계속됐다. 서른세 살이 되었을 때, 이미 그에게는 자녀가 넷이나 있었다. 게다가 그는 장손에 독자였다. 결단의 시기는 좋지 않았다. 하지만 지금이 아니라면 영원히 불가능할 것 같다는 마음이 김찬삼을 한반도 지도 밖으로 자꾸만 밀어내고 있었다. 부모님과 가족을 설득하여 처음으로 세계여행을 위해 이 땅을 벗어난 건 한국전쟁이 끝나고 얼마 지나지 않아 누구나 할 것 없이 몹시도 살기 힘들었던 1958년이었다.

일단 밖으로 나간 김찬삼은 열의가 불타올랐다. 완전한 세계일주는 세 번, 특정 지역을 위주로 여행한 것을 합치면 스무 번이 넘게 외국에 다녀왔다. 돈이 모자라서였기도 했지만 여행할 때면 무조건 배와 대중교통을 이용했다. 그렇게 하는 것이 세계 여러 나라의 보통 사람들과 더 두터운 우정을 쌓을 수 있을 거라는 믿음 때문이었다. 김찬삼은 왕성하게 활동하던 시기에 160개국 이상을 방문했고 그 여행 거리로 보자면 지구 둘레를 서른 번 이상 돈 것과 같을 정도다. 미국, 영국, 프랑스 등 비교적 여행하기 쉬운 곳은 물론이고 위험천만한 남미의 밀림과 이슬람 국가도 방문했다. 이제야 우리나라에서도 차츰 남태평양의 오키나와 여행에 관심이 늘어나고 있는데, 김찬삼은 이미 1960년대에 오키나와를 방문해 사진과 소감을 남겼다.

세계여행의 하이라이트는 단연 아프리카 가봉에 갔을 때 살아 계신 슈바이처 박사를 만났던 경험이다. 1981년에 삼중당에서

『김찬삼의 세계여행』 제4권,
김찬삼과 슈바이처 박사가
함께 찍은 사진.

중판을 펴낸 총 열 권짜리 여행기는 제4권이 아프리카 편인데 여기에 가봉 편이 수록되어 있다. 김찬삼이 세계여행을 다짐하게 된 계기는 어릴 때 책을 통해 알게 된 슈바이처 박사의 이야기 때문이었다. 루터교 목사이기도 한 슈바이처 박사는 세상의 모든 생명을 귀하게 여겨야 한다는 확고한 신념으로 아프리카에 들어가 병원을 설립한다. 많은 활동가들이 그 병원에서 일하다가 떠나곤 했지만 박사와 그의 아내는 끝까지 병원을 지켰고 이런 공로를 인정받아 1952년에 노벨평화상을 받았다. 소년 김찬삼에게 슈바이처 박사는 인생의 스승이었다.

당시 아프리카라는 곳은 일반인이 여행하기 쉬운 곳은 아니었다. 수십 년이 지난 지금도 아프리카 여행은 여러 어려움이 따른다. 아프리카에 대한 정보가 거의 무(無)에 가까웠던 그때, 동방의 작은 나라에서 온 한 남자에게 그곳은 여행이라기보다는 모험에 가까운 경험이었다. 니제르에서는 짐을 버스에 두고 내린 뒤 주위 사진을 찍다가 버스가 그냥 떠나는 바람에 사막 한가운데에서 완전히 빈털터리가 될 뻔했다. 나이지리아에서 카메룬으로 넘어가는 국경에선 외국 스파이 취급을 받아 소지품 검사는 물론 나체로 심문을 받기도 했다. 그런 일을 겪으며 도착한 가봉에서 꿈에도 그리던 슈바이처 박사를 만났다. 1963년 11월 25일 밤 9시가 다 된 시간이었다.

김찬삼은 슈바이처 박사의 병원에서 보름 동안 머물며 일을 거들었다. 계속 이어지는 빠듯한 세계여행 일정 중에 한 곳에서 그만한 시간을 보낸 건 이례적인 선택이다. 자원봉사를 위해 병원을 찾았던 목사 한 명을 빼면 한국에서 온 순수한 여행자는 김찬삼이 처음이다. 그는 가봉을 떠나기 전 박사와 함께 사진을 찍었고 일생일대의 기념비적인 모습을 여행기 제4권 226쪽에 감격에 찬 소감과 곁들여 실었다. 책의 첫머리 32쪽에는 같은 사진의 컬러판도 따로 편집해 사진첩을 만들었다.

병원을 떠나기 전 김찬삼은 박사에게 인생에 도움이 될 만한 말씀을 한마디 해주십사 청한다. 이때 돌아온 대답은 "한 우물을 파라"는 것이었다. 그냥 파는 게 아니라 "물이 나올 때까지 계속 파라"는 박사의 평소 가치관을 엿볼 수 있는 말씀이었다. 인생의 모든 것을 걸고 세계인이 되고자 여행길에 오른 김찬삼에게는 두말할 것 없이 딱 맞는 조언이다. 슈바이처 박사와 함께한 가봉 편은 모두 20쪽에 다양한 흑백사진과 함께 글을 썼고 전체 여행기 중에서 가장 많은 분량을 차지한다. 슈바이처 박사는 김찬삼을 만난 이 년 후 그곳 병원에서 세상을 떠나 영면했다. 1963년의 만남이었기 때문에 이 일화는 1962년에 펴낸 첫 책 『세계일주 무전여행기』에는 실리지 않았다.

김찬삼은 그 후로도 계속해서 여행을 다녔는데 1992년, 일흔을 바라보는 나이임에도 불구하고 실크로드 탐사 여행길에 올랐다가 열차에서 사고를 당해 머리를 다쳤다. 이 사고로 그는 언어

장애를 겪는 등 건강이 나빠져서 더 이상의 여행은 할 수 없게 됐다. 2008년에는 국민훈장모란장이 수여되었고 이해부터 '영원한 세계인'이자 '끝없는 나그네'의 행적을 기리기 위해 '김찬삼 여행상'이 제정되었다. 과연 슈바이처 박사의 말대로 평생 우직하게 한 우물을 판 결과라고 할 만하다.

세상을 떠나기 얼마 전인 2001년에는 인천에 세계여행문화원 및 여행도서관을 개관했고 평생 모은 여행 책과 사진집 등을 비치했다. 그러나 이토록 의미 깊은 공간의 운영이 녹록치 않은 모양이다. 휴관과 재개관을 반복하다가 2013년부터는 완전히 문을 닫았다. 여행문화원 홈페이지도 더 이상 운영하지 않는다. 인천시와 계속해서 협의하고 있다고는 하는데 언제 다시 김찬삼 여행문화원이 사람들을 향해 문을 열 수 있을지는 미지수다. 현재 여행문화원 자리는 관리하는 사람도 없는지 폐허처럼 방치되어 있을 뿐이다.

신세대 청년작가의 겁 없는 세계일주

『맨발의 세계일주』

최인호 지음

예문관

1975년

어릴 적 나는 한 번도 외국에 나가본 적이 없었다. 나만 아니라 내 친구들도 모두 외국은커녕 제주도도 못 가본 녀석들이었다. 그렇기 때문에 오랫동안 내게 외국이라는 것에 대한 이해는 책에 있는 사진 속에나 존재하는 것이었다. 진짜로 외국 사람들이 살고 있는 다른 나라에 가볼 수 있었던 건 어느 정도 철이 들고 난 뒤였다. 솔직히 그때는 어렸을 적처럼 외국에 대한 환상이 가득하지도 않았다. 그러니 외국에 가도 재미가 없었다. 신기한 것들은 차고 넘쳤지만 우선은 말이 안 통하고 문화가 다르니까 일주일도 안 되어서 짜증이 났다.

그래서 어른이 되고 외국에 나갈 일이 있으면 꼭 그 나라 말을 어느 정도 학습하고 가는 게 습관이 되었다. 유창하게 말할 정도는 아니더라도 서너 달 정도 집중해서 연습하면 여행자로서는 충분히 의사소통을 할 만하다. 내겐 그것이 중요한 문제다. 내가 하고 싶은 말을 할 수 없고, 상대방이 하는 말을 알아들을 수 없다면 그것을 어찌 여행이라 할 수 있을까? 그건 내가 어렸을 때 집에서 하릴없이 넘겨보던 김찬삼 아저씨의 세계여행 사진첩을 보는 것과 하나도 다를 바가 없다.

그럼에도 여행이라는 것을 자주 다닐 수는 없는 처지라 여행기만큼은 자주 찾아 읽었다. 여행 가이드북이 아니라 누군가가 여행을 다녀와서 쓴 감상문 말이다. 여행기라고 하면 감각적으로 글 잘 쓰는 여행 전문작가도 있지만 내가 관심 있는 쪽은 작가들의 여행기다. 예를 들어 괴테의 이탈리아 여행기라든지 마크 트웨인의 유럽 여행기, 무라카미 하루키가 쓴 지중해 도시 여행기, 장 콕토의 무모한 세계 여행기, 로르카의 스페인 여행기 같은 책들을 재미있게 읽었다. 이 책들은 외국 이야기라는 흥미로운 내용도 그렇지만 유명한 작가들은 어떤 마음가짐으로 세계를 여행하는지 궁금증을 불러일으킨다. 그런데 우리나라 작가들이 쓴 세계 여행기는 흔하지 않다. 작가들이 여행을 많이 다니지 않는 것도 아닌데 여행기를 내놓는 이들은 별로 없다. 공지영 작가가 유럽의 수도원을 돌아보고 쓴 책이 있다. 인기가 좋은지 속편까지 나왔는데 나는 그처럼 어떤 특정한 목적을 두고 다니는 여행기에는 좀처럼 흥미를 느끼지 못한다. 계획된 것 같은 느낌이 싫은 것이다.

그러다가 1970년대에 한창 주가를 올리던 청년작가 최인호가 4개월 동안 세계 20개국을 여행하고 돌아와서 쓴 책이 있다고 하여 찾아 읽었다. 나는 최인호 세대가 아니기 때문에 그의 문학에 대해서 크게 감동을 받거나 하지는 못했다. 오랫동안 그저 대중소설이나 쓰는 가벼운 작가로 생각했던 게 사실이다. 그러다 최인호 작가가 최근 숨을 거두고 난 뒤 진지하게 그가 썼던 작품들을 몇 편 읽어봤는데 그동안 제대로 읽어보지도 않고 뭐라 말하고 다녔던 나 자신이 부끄러워졌을 정도로 괜찮은 책들이었다. 특히 『지구인』을 읽으면서 느낀 감동은 말로 다하기 힘들다. 죽어서도 '영원한 청년작가'라는 별명을 그대로 간직한 최인호 선생에게 이 자리를 통해 미안한 마음을 전한다.

최인호는 같은 이야기라도 워낙 재미있게 잘 쓰는 작가라서 소설 외에 쓴 글은 잘 알려지지 않았는데 『맨발의 세계일주』는 더욱 그렇다. 어쩌면 1970년대에 고등학생, 혹은 대학을 다녔던 사람이라면 이 책을 기억할지 모르겠다. 그러나 지금 젊은 세대에게 이런 책은 존재 자체가 신기하게 느껴질 수도 있다. 당시 최인호는 영화로도 만들어진 신문 연재물 『별들의 고향』,『바보들의 행진』을 통해 최고의 인기작가라는 자리에 올라 있었다. 작가가 후기에서도 밝히고 있지만 이 여행기를 쓸 수 있도록 해준 사람은 바로 독자들이다. 돗자리는 출판사가 펴줬다. 최인호는 여기서 한바탕 신나게 놀고 책 한 권을 쓰면 된다. 고등학생 나이에 신춘문예에 당선, 그 흔한 '2년차 징크스'도 없이 연속으로 베스트셀러 작품을 터뜨린, 게다가 나이 서른밖에 안 된 젊고 잘생긴 작가가 세계의 젊은이들을 만나 좌충우돌하는 모습을 책으로 담아낸다는 기획이다.

과연 책 속에는 처음부터 최인호의 장기가 한껏 펼쳐진다. 어수룩한 대한민국의 청년이 처음 가보는 외국 여행이기에 여권

발급은 물론 출국 수속도 엉망진창으로 실수투성이다. 이 장면을 어찌나 재미있게 썼는지 마치 얄개 영화 도입부를 보는 것 같다. 그때를 살아보지 못한 나에게 이처럼 복잡한 출국 장면은 신기할 뿐이다. "여권사진을 찍으면 외무부 창구에서 신원조회 용지 넉 장을 얻어서 나이, 주소, 학력, 경력을 써야만 한다. 사진 옆에는 보증인의 계인을 찍어야 하고 접수시킨 후에는 무작정 기다리는 것이다. (……) 기다리면 어느 날 아침 불쑥 가죽잠바 입은 형사 나으리의 방문을 받게 된다. 몇 가지의 심문이 끝나면 또 기다린다. 신원조회가 끝나고 나면 보증인 두 명의 인감증명서, 계인, 한국일보 추천장, 재정보증서, 문공부 추천장, 문인협회 추천장, 호적등본 2통, 예비군편성확인서를 예비군중대에서 발급받아서 병무청에 가지고 가면 출국허가서, 이 한 보따리를 접수시키고 나면 또 기다리는 것이다. 그러나 그뿐인가. 검역소에 가서 주사 맞아야 하고……." 여기까지는 여권을 발급받기 위한 절차이고 비자를 받는 건 또 다른 문제다. 신분증만 챙겨서 관할구청에 신청하면 별 무리 없이 일주일 안으로 빳빳한 여권수첩이 나오는 요즘과 비교하면 외국에 나갈 돈이 있더라도 절차가 복잡해서 포기할 만하다.

그러나 이 이야기는 앞으로 있게 될 최인호의 좌충우돌을 알리는 서막에 불과하다. 1970년대, 아무리 영문과 출신이라고는 하지만 대학공부에 관심이 없어서 영어로 말 한마디 못 내뱉는 대한민국의 소설가가 외국이라는 곳에 처음 나갔으니 얼마나 낯설었겠는가. 심지어 최인호 본인도 『김찬삼의 세계여행』 책을 본 것이 그때까지 외국에 대한 이해의 전부라고 말한다. 처음에 작가는 동남아로 향하는 비행기를 탔는데 여기까진 그래도 분위기가 좋았다. 피부색도 우리나라와 비슷하고 사는 모양도 그럭저럭 비슷했으니까. 본격적으로 꼬이기 시작한 건 유럽으로 건너가서부터다. 키 크고, 눈 크고, 얼굴 허연 사람들은 무서운 모습이었다. 파리와 로마에서는 호객꾼에게 걸려서 사기를 당하기도 한다. 그러나 여행자는 배짱 두둑한 대한민국의 청년이 아니던가! 주머니에 돈이 없는데도 무작정 비싼 음식을 시켜놓고 물의를 일으키기도 하고 그 와중에 다른 외국인의 도움을 받는 등 그야말로 흥미진진한 '맨발의 세계일주'를 특유의 필력으로 풀어낸다.

여행 중에는 뜻밖의 행운도 있었는데 취리히 시내에서 우연히 작가 솔제니친을 만난 것이다. 만났다기보다는 발견했다고 하는 편이 좋겠다. 호텔에 너무 일찍 도착한 최인호는 짐만 간신히 맡겨놓고 거리 산책을 나섰는데 전차 정류장에 서 있는 솔제니친을 우연히 본 것이다. 솔제니친! 그 특별한 외모 덕분에 최인호는 실제로 그를 한 번도 본 적이 없지만 이 남자가 솔제니친이라고 확신한다. 작가는 뭣에 홀린 듯 일단 사진기 셔터를 눌러댔다. 그렇게 한 다음 뭐라고 인사라도 하려고 솔제니친 쪽으로 다가갔다.

그러나 사진기를 들이대며 다가오는 동양 남자에게 거부감을 느껴서인지 솔제니친은 손사래를 치더니 이내 전차를 타고 떠나버렸다. 결과적으로 최인호에게 남은 것은 그때 찍은 사진 한 장뿐이지만 이 만남이 얼마나 흥분에 겨웠던지 맨발의 여행자는 본문 중 한 장(章)을 모두 이 사건에 대해 이야기하는 데 써버렸다. 자신도 대한민국에서라면 길을 가다가도 사람들이 알아볼 정도로 유명인인데 솔제니친을 발견하고 아이처럼 달려드는 모습이라니, 상상해보면 우스운 광경이다. 책 앞에는 본문이 시작되기 전에 컬러사진 몇 장을 곁들였는데 이때 최인호가 찍은 솔제니친의 사진도 들어가 있다.

1970년대 여행이라고 하면 여권과 비자를 발급받는 절차만

『맨발의 세계일주』, 취리히 시내에서 우연히 만난 솔제니친.

큼이나 어렵고 아무나 할 수 없는 일이었다. 돈이 많거나 높은 지위에 있는 사람이나 하는 게 세계여행이었다. 그런데 청춘영화에 등장할 것 같은 빈털터리 더벅머리 청년이 세계여행이라니. 출판사의 기획도 참신하지만 겁도 없이 외국에 나가서 4개월이나 방랑생활을 하고 돌아온 최인호도 대단한 사람임에는 틀림없다. 이 여행은 독자들에게도 그렇지만 작가 자신에게 우선 큰 영감을 주었다. 이후 작가는 통속소설은 물론 역사소설까지 지평을 넓혀갔고 1982년에는 「깊고 푸른 밤」으로 제6회 이상문학상을 받기에 이른다. 세계여행에 관한 이야기는 여행을 마치고 돌아온 1975년 이후 작품에 종종 등장하는데 특히 잡지 『샘터』에 삼십 년 넘게 연재를 이어가 기네스 기록까지 등재된 콩트 「가족」에서는 이 여행에 대한 주변 이야기를 찾아볼 수 있다.

화마에서 살아남은 박인환의 시집

「목마와 숙녀」
박인환 지음
근역서재
1976년

계절이 바뀌는 즈음이면 우리 모두는 시인이 된다. "한 잔의 술을 마시고/우리는 버지니아 울프의 생애와/목마를 타고 떠난 숙녀의 옷자락을 이야기한다"라는 문장으로 시작되는 시가 있다. 박인환의 「목마와 숙녀」가 해방 후 쓰인 가장 멋진 시라고 말하는 데 반대할 사람은 별로 없을 것 같다. 고등학교 다닐 적에 이 시에 나온 버지니아 울프라는 사람이 소설가라는 것을 알았고 그 이름에 끌려 지금은 없어진 우리 동네 책방에서 『세월』을 사서 밤새 읽었던 기억이 아직도 아련하다.

박인환은 강원도 출신으로 아버지의 뜻에 따라 평양의학전문대학교를 다녔으나 해방을 맞아 학업을 중단하고 서울로 와서 '마리서사(茉莉書肆)'라는 책방을 열어 운영했다. 마리서사는 파고다공원에서 동대문 쪽으로 조금 떨어진 낙원동 입구에 있었다. 이때 시인의 나이가 불과 스무 살이었다. '마리'라는 가게 이름은 프랑스의 화가이자 시인인 마리 로랑생에서 따온 것으로 알려졌다. 아이러니하게 박인환도 마리 로랑생과 같은 해인 1956년에 생을 마감했다. 한자 이름 '茉莉'는 일본의 모더니즘 시인 안자이 후유에(安西冬衛)의 시 「군함마리(軍艦茉莉)」에서 가져왔다.

해방 직후 문을 연 마리서사는 서울 시내에 이렇다 할 서점이 없는 가운데 생긴 것이라 많은 사람들의 주목을 받았다. 일반인은 물론 주로 문인들의 출입이 많았는데 당시 사회 분위기를 생각해본다면 좌우 이념 구분 없이 다양한 문인들이 자유롭게 이용할 수 있었다는 점이 특이하다. 정치인만이 아니다. 지식인이라고 하면 당연히 좌익 또는 우익으로 나뉘어져 첨예한 대립을 벌이고 있었던 때가 해방 직후 우리 사회의 모습이다. 이런 살벌한 국가의 수도 서울의 중심부, 거기에 들어선 '마리'라고 이름 지은 서점이라니! 박인환은 제2차 세계대전 후 생겨난 파리의 문인살롱 같은 곳을 꿈꾸며 마리서사를 만들었던 게 아닐까.

서점엔 순문학을 지향하던 작가들은 물론 좌익 계열의 오장환과 김기림도 자주 드나들었다. 책을 팔러 왔다가 친분을 맺게 된 김수영 시인은 이곳을 "좌우익 구별이 없는 몽마르트 같은 분위기"라고 말했다. 그러나 훗날 김수영은 박인환이 시인답지 않게 겉멋에 빠져 유행만 좇는다며 비난한다. 두 사람은 끝내 화해하지 못했고 김수영은 갑작스럽게 생을 달리한 박인환의 장례식에도 나타나지 않았다. "시는 온몸으로 밀고 나가는 것이다"라는 말을 남긴 김수영에게 박인환은 한없이 가벼운 사람으로 보였을 것이다. 이런 일화뿐이랴. 실로 서점에는 기억하기도 어려운 별별 사람들이 드나들었을 것이다. 내가 운영하고 있는 헌책방만 하더라도 그러니 마리서사는 더 말해 무엇하겠는가. 실제 모습이 어땠는지 내부 사진 한 장 남아 있지 않아 알 수 없지만, 얼마 전 개봉한 우디 앨런의 영화 〈미드나잇 인 파리(Midnight In Paris)〉에서 보았던 바로 그런 자유분방한 문인들의 사교공간이 떠오른다.

천성이 예술가인지라 경영자로서는 낙제생이었는지 마리서
사는 삼 년을 못 채우고 1948년에 문을 닫았지만 박인환은 이곳
에서 많은 것을 얻었다. 책방을 드나들던 문인들과 친구가 되었
으며, 일을 그만둔 다음 가까이 교류하던 모더니즘 계열 시인들
과 함께 활발하게 창작 활동을 하게 된 것도 서점 운영을 통해서
맺은 인연이 큰 도움이 됐다. 그리고 이곳 손님이었던 한 여인을
알게 되어 결혼까지 하게 되었으니 삼 년 동안 허허롭게 수업료를
지불한 것치고는 상당한 인생의 성과를 얻은 것이라고 하겠다.

하지만 1955년 첫 시집 『박인환 선시집(朴寅煥選詩集)』을 낸 박
인환이 그렇게 빨리 세상을 떠날 것이라고 예상한 사람은 시인
자신을 포함해 아무도 없었다. 그리하여 『선시집』은 첫 시집이며
동시에 유고가 된 안타까운 사연을 가지게 되었다. 심장마비로
삶을 달리한 1956년, 박인환의 나이는 고작 서른한 살밖에 되지
않았다. 시인은 자신의 운명을 예감하기라도 한 듯 저 유명한 시
「세월이 가면」을 쓴 지 일주일 만에 짧은 생을 마감한 것이다. 나
중에 이 시는 노래로 만들어져 널리 알려지게 되었다. 극적인 삶
을 살았던 만큼 드라마틱한 이야기도 여럿이다. 가요 〈세월이 가
면〉은 시인 조병화와 당시 〈백치 아다다〉라는 노래로 인기를 얻
고 있던 가수 나애심, 그리고 본래 기자였지만 작곡에도 소질이
있었던 이진섭, 이렇게 셋과 함께 명동의 한 대폿집에서 술을 마

시다가 즉석에서 탄생한 곡이다. 술을 마시는데 노래가 빠질 수 없다며 나애심에게 노래를 주문한 건 조병화 시인이다. 나애심은 자기 노래 중에는 이런 자리에 어울리는 곡이 없다며 주저한다. 이때 박인환이 종이와 펜을 꺼내 시를 적었고 함께 자리했던 이진섭이 역시 즉석에서 곡을 붙였다. 그날 나애심이 술집에서 부른 노래가 얼마나 좋았던지 가게 밖의 지나가던 사람들도 멈춰 서서 듣고 있었다고 한다. 나중에 음반으로 나온 이 노래는 크게 인기를 얻었고 박인환은 유서 같은 시를 남기고 세상을 떠났으니 이 이야기는 조금씩 살이 덧붙여져서 지금까지 사람들 입에 오르내리고 있다.

시인의 죽음에 대해서는 이런저런 소문이 많지만 확인된 것은 없다. 시인 이상을 유독 좋아해서 마침 이상의 기일을 맞아 친구들과 함께 밤새 술을 마시다가 갑자기 가슴에 통증을 느끼고 세상을 떠났다는 이야기가 전설처럼 전해진다. 그러나 이상이 멀리 타국 일본의 도쿄에서 숨진 날은 4월 17일, 박인환은 3월에 명을 달리했으니 이 이야기는 맞지 않는다. 이상을 그토록 좋아했던 박인환이 시인의 기일을 잘못 알고 있었을 리는 없다. 그보다는 페노바르비탈이라는 약을 과다 복용하여 심장마비로 숨졌다는 설이 유력하다. 페노바르비탈은 소량 섭취 시 간질 등의 진정효과가 있는 약인데 양을 늘리면 수면제로도 사용된다. 박인환이 발작과 같은 질병이 있었던 것인지 아니면 불면증 치료를 위해 이

약을 복용했던 것인지는 알려지지 않았다.

그런 이유로 시인이 살아 있을 때 남긴 하나뿐인 시집은 지금까지도 귀한 책이다. 그도 그럴 것이 시집에 얽힌 특이한 사건이 있기 때문이다. 원래 1955년 10월에 서점에 나가야 할 『선시집』이 출고 날짜를 코앞에 두고 인쇄소 화재로 인해 모두 불타버린 것이다. 다행히 원고가 남아 있어 다음 해 1월에 시집은 다시 나왔지만 책 수집가들은 화재가 나기 전 출판사가 박인환에게 샘플로 보낸 오리지널 양장본 몇 권에 주목한다. 이 책은 말 그대로 세상에 남아 있는 것이 단 몇 권에 불과하기 때문에 찾기만 하면 부르는 게 값일 정도로 희소가치가 높다.

근역서재에서 출간된 시집 『목마와 숙녀』는 박인환이 쓴 가장 유명한 시를 그대로 제목으로 삼았고 1976년, 그러니까 박인환의 20주기를 기념해 나온 시집이다. 엮은이는 시인의 아들 세형 씨다. 이 시집에는 『박인환 선시집』에 포함되지 않은 미발표 시 일곱 편이 추가로 수록돼 있기 때문에 『선시집』과는 또 다른 의미가 있다. 크기는 A5판(148×210mm)에 총 194쪽이다. 많이 늦은 감이 있지만 2012년 10월에는 시인이 태어난 곳인 강원도 인제에 박인환문학관이 들어섰다. 그곳에 가면 시인의 가족이 기증한 『선시집』 초판을 확인할 수 있다.

싸움으로 번진 최고의 공포영화 선정기

『아가리』

피터 벤클리 지음

김인만 옮김

진암사

1975년

『오맨』

데이비드 셀처 지음

정영일 옮김

영일문화사

1976년

『무당』

W. P. 블래티 지음

하길종 옮김

범우사

1974년

몇 년 전 영화 〈친구〉를 봤는데 솔직히 나는 조직폭력배나 패싸움에 별 관심이 없을뿐더러 부산 출신도 아니기 때문에 큰 재미는 못 느꼈다. 그저 워낙 유명한 영화라고 하니까 시간을 내어 봤을 뿐이다. 이렇게 이야기한다면 수많은 영화팬들의 야유가 쏟아질 게 눈에 선하다. 하지만 어쩌랴? 오래전부터 영화란 나에게 그런 의미였다. 지금도 극장에 가서 영화를 보는 건 일 년에 고작 한두 번뿐이다. 올해는 좀 심각하다. 벌써 구월인데 영화를 한 편도 보지 않았다. 영화는 물론 멋진 매체다. 하지만 나와는 잘 안 맞는다. 우선 많은 사람들이 어둠 속에 앉아 있다는 것이 내겐 어쩐지 불안증을 일으킨다. 스크린이 너무 큰 것도, 소리가 큰 것도 내겐 고통이다. 이러니 영화관에 가서 작품을 감상할 때 여러 장점이 있을 것임에도 불구하고 영화를 보고 싶을 때는 늘 DVD를 애용한다.

어쨌든 〈친구〉라는 영화를 보는 내내 나는 좀 불편했다. 하지만 딱 한 가지 기억에 남는 장면이 있다. 주인공들의 어린 시절을 보여주는 부분이었는데 바닷가에서 수영을 하다가 어떤 녀석이 불쑥, "조오련하고 바다거북이하고 헤엄을 시작하면 누가 이길 것 같노?" 하며 다른 녀석들에게 질문을 던진다. 제아무리 '아시아의 물개'라는 별명을 가진 조오련 선수라고 하더라도 사람보다는 거북이가 빠를 것이다. 하지만 아이들에게는 그렇지 않은가보다. 거북이라고 하면 육지에선 느린 동물의 대명사이기 때문에 바다에서 헤엄치는 날렵한 모습을 한 번도 보지 못했을 거다. 실제로 그런 농담 섞인 말들이 유행이었다. 당시 조오련 선수의 인기가 어땠는지 단적으로 보여주는 한 예다.

뜬금없이 조오련 이야기를 하려는 것은 아니고, 어릴 때는 이렇게 무모한 순위다툼이 많았다는 거다. 그렇게 근거 없고 결론도 없는 말씨름을 하던 때가 있었다. 특히 남자애들 사이에선 남들이 모르는 것을 내가 안다는 건 희한한 우월감을 느끼게 해준다. 심지어 그런 걸로 싸우기도 많이 싸웠다. 예를 들어 동그란 종이에 그림이 들어가 있는 딱지를 가지고 놀 때 하는 방법 중 '전쟁 높'이라는 게 그런 식이다. 가지고 있는 딱지를 두 모둠으로 갈라서 주먹에 쥐고 상대방에게 어느 쪽 손에 있는 그림이 더 세냐는 것을 겨루는 것이다. 어떤 그림이 더 센가에 대해 공식적으로 정한 규칙이 없기 때문에 딱지 속 그림을 보고 대강 판단할 뿐이다. 이를테면 한쪽에 미사일 그림이 있고 다른 쪽에 기관총이 나오면 미사일 쪽이 이기는 식이다. 하지만 엇비슷한 느낌의 그림이 나오면 내 것이 세다, 네 것이 세냐 하면서 다툼이 일어난다. 그럴 땐 놀이 당사자들 간의 기 싸움으로 번질 때가 많다. 가장 흔한 싸움은 '물'과 '불'이다. 바다 그림과 화산폭발 그림이 양쪽에 나왔을 경우 상당히 애매하다. 둘 중에 무엇이 더 센가? 처음엔 말로 하다가 곧잘 주먹이 오가서 피를 보고야 마는 경우도 많다.

내게도 그런 경험이 있다. 아주 어렸을 때 겪은 일이 아니기 때문에 어디서도 이 얘기를 하지 않았는데 글로나마 고백하고자 한다. 고등학생이던 나는 책을 좋아하는 고만고만한 녀석들과 무리를 지어 다녔다. 대개는 동아리에서 만난 친구들이다. 때는 한여름. 동아리실에 나를 포함해서 세 명이 모였는데 이런저런 얘길 하다가 공포영화가 화제에 올랐다. 우리들은 가장 무서운 공포영화가 무엇인지에 대해서 말했는데 공교롭게 셋 모두 내세우는 영화가 달랐다. 우선 나는 〈오멘(Omen)〉을 가장 무서운 영화라고 주장했다. 다른 녀석은 〈엑소시스트(Exorcist)〉라고 했다. 그런데 나머지 한 녀석이 좀 엉뚱하게도 자기는 〈죠스(Jaws)〉처럼 무서운 영화를 본 적이 없다고 그랬다. 우리 둘은 〈죠스〉는 공포영화가 아니라고 몰아세웠지만 어쨌든 무서운 영화이기도 할뿐더러 공포영화를 규정짓는 제대로 된 지식도 없었던 우리들이었기에 〈죠스〉를 인정해주기로 했다.

처음엔 재미있었다. 우리들은 왜 이 영화가 제일 무서운지 각자 예로 든 영화를 힘껏 홍보했다. 그런데 얘기가 길어질수록 감정이 격해졌고 끝내 우리들은 말싸움을 하게 됐다. 나중에 다시 화해했지만 우리는 그날 공포영화 순위 정하기 다툼 때문에 거의 한 학기 동안이나 서로에게 감정이 좋지 않은 상태로 보냈다. 지금 생각해보면 참 우습다. 그리고 또 고백하자면, 나는 그때까지 〈엑소시스트〉나 〈죠스〉는 본 적이 없었다. 〈오멘〉을 비디오로 빌려서 봤던 게 전부였고 그나마도 내가 아니라 형이 빌렸기 때문에 반강제로 봤던 것이다. 나머지 영화는 워낙 유명한 거라 그저 얘기로만 내용을 듣고 알았을 뿐이다. 그러니 내게는 〈오멘〉이 가장 무서운 영화일 수밖에 없었다.

결국 나는 시간을 두고 나머지 두 영화를 모두 비디오로 빌려서 봤다. 영화를 하나만 봤을 때는 내가 본 영화가 가장 무서운 것 같았는데 다른 영화 역시 나름의 이유로 무서웠다. 만약 그때 내가 세 영화를 모두 봤었더라면 그렇게까지 〈오멘〉에 열을 올릴 필요는 없었을 것 같다는 생각이 들어서 부끄러웠다. 어쩌면 다른 두 녀석도 각자 그 영화만 봤던 게 아닐까?

그런데 나중에 영화보다 더 값진 정보를 얻었으니 그건 바로 이 영화들이 사실은 소설을 원작으로 삼고 있다는 것이다. 〈오멘〉의 원작 소설이 있다는 사실을 알고는 의외라고 생각했는데 〈엑소시스트〉와 〈죠스〉마저 원작은 소설이었다는 걸 알게 되자 나는 더욱 흥분 상태가 되었다. 이 책들을 꼭 찾아서 읽어보고 싶었다. 지금처럼 인터넷 환경이 좋았다면 금방 정보를 찾았을 테지만 당시만 하더라도 그럴 만한 때가 아니었다. 백방으로 수소문한 끝에 이 책들이 모두 1970년대에 나왔고 영화도 그즈음 개봉했다는 걸 알았다. 세상에나, 또다시 충격이었다. 〈오멘〉이 1970년대 영화였다니!

열심히 알아보고 다녔지만 고등학생 신분으로 1970년대에 나온 책을 찾는다는 건 쉬운 일이 아니었다. 지금은 이 세 권을 모두 갖고 있는데 전부 어렵게 구했다. 이유는 다름이 아니라 책 제목 때문이다. 우선 『오맨』은 영화 제목 그대로 '오멘'인 줄 알았는데 1976년 초역 당시에는 '멘'이 아닌 '맨'이었기 때문에 중앙도서관 데이터베이스를 뒤져도 찾을 수 없었던 것이다. 어찌어찌 우연히 찾게 되었을 때 책 제목이 『오맨』인 걸 보고 얼마나 기뻤던지!

『엑소시스트』와 『죠스』는 더 힘들었다. 우리나라에서 소설을 번역했을 당시의 제목이 원제목과는 완전히 달랐기 때문이다. 우선 『엑소시스트』는 번역 제목이 『무당』이다. 이 책은 요절한 천재 영화감독 하길종이 번역했는데 1974년에 범우사에서 초판을 펴냈다. 당시엔 '퇴마사' 같은 단어도 흔치 않던 때라 그나마 선택한 제목이 '무당'이었던가보다. 부제를 '악마추방자(惡魔追放者)'로 해둔 것이 흥미롭다.

이 소설은 출간 즉시 미국에서 영화로 만들어졌는데 원작자인 피터 블래티가 각색과 제작에 참여했다. 원작의 느낌을 살리기 위해 거액을 쏟아부은 이 영화는 1974년 개봉할 당시 아카데미 최우수 각색상, 녹음상 그리고 골든글로브상을 받았다. 우리나라에는 우여곡절 끝에 미국 개봉 다음 해인 1975년에 들어왔는데 인기 작가 최인호의 소설을 원작으로 삼은 영화 〈바보들의 행진〉을 누르고 그해 관객동원 1위를 차지한다. 최인호 원작 영화는 바로 전해 〈별들의 고향〉이 관객 수 46만 명 이상을 동원했기 때문에 〈바보들의 행진〉 역시 기대가 컸고 실제로 많은 관객이 들었지만 〈엑소시스트〉의 성적을 누르기는 역부족이었다.

1975년 9월 13일자 동아일보 신문기사를 인용해보면, "〈바보들의 행진〉이 49일간 상영에 17만 4천5백 명인 데 비해 〈엑소시스트〉는 국제극장에서 83일 장기상영에 27만 5천 명, 허리우드에서 77일 상영에 24만 2천5백 명을 동원"했다. 이 정도라면 비슷한 시기에 개봉한 〈벤허〉와 〈빠삐용〉을 뛰어넘는 흥행기록이다. 당시 서울 인구가 5백만 명 정도였고 개봉관도 많지 않았으니 지금으로 따지면 삽시간에 1천만 관객 이상을 동원한 것과 맞먹는 성적이다.

『죠스』의 번역 초판 제목은 황당하게도 『아가리』다. 이러니 어떤 곳에서도 검색에 걸리지 않은 것이다. '죠스'를 우리말로 옮긴 단어가 '아가리'인 줄 그 누가 알았겠는가. 영화의 중심 소재인 상어는 영어로 'Shark'인데 무시무시한 이빨을 상징하기라도 하듯 작가는 'Jaws'라는 단어를 선택했다. 그런 제목을 옮기는 과정에서 공포를 상징하는 '턱'은 '아가리'가 된 것이다. 당시 '아가리'라는 것이 어떤 느낌으로 쓰이던 말인지 잘 알 수 없지만 지금 만약 '아가리'라는 제목으로 책이나 영화를 만든다면 무섭다기보다 귀엽다고 말하는 사람이 더 많지 않을까? 어쨌든 이 책은 다른 두 작품과 마찬가지로 곧장 영화로 만들어졌고 거장 스티븐

스필버그가 연출을 맡았다. 우리나라에서는 1978년에 수입되어 큰 인기를 모았다.

1970년대에 마치 형제처럼 탄생한 이 세 작품은 번역본 책도 닮은 구석이 많다. 우선 모두 하드커버에 책 판형이 똑같다. 하드커버 책에 따로 북 케이스를 입힌 것 역시 같다. 어떤 사람은 이런 옛날 책이 무슨 큰 가치가 있느냐고 물을지 모른다. 하지만 오래된 책은 내용이나 학술적 가치만 따질 수 있는 것이 아니다. 내가 오랫동안 발품을 팔아가며 발견했을 때의 그 기쁨을 책은 함께 가지고 있는 것이다. 그런 감정은 나 이외에는 아무도 모른다. 책은 읽고 즐기는 것이 우선은 의미가 있지만 각별한 사연이 그 안에 깃들어 있으면 그때부턴 둘도 없는 친구이자 연인이 된다.

소설가 김영하의 첫 작품은 무협물

『무협 학생운동』
김영하 지음
아침
1992년

386세대, X세대, 사오정세대, 88만원세대—이런 식으로 말하자면 우리들 중 누구도 어떤 세대 하나쯤 속하지 않는 사람이 없을 것이다. 가끔은 나도 그런 생각을 한다. 1975년에 태어나서 1980년대에 초등학교(그때는 아직 '국민학교'라고 부를 때다)를 다녔고 1990년대에는 대학생활과 군복무를 했다. 직장인 신분으로 밀레니엄을 맞았고 2002년 즈음에는 회사를 그만둬야겠다는 생각을 하고 있었다. 이런 나는 어디에 속할까?

생각해볼수록 애매한 나이에 걸쳐 있다. 1980년대 학번이 아니니까 우선 '386세대'나 '사오정세대'는 아니다. 그렇다고 'X세대'인가 하면 아슬아슬하게 오차가 있다. 내가 고등학생이던 때 '듀스'와 '서태지와 아이들'이 데뷔했지만 우리들 대부분은 여전히 '해바라기'나 '박남정', '소방차', '이문세', '변진섭'을 더 좋아했다. '88만원세대'보다는 취업을 약간 일찍 했다. 그러면 뭐라고 불러야 할까? 굳이 말하자면 '프로야구세대'라고 해야 할까?

한국프로야구는 1982년에 시작됐다. 나는 어린 나이였지만 그 당시를 꽤 자세히 기억하고 있다. 야구장에 가서 봤던 그 압도적인 분위기는 아마 죽을 때까지 잊지 못할 것이다. 부모님은 나를 해태타이거즈 리틀야구단에 신청해주셨고 축하 사은품으로 받은 검정색 점퍼를 닳도록 입고 다녔다. 홈런타자 김봉연과 잠수함투수 방수원은 내 우상이었다. 어느 날 경기가 끝난 후 김봉연 선수와 아주 잠깐 만나서 악수를 한 적이 있는데 수십 년이 흐른 지금까지도 그때의 흥분을 그대로 떠올릴 수 있을 정도다. 무엇이든지 던지고 후려칠 도구만 있으면 아이들은 어디에서고 야구놀이를 했다.

그런데 이런 내게 묘하게 겹치는 기억이 하나 있다. 프로야구만큼이나 잊을 수 없는 일, 그것은 바로 대학생들의 데모였다. 1980년대, 어린 우리들은 매일매일 공터에서 야구를 했는데 대학생들은 우리가 야구를 하는 것만큼이나 자주 데모를 했다. 왜 이것을 기억하고 있는가 하면 내가 다니던 정릉의 청덕초등학교 바로 옆이 국민대학교였기 때문이다. 지금은 담도 있고 자동차가 다니는 길이 생겼지만 당시만 하더라도 그런 게 없이 초등학교 후문을 지나면 곧바로 국민대학교였다.

당연하게도 그때 우리들은 왜 사람들이 저리 시끄럽게 떠들고 싸움질을 하는지 알 길이 없었다. 가끔만 보는 텔레비전 뉴스에도 이런 소식은 일절 나오지 않았다. 우리 학교는 대학교 바로 옆에 붙어 있었기 때문에 데모가 시작되고 최루탄 냄새가 나기 시작하면 단축수업을 했다. 영문을 모르는 우리들은 그저 수업이 일찍 끝나는 것 때문에 데모가 어서 시작되기를 은근히 기대하기도 했다. 그 현장에 있었던 대학생들이 말하자면 '386세대'다. 그렇게 드세게 돌멩이와 화염병을 던지던 사람들이 지금은 다들 어디서 무엇을 하고 있을까? 만약에 전두환이 퇴진하지 않았더라면 내가 대학생이 됐을 때도 역시 그렇게 싸워야 했을까? 하지만 1995년, 내가 일 년을 재수하고 대학생이 됐을 때는 캠퍼스에서 이미 '학생운동'이라는 이름을 찾아보기 힘들게 되었다. 그저 전설같이 전해지는 몇몇 선배들의 이야기가 운동장에 굴러다니는 신문지처럼 무심하게 존재할 뿐이었다.

시간이 더 오래 지난 후에야 우리들이 한창 야구에 빠져 있을 때 대학생들이 무얼 하고 있었는지 알게 됐다. 그러나 정확히는 모른다. 알려주는 사람도 없었고, 알고 싶어 하는 사람도 내 주위에는 없었다. 책을 찾아보려고 해도 당시에 나왔던 것들은 거의 전부 절판됐고 출판사들도 살아남은 곳이 거의 없는 실정이다. 심지어 그때 펴냈던 책들은 도서관에도 없다. 불온서적 취급을 당해서 대부분 사라졌다. 나는 헌책방을 하면서 그런 책들을 찾아내 지금의 대학생들에게 권해주는 것이 뿌듯하다. 그때의 일들을 지금 어떻게 평가하는지는 스스로 개척해나가야 할 부분이지만 적어도 이렇게 자료를 수집해서 제공해줄 수 있다는 것만으로도 기쁘다.

그때는 정말 별별 책들이 많았다. 마르크스나 레닌의 책은 물론이고 모택동과 스탈린의 책들, 그리고 이들의 사상을 연구했던 철학자들의 책들, 사회주의나 공산주의를 비판했던 학자의 책들……. 주사파(主思派), 주체사상(主體思想)에 관한 어떤 책들은 지금 읽어보면 좀 황당하기까지 하다. 나는 북한에 대해 반감을 가지고 있는 사람은 아니지만 일부 책들에서는 김일성이 거의 신(神)과 같은 존재로 묘사되어 있는 걸 보고 놀란다. 하지만 이 역시 당시 사회와 학생운동을 자세히 연구해보려면 필요한 책일 것이다. 이렇게 생각을 넓혀보면 그 어떤 책도 금서라는 이유로 세상에서 지워지는 일이 생겨서는 안 된다. 헌책방을 하다보니 이렇게 다양한 책을 만나게 되는데 그중 내가 아끼는 책 한 권이 있다. 『무협 학생운동』이 그것이다.

　　『무협 학생운동』은 재미있고 흥미로우면서도 독특한 책이다. 1980년대, 정확히는 박정희 대통령의 죽음부터 시작해 1987년 '6·29선언'까지 일어난 학생운동을 무협물처럼 각색한 소설이다. 아무리 소설이라고는 하지만 학생운동의 역사를 무협에 빗대어 이야기를 풀어냈다는 건 좀 무리수라는 생각이 앞선다. 그 옛날 김대중, 김영삼, 김종필, 이 세 사람이 정치 패권을 놓고 경쟁하던 것을 어떤 신문인가에서 무협물로 만들어 연재했던 기억이 난다. 하지만 그건 말 그대로 권력을 다투는 정치 얘기고, 학생운동은 그와 성격이 좀 다른 게 아닌가? 내가 알기로 그들은 당권이나 의원직이 아니라 민주주의와 인권을 위해 싸웠다. 그런 얘기를 무협으로 만들었다는 것 자체가 처음엔 마음에 안 들었다. 그런데 읽어보니 너무 재미있다. 재미있지만 가볍지는 않다. 대체 이렇게 글 잘 쓰는 사람이 누굴까?

이 소설의 저자는 다름 아닌 김영하다. 많은 사람들이 알고 있는 인기 소설가, 바로 그 김영하가 맞다. 작가는 소설가로 등단하기 전 연세대학교에서 석사과정을 다니던 중에 이 작품을 썼다. 그러니 김영하의 진정한 첫 번째 소설은 『무협 학생운동』이다. 김영하 작가를 좋아하는 많은 독자들 가운데 과연 이런 소설이 존재한다는 것을 아는 사람이 몇이나 있을까? 헌책방 손님 중에도 김영하 작가의 책을 찾는 사람들이 꽤 있다. 그런 분이 오면 나는 재미 삼아, 김영하가 초기에 쓴 무협소설이 있는데 그 작품을 아느냐고 묻는다. 열에 아홉은 모른다. 그도 그럴 것이 김영하 이름으로 어느 곳을 검색해도 공식적인 책 목록에 이 작품은 없기 때문이다. 아마도 '작가'라는 이름으로 활동하기 이전에 펴낸 책이기 때문에 굳이 이 작품을 끼워 넣지는 않았을 것이다. 그래도 김영하 작가를 좋아하고 그가 쓴 책을 수집하는 사람이라면 『무협 학생운동』에 관심을 가질 수밖에 없다. 이 책은 '아침'이라는 사회과학도서 전문 출판사에서 1992년에 딱 한 번만 찍어냈는데 지금은 출판사가 없어진 터라 다시 펴낼 수도 없는 희귀한 책이 되었다.

소설 내용은 여느 무협물의 그것을 그대로 따랐다. '박통(박정희)'의 죽음 이후 어지럽게 된 중원의 권력을 휘어잡으려는 야심으로 눈을 부릅뜨고 있는 '독두마왕 전두(전두환)'와 '노갈(노태우)' 그리고 이들을 뒤에서 조종하는 보이지 않는 힘 '아메대왕(아메리카, 즉 미국)'이 백성들의 삶을 도탄에 빠뜨리고 있다. 이에 젊은 무사(대학생) '류'와 '초아'는 함께 중원의 평화를 위해 힘쓰기를 다짐하지만 나중에는 이들 역시 서로 문파가 갈려서 등을 돌리게 된다. 하지만 그렇다고 해서 중원을 '전두마왕'에게 그대로 내어줄 수는 없는 법. 두 문파(여기선 NL과 CA)는 하나로 뭉치기 위해 일대종사들이 장백산에서 만나 최종 담판을 짓는데……. 대충 그런 내용이다. 지은이가 밝혔듯이 1980년대는 선과 악이 명백하게 대립하던 시기라는 점이 무협의 세계관과 흡사하기 때문에 실제로 학생운동을 온몸으로 겪었던 세대라면 재미와 함께 쓸쓸한 감정을 느낄 만한 내용이다.

다행인지 불행인지, 우연인지 필연인지 모르지만 학생운동 세대를 가까스로 비껴간 나에게 당시의 사회 분위기는 안개처럼 아련한 느낌만 전해줄 뿐이다. 모든 것은 책으로 읽고 배워서 퍼즐을 맞춰나갈 수밖에 없다. 여전히 나는 이 퍼즐의 큰 그림이 어떤 모양인지 짐작조차 하기 어렵다. 다만 지금 드는 한 가지 고민은, 비슷한 색깔이지만 완전히 모양이 다른 두 조각이 남았는데 이걸 과연 어디에 어떻게 끼워 넣어야 하는지에 관한 것이다.

예를 들면 소설 속에서 '강철 대사'로 등장하는 인물 말이다.

이 사람은 『강철서신』이라는 책을 쓴 김영환 씨일 것이다. 그는 '광조성(전라도 광주)'에서 전두마왕에게 무참히 짓밟힌 백성과 무림문파를 다시 조직하려는 지도자로 등장한다. 실제로 그는 흔히 '주사파'로 불리는 'NL(National Liberation: 민족해방)' 계열의 대표 격이었다. 그러던 김영환 씨는 1990년대 초 북한에 밀입국해 김일성을 면담하고 난 뒤 주체사상에 회의를 느꼈다고 주장한다. 그는 곧 주체사상을 버리고 탈북자인권운동에 투신한다. 지금은 '뉴라이트'로 대표되는 보수파의 핵심으로 활동하고 있다. 삼십여 년 만에 완전히 반대쪽 길을 선택한 것인데 그사이에 무슨 일이 있었던 것인지 자세히 알려지지 않아 궁금하다. 왜 그는 북한 체제와 주체사상에 큰 회의를 느꼈음에도 불구하고 돌아와서 민혁당과 그 아래 혁명조직을 만들었는지, 그리고 어째서 몇 년이 지나 조직이 확대되고 있는 시점에서 그 단체를 공식적으로 부인하고 전향했는지…… 얽히고설킨 문제는 여기서 다 말하지 못할 정도로 많다.

그런가 하면 김영환 씨와 함께 민혁당에서 활동한 이석기 씨는 얼마 전 국가 전복을 기도했다는 혐의로 재판을 받았다. 현재 양 극단에 서 있기는 하지만 김영환, 이석기 모두 비슷한 가치관으로 젊은 시절을 보냈고 지금도 대한민국의 평화와 통일을 위하는 마음은 같을 것이다. 나에겐 이러한 모순들이 서로 맞지 않는 퍼즐조각 같다. 누구도 알려주지 않고, 굳이 알고 싶어 하지도 않는 1980년대의 그림이다. 김영하의 소설은 전두마왕이 절반의 항복을 한 가운데 6·29선언이 나와 백성들과 각 무림문파들이 들뜬 기분을 간직한 시점에서 막을 내린다. 하지만 여전히 강호 저편 하늘에는 먹구름이 스멀스멀 피어오르고 있다. 김영하의 소설로부터 또 이십 년이 지났다. 비바람이 많았지만 잠시 햇빛이 따사로웠던 때도 있었다. 그래도 먹구름은 걷히지 않았다. 이 땅에 평화가 깃드는 날은 과연 언제쯤일까?

오직 연극을 위해 나아간 한 사람

『북이 울릴 때』

오태석 지음

경미문화사

1978년

연극을 처음 본 것은 중학생 때다. 초등학생 때부터 동네 대학생 형들을 좇아서 헌책방에 다니곤 했는데 중학생이 되니 세상이 갑자기 더 커진 것 같은 느낌이 들었다. 또래 아이들이 그렇듯 나 역시 뭔가 폼 나는 일들을 하고 싶었다. 그때 우리들 사이에서 유행했던 게 통기타와 일명 '로보트 춤'이라고 불리는 브레이크 댄스였다. 자전거 타기와 동네 골목야구는 초등학생 때 하는 거였고 중학생이 되면 대개 기타를 배우거나 춤을 췄다. 롤러스케이트장에 가는 것도 괜찮았지만 그런 곳에 가는 건 '노는 애들' 부류라는 인식이 있었기 때문에 나처럼 순진한 녀석들은 자주 롤러스케이트를 타러 갈 수 없었다.

그렇다면 남은 게 기타와 춤인데, 춤은 일찌감치 포기했다. 당시 유행하던 '소방차', '박남정' 같은 댄스뮤지션들이 나오는 텔레비전 프로그램을 보는 것만으로도 현기증이 났다. 저건 내가 할 수 있는 게 아니다. 초등학생 때부터 기타를 배우기는 했지만 내가 관심 있는 분야는 클래식 연주였다. 〈사랑의 로망스〉나 〈알람브라 궁전의 추억〉 같은 것이 유행가보다 좋았다. 그러니 중학교에 올라와서도 기타를 연주할 줄 안다고 다른 애들에게 말하지 못했다.

고민에 빠져 있던 내게 신세계처럼 다가온 게 연극이었다. 헌책방을 처음 갔던 것처럼 이번에도 대학생 형들을 따라 '대학로'

라는 곳엘 갔다. 형들은 그곳에 대학생들이 많이 오기 때문에 대학로라는 이름이 붙었다고 알려줬다. 그리고 거기서 연극이라는 것을 본다는 거다. 연극! 학교에서 배우기는 했지만 진짜로 그런 걸 하는 곳이 있다니. 그걸 내가 눈앞에서 보게 되다니. 떨리는 마음에 '극장'이라는 곳에 갔는데 사실 그곳은 정식 무대와 관객석이 있는 것이 아니라 그냥 찻집이었다. 평소엔 다방으로 이용하다가 공연이 있는 시간에만 탁자를 한쪽으로 밀어놓고 연극을 한다는 거였다.

지나고 나서 알게 된 건데 그때는 많은 연극을 그렇게 했던 것 같다. 아직 대학로에 정식 극장이라는 게 별로 없었기 때문이다. 내가 그날 본 연극은 〈바쁘다 바빠〉라는 코미디였는데 인기가 좋아서 지금까지도 대학로에 가면 공연을 볼 수 있다. 비록 상상하던 멋진 극장에서 본 것은 아니었지만 내겐 큰 충격이었고 한편으론 학교에 가서 나의 이 고상한 문화생활에 대해서 자랑할 것을 떠올리며 뿌듯해하기도 했다. 연극은 기타 치면서 고래고래 소리를 지르는 것이나 경박하게 관절을 꺾어대는 춤보다 훨씬 고급스럽고 게다가 흔하지 않은 분야였다.

딱 하나 문제가 있었는데 그건 입장료였다. 처음 연극을 보러 갔을 때는 형들이 내 것까지 표를 사주었기 때문에 입장료가 얼마인지 몰랐지만 혼자서 연극을 보려고 다시 대학로에 가서 알아보니 정식 극장에서 하는 건 5천 원 정도였다. 그건 내 한 달치 용돈과 거의 맞먹는 거금이었다. 그러나 조금만 아긴다면 자주는 아니더라도 석 달에 한 번쯤은 연극을 볼 수 있겠다는 판단이 섰다. 무엇보다 용돈을 쪼개 따로 모으고 입장료가 될 때까지 몇 달이나 기다릴 수 있을 정도로 그날 처음 봤던 연극이 마음에 깊이 남았다.

가장 좋았던 것은 연극은 영화와 달리 청소년 입장을 적극적으로 제한하지 않았다. 오히려 나처럼 어린애가 혼자서 극장에 오면 어른들이 칭찬했고 정말 운이 좋을 때는 입장료를 면제받는 일도 있었다. 그럴 때면 나는 신나게 연극을 본 다음 군것질까지 하고는 편하게 버스를 타고 정릉 집까지 왔다. 그렇지 않은 날에는 당연히 아무것도 못 먹은 채로 대학로에서 집까지 걸어서 가야 했다. 어쨌든 그렇게 봤던 연극들은 상당 부분 지금 내 삶의 감수성을 제공한 밑거름이 되었다고 확신한다.

그런 계기를 시작으로 여태 봐왔던 연극들 중에서 기억에 남는 걸 꼽아보면, 당연히 〈바쁘다 바빠〉는 상징적인 의미로서 가슴 한구석에 자리 잡고 있으며, 명계남이 연기했던 〈콘트라베이스〉, 산울림 소극장에서 여러 번 봤던 〈고도를 기다리며〉, 개그맨 이원승이 극장 대표로 있으면서 연기까지 했던 작품으로 프란츠 카프카 원작인 〈빨간 원숭이 피터의 고백〉, 김민기가 만든 소극장 뮤지컬인 〈지하철 1호선〉, 손숙의 연기가 너무도 감동적이었던 〈엄마, 안녕〉, 박정자의 모노드라마로 브레히트의 작품을 각색한 〈그 여자 억척어멈〉, 대학로 소극장에서 봤던 페터 한트케 원작의 〈관객 모독〉 등이다.

그런 작품들 속에서 가장 큰 충격을 받은 건 단연 〈춘풍의 처〉다. 이 연극은—아니, 이걸 연극이라고 불러야 할까? 더 참신한 이름이 있다면 좋겠다—내가 고등학생 때 처음 본 것 같은데 보러 간 이유는 단순했다. 학교 문학 시간에 『이춘풍전』이라는 고전에 대해서 배웠기 때문에 때마침 공연 중이던 〈춘풍의 처〉를 본 것이다. 거기에 누가 출연하는지, 연출은 누군지 전혀 관심이 없었다. 사실 지금도 그때 출연한 배우에 대한 기억은 없다. 그런데도 그 작품이 인상 깊었던 것은 그동안 봐왔던 연극과는 연출 방식이 너무나 달랐기 때문이다. 극 자체는 이춘풍 이야기 모티프 그대로이기 때문에 코미디였는데 나는 관객석에 앉아 있는 동안 거의 웃을 수가 없었다. 그건 우습기보다는 오금이 저려오는 경험이었다.

내가 알고 있던 연극은 배우가 무대에 나와 혼자 혹은 여럿이서 말을 주고받거나 과장된 몸짓으로 관객에게 내용을 전달하는 거였다. 그런데 〈춘풍의 처〉는 완전히 달랐다. 풍물패가 무대 곁에 앉아 요란하게 연주하면 배우가 그에 맞춰 노래하듯 대사를 쳤다. 그래, 그건 대사라고 하기보다는 한마디 한마디가 노래였다. 서양식 뮤지컬과는 달랐다. 마당놀이나 판소리와도 확실히 달랐다. 그 종잡을 수 없는 무대에 푹 빠졌다가 나오니 극장을 나설 때는 등에서 땀이 나고 있을 지경이었다.

처음으로 연극이란 배우 못지않게 연출이 중요한 것임을 알았다. 공연 팸플릿에 쓰인 정보를 살피니 연출자는 오태석이라는 사람이다. 사진도 함께 나왔는데 내 기억으론 꽤 깡다구 세게 생겼다. 바늘 끝으로도 어디 한군데 찌를 틈이 없을 정도로 다부진 표정이다. 생각해보니 그날 봤던 〈춘풍의 처〉는 연출가 오태석의 얼굴처럼 공연 내내 관객에게 빈틈을 허용하지 않았다. 배우들은 우스운 연기를 했지만 그건 코미디언 심형래가 텔레비전에서 보여주던 연기와 전혀 달랐다. 그 다름이 어디에서 기인하는지 너무 궁금했지만 어리고 아무것도 모르던 내가 노력한다고 금방 알아차릴 수는 없었다.

연극 보러 다니기는 대학을 졸업하고도 계속 이어졌다. 연극을 이해하기 위해서 따로 공부할 정도는 아니었지만 그저 내 감성이 영화보다는 연극 쪽에 더 맞았기 때문에 관람료가 비싸도 연극무대를 줄기차게 찾아다녔다. 그런 생활을 이어가던 중 홍익대학교 근처에 있는 한 헌책방에서 오태석이 쓴 옛 책 한 권을 발견했다. 『북이 울릴 때』라는 제목인데, 처음 봤을 땐 그저 오래전에 어떤 무명작가가 쓴 소설책이거니 했다. 그런데 책등에 한자로 적힌 작가 이름을 읽어보니 '오태석'이다. 설마 그 오태석인가? 맞다! 연출가 오태석! 그 순간 마치 마르셀이 홍차를 곁들인 마들렌을 먹다가 그 향기 때문에 어린 시절을 회상하게 된 것처럼 어릴 때 봤던 〈춘풍의 처〉가 와락 내 가슴속으로 뛰어 들어왔다.

당장 그 책을 사들고 집에 와서 읽었다. 사실 오태석이 연출한 극은 〈춘풍의 처〉를 빼면 셰익스피어의 작품을 재해석한 것을 한두 번 본 것이 전부였기 때문에 그의 작품을 제대로 안다고 말하기 어려웠다. 게다가 여전히 고등학생 때 느꼈던 그 미묘한 감정에 대한 해석도 내 안에서 해결되지 않은 채 소화불량처럼 남아 있지 않은가? 그런 때 오태석의 책을 발견한 것은 운명, 또는 행운이었다.

더욱 반갑고 고마운 것은, 이 책 후반부에는 〈춘풍의 처〉를 처음 기획할 당시부터 무대에 올리기까지의 과정을 소상하게 밝힌 '춘풍의 처 공연일지'가 들어 있다는 점이다. 책은 전부 4부로 구성되어 있는데 1부는 원고지 10장 안팎의 짧은 산문을 모았다. 2부와 3부는 1부보다 내용이 좀 긴데 어쩌면 오태석이 이 이야기들을 발전시켜 희곡 작품으로 쓰려고 했던 건지도 모르겠다. 4부가 '춘풍의 처 공연일지'다.

〈춘풍의 처〉는 이화여자대학교 국문과 졸업학년들이 선보인 연극 작품으로 처음 무대에 올려졌다. 이대 국문과는 졸업반 학생들이 재학생의 작품을 가지고 연극 공연을 하는 전통이 있다. 학생 입장에서는 열심히 쓴 작품을 실제로 무대에 올릴 수 있는 기회이기 때문에 더없이 좋은 실습이 된다. 그런데 1972년에는 재학생 중에서 쓸 만한 희곡이 나오지 않았다. 이에 이대 문리대 이어령 교수가 오태석에게 『이춘풍전』을 전해주며 각색해 무대에 올려보면 어떻겠느냐는 제안을 한다. 이런 사연으로 첫 공연을 한 뒤 1974년에는 대본을 예술전문학교 수업용으로 새로 쓴 다음 서울여자대학교 소극장에서 공연했다. 여기까지는 정식 공연이 아니었다. 오태석은 처음에 학생들에게 연극을 가르칠 목적으로 〈춘풍의 처〉를 만들었는데 몇 년 동안 그리하다보니 애정이 생겼다. 여태 했던 내용들을 더 정교하게 다듬어서 1976년에는 창고극장에서 최초로 상업연극을 선보인다. 〈춘풍의 처〉는 꽤 인기가 좋아서 그 후로 여러 곳에서 공연하게 된다. 오태석은 그때마다 계속해서 수정을 거듭했다. 그렇다면 내가 봤을 때도 그

『북이 울릴 때』,
〈춘풍의 처〉
공연 장면.

작품은 완성된 것이 아니라 만들어지고 있는 과정이었을 거다.

책장을 덮고 심호흡을 했다. 만약 이 책을 발견하지 못했더라면 〈춘풍의 처〉를 이해할 실마리를 영원히 찾지 못했을지도 모른다. 아니, 오태석이라는 이름도 잊고 살지 않았을까? 책을 읽으면서 여러모로 생각을 정리했는데 그중 하나가 문장을 써내는 방법이다. 〈춘풍의 처〉를 처음 봤을 때 새롭다는 느낌을 강하게 받았는데 그러면서도 한편으로 이질감은 전해지지 않았다. 그 이유가 바로 오태석이 쓴 희곡의 문장 때문인 것 같다.『북이 울릴 때』역시 특별한 운율을 가지고 문장을 만드는데 마치 장단을 맞추듯 4·4조 혹은 3·4조의 리듬으로 글을 썼다. "동창이 밝았느냐/ 노고지리 우지진다" 같은 형식이다. 연극 대사를 이런 식으로 처리하니까 처음엔 상당히 생소하게 느껴지는데 듣다보면 우리 전통가락이라 금방 익숙해진다. 오태석은 희곡뿐만 아니라 산문을 쓸 때도 그런 규칙을 얼추 지키고 있다.

몇 해 전 〈춘풍의 처〉가 생각나기에 당장은 오태석의 연출을 볼 수가 없어서 마당놀이로 만든 〈이춘풍전〉을 봤다. 마당놀이를 보고 집으로 돌아오는 길은 좀 씁쓸했다. 공연은 너무도 재미있었지만 웃고 떠드는 것 외에 다른 게 남지 않았기 때문이다. 오태석의 〈춘풍의 처〉는 분명히 코미디이지만 마냥 웃을 수만은 없는 깊은 울림이 있었다. 북소리 같은 것이다. 북은 일견 단순한 악

기처럼 보인다. 하지만 북소리가 없으면 소리꾼이 노래를 못하고 사물놀이에 장단이 안 맞는다. 둥둥둥 울리는 북소리를 듣고 있으면 그게 낮은 소리인지 높은 소리인지 혹은 두 소리를 동시에 내고 있는 건지 헷갈릴 때가 있다. 먼 곳에서 나는 소리인지 가까운 곳에서 쳐대는 소리인지 모를 정도로 한 번 울린 북소리는 다양한 공명을 뿌린다.

아니다. 이런 이해로도 부족하다. 오태석은 여전히 현역에서 극을 연출하며 부지런히 앞으로 나아가고 있다. 노장이라고 불리는 나이가 되었지만 여전히 공부하면서 자신을 바꿔나가고 있다. 내가 그런 사람의 연극을 제대로 이해하려면 한없는 세월을 투자해야 할 거다. 그저 살면서 조금씩 연극을 알아갈 수 있는 행운이 몇 번 더 있다면 좋겠다. 허름한 책방에서 『북이 울릴 때』를 발견했던 그 순간처럼 말이다.

기차 타고 금강산에 여행 간 인기 소설가

『비석과 금강산의 대화』
정비석 지음
휘문출판사
1963년

작가 정비석은 많은 작품을 남긴 역사소설가다. 하지만 가장 큰 인기를 누린 작품은 역사소설이 아니라 1954년에 초판을 펴 낸 대중소설『자유부인』이다. 이 소설은 한국전쟁이 끝난 지 얼마 되지 않은 때, 한 유명 대학교수의 부인이 댄스홀을 드나들며 유흥을 즐긴다는 줄거리로 당시 사회 분위기에서는 저속한 내용을 담고 있다며 금서 처분을 받기도 했다. 그런데 예나 지금이나 사람들은 이런 책에 더욱 끌리는 모양인지 소설이 신문에 연재되던 때는 말할 것도 없고 나중에 단행본으로 나왔을 때 역시 상당한 판매고를 올렸다. 지금처럼 여러 매체를 통해 광고할 수 있는 시기가 아니었음에도『자유부인』은 출간되고 얼마 지나지 않아 수만 권이나 팔려 나갔다. 영화로 만들어진 것도 네 편이나 된다. 우여곡절이 있었지만 덕분에 정비석은 단번에 작가로서 최고 입지를 마련하게 된다.

이렇게 순풍에 돛 단 듯 독자들에게 인기를 얻고 난 다음부터는 소설을 쓰면 늘 잘 팔려 나갔다. 1960년대에 들어서니 이미 내놓은 장편소설만 삼십여 편, 단편은 무려 2백 편 정도 되었다. 평안북도 의주가 고향인 정비석은 한국전쟁 때 북녘에 있는 재산을 다 잃고 오직 글쓰기로만 생활을 꾸려가고 있으니 많이 써내는 수밖에 없다고 책 서두에서 말한다.

이런 때에 펴낸『비석과 금강산의 대화』는 대중소설로 계속해서 독자층을 늘려가던 작가의 첫 수필집이라 의미가 각별하다. 책이 나온 것은 한국전쟁이 끝난 1960년대지만 분단되기 이전 작가가 금강산을 여행한 후 쓴 유명한 기행문을 맨 앞에 실었다. 탁월한 문장력으로 더 이상 갈 수 없는 명산의 그리움을 잔잔하게 그려내 고향 잃은 독자들을 중심으로 많은 관심을 받았다. 이 산문은 후에 고등학교 교과서에 실렸고 대학교 입시 시험에도 자주 출제됐다. 금강산 기행문 앞에 붙인 제목은 「산정무한(山情無限)」이다. 이 유명한 산문 「산정무한」을 가장 앞에 내세우고 있어서인지 책 제목에도 '금강산'이 들어가고 하드커버 표지는 컬러로 찍은 금강산 사진으로 전체를 장정했다. 본문이 시작되기 전에 속지 열여섯 쪽을 할애해 금강산 흑백화보집도 실었다. 모르는 사람이 보면 이 책이 오롯이 금강산에 대한 책인 줄 오해하기 좋다. 한국전쟁 후 나라가 갈라져 더 이상 가볼 수 없는 북녘 땅에 대한 그리움을 책 홍보 전략으로 삼은 것 같다.

남북 협력 사업으로 금강산 여행이 시작된 후, 꿈에도 그리던 금강산을 직접 보고 온 사람들이 있다. 관광객이 금강산에 가려면 남한에서 배를 타고 북쪽으로 이동한 다음 거기서 다시 육로를 통해 금강산으로 들어가거나 강원도 고성에 모여 버스를 나눠 타고 군사분계선을 넘어 북한으로 갔다. 오고가는 길뿐만 아니라 준비해야 하는 서류도 복잡하다. 그럼 분단되기 전에는 금강산을 어떻게 갔을까? 교과서에 실린 「산정무한」은 어쩐 일인지 작가가 금강산을 찾아가는 첫 서두 부분이 생략되어 있는데 원문 전체가 실린 『비석과 금강산의 대화』에는 이 여정이 자세히 나온다. 나라가 둘로 갈린 마당에, 길이 있어도 갈 수 없는 게 금강산이니 여길 찾아가는 여정 따위는 중요하지 않다고 판단해서 교과서에 옮길 때는 빼버린 것일까? 편집된 부분을 소개하면 딱히 길게 설명할 필요도 없이 간단하다. 서울에서 경원선 열차를 타고 가다가 강원도 철원에서 금강산으로 가는 기차를 갈아타면 얼마 후 목적지에 닿는다. 나라가 갈라지지 않았다면 이렇게 쉽게 갈 수 있는 곳이 금강산이다.

아쉬운 것은 「산정무한」을 제외하면 나머지 글은 금강산에 관한 것이 아니라는 점이다. 제목과 표지 사진, 간단한 화보집이 들어 있는 것이 금강산에 대한 전부다. 휴전선에 막혀 갈 수 없는 아름다운 산하를 글로나마 만나보길 기대한 독자라면 실망할 수 있다. 어쨌든 금강산에 대한 내용은 그뿐이고 뒤에 이어지는 글들은 국내의 다른 곳에 대한 기행문이다. 외국에 다녀와서 쓴 글도 섞여 있다. 전체 분량 중에서 기행문은 절반 정도이고 후반부로 가면 여행과 상관없는 글들이 등장한다. 원고 분량을 맞추기 위해 이것저것 끼워 맞춘 느낌마저 든다. 특히 맨 마지막에 실린 글 「소설가와 로맨스」는 기행문을 모은 산문집에는 어울리지 않는 이상한 글인데, 역시나 이번 책을 낼 때 편집부에서 특별히 부탁 받아 썼음을 밝히고 있다. 아무래도『자유부인』같은 파격적인 이야기를 쓴 인기 작가라고 하면, 당시엔 지금의 연예인 못지않게 주목을 받았기에 실제 생활에서 겪는 사랑 이야기도 독자들의 흥미를 끌었을 것이다.

외국에 다녀와서 쓴 글 중에는 일본 방문기와 거기서 만난 '이은(李垠)' 씨 이야기가 있다. 대한제국의 마지막 황태자인 이은을 직접 만났던 정비석은 역사소설가로서 그에게 각별한 감정을 간직하고 우리나라로 돌아온다. 이승만 정권이 막을 내린 후 정비석의 책들이 금서목록에서 풀리자 작가는 역사소설 창작에 몰두한다.『이조여인 사화』,『삼국지연의』,『초한지』등, 이렇게 쓴 역사소설들은 크게 인기를 모았다. 하지만 훗날 일제강점기 시절 썼던 친일 작품들이 드러나면서 친일작가 명단에 이름을 올리며 명예에 흠집을 남겼다. 특히『자유부인』같은 대중소설을 뛰어넘어 역사소설로 인기를 이어가던 작가 본인에게 부끄러운 친일 과거가 있다는 사실은 그의 작품을 아꼈던 독자들에게 큰 실망감을 안겨주었다.

앞서 말했듯이『비석과 금강산의 대화』는「산정무한」을 빼면 금강산과 상관없는 글을 엮은 책이라 속았다는 느낌마저 든다. 그런데 생각을 조금 바꿔 여행이라는 틀에서 보자면 여유롭게 이곳저곳을 다녔던 정비석의 산문이 꽤 멋스럽다. 지금이야 여행이라고 하면 몇 달 전부터 계획하고, 심지어 여행할 곳의 정보를 공유하는 인터넷 카페도 일일이 셈하기 힘들 정도로 많이 생겼으니 말 그대로 좋은 여행이라면 '경제력'과 '정보 싸움'이라고 할 만하다. 하지만 요즘 이런 여행들이 대개는 몸과 마음의 '충전'보다는 '방전'에 가까운 현실임을 볼 때 오래전 정비석이 다녔던 한가로운 여행길이 부럽기만 하다.

이즈음 책 앞에는 '저자근영(著者近影)'이라고 해서 작품을 쓴 작가의 사진을 두는 게 보통이었다. 『비석과 금강산의 대화』도 맨 첫 장은 '저자근영'으로 시작한다. 기행문을 엮은 책답게 작가는 어느 산에 올라서 멋진 자태의 고목에 오른손을 떡하니 걸치고 진지한 자세로 이쪽을 바라보고 있다. 확실히 이쪽으로 눈을

『비석과 금강산의 대화』에 실린 저자근영.

두고 있는지는 모르겠다. 선글라스를 끼고 있기 때문이다. 복장을 보자면 요즘 산행과는 차이가 있다. 화려한 모양의 기능성 등산복이 아니라 운동화에 가운데로 줄을 잡은 정장바지, 그리고 편안한 재킷에 머리 위에는 베레모를 살짝 걸쳤다. 자유롭고 편안한 착용감을 강조하는 요즘 등산복과 비교하자면 이런 차림이 기능적인 면에서는 확실히 뒤떨어지겠지만 보기에는 더 좋다. 오히려 전문 산악인처럼 장비를 챙겨서 산행하는 등산객들보다 훨씬 자유롭고 편안해 보인다.

한번은 내가 일하는 헌책방에 한 일본인 손님이 왔는데 이 책에 관심을 보여서 보여준 일이 있다. 금강산에 관한 내용은 당연히 좋아했고, 해외 여행기에 쇼와 시절의 일본 이야기가 포함되어 있어서 좋다고 말했다. 하지만 정작 가장 흥미를 보인 부분은 내용이 아니라 표지 디자인과 제목 글씨체였다. 분명히 누군가가 손으로 직접 쓴 듯한 '飛石과 金剛山의 對話'라는 글씨를 보니 자유분방한 모습이 보기 좋다고 말한다. 나이가 좀 있으신 이 손님은, 일본은 여전히 한자문화권에 속해 있기 때문에 한문을 쓸 때 제대로 쓰지 않으면 부끄러운 일이라고 어렸을 때부터 배웠다고 한다. 그러나 이 책에 쓴 글씨를 보니 정석을 따르지 않고 사뭇 익살스러운 느낌마저 있으니 이 책을 쓴 작가도 분명 자유롭게 살았던 사람이 아닌가 하는 의견을 내놓는 것이다. 나는 그분에게 사실 이 작가의 대표작이 『자유부인』이라고 했더니, "역시 그렇군!" 하면서 웃음을 터뜨렸다.

자유는 언어와 문화를 뛰어넘는 인간의 고유한 태도라고 했던가? 평생 동안 수많은 작품을 끊임없이 써낼 수 있었던 작가의 힘이 어디에서 오는지 궁금했는데, '나는〔飛〕 돌〔石〕'이라는 이름을 필명으로 지은 이유가 바로 자유를 뜻하는 것이 아닐까 생각해 본다.

광복 직후에 정리한 서양철학의 역사

『서양철학사』
이재훈 지음
을유문화사
1948년

사람이 살아가는 데 가장 필요한 게 무얼까? 돈일까? 진정한 친구라고 말하는 사람도 있다. 사랑하는 사람일 수도 있다. 조금은 현실과 동떨어진 말처럼 들릴지 모르지만 나는 오래전부터 '철학'이 가장 필요하다는 믿음을 가지고 있다. 영원히 철들지 않는 삶을 살아야 한다는 생각도 한편으로 하고 있지만 그런 것 역시 넓은 의미에서는 하나의 철학이라고 말할 수 있을 것이다. 더 넓게 생각을 펼쳐보자면, 사람은 철학이 없이는 살 수 없기 때문에 어떠한 철학이든 가지고 살아야 한다. 마치 옷을 입지 않고는 밖에 돌아다닐 수 없는 것처럼 말이다. "나는 아무것도 믿지 않는다. 나 자신만을 믿을 뿐이다!"라고 목소리를 높이는 사람이라 하더라도 결국은 자기 자신을 믿는 철학을 가지고 있는 것이다. 세상 모든 사상과 종교, 심지어 앎으로부터도 자유로워져야 한다고 가르치는 크리슈나무르티 역시 사람들은 철학자라고 부른다.

그런데 내가 처음으로 철학에 관심을 갖게 된 계기는 일종의 피해의식 때문이었다는 사실을 고백해야겠다. 중학생 때까지 학교 성적이 꽤 좋았던 나는 3학년이 되기도 전에 진로 문제를 심각하게 고민하고 있었다. 고려중학교에 다녔고 1학년 때 창립자의 이름을 딴 '인촌 김성수 장학금'을 받았기 때문에 선생님은 물론 부모님도 당연히 중학교를 졸업하면 고려고등학교, 그다음은 고려대학교에 진학할 것이라고 믿었다. 재단 차원에서 주는 장학금이라 같은 재단의 학교로 계속 진학한다면 장학금도 계속 이어지는 것이기 때문이다. 하지만 그때 나는 공부보다는 일찍 사회에 나가 돈을 벌고 싶다는 욕망이 강했다. 돈벌이에 대한 어떤 재능이나 감각이 있는 것도 아닌데 그냥 그러고 싶었다. 부모님이 계속 돈을 벌고 있는 모습을 보면서 자랐기 때문일까? 나도 어른이 되면 당연히 돈 버는 일을 해야 하는 거라고 믿었고 어차피 그럴 거라면 일찍 시작하는 게 좋겠다는 얄팍한 생각이 머릿속을 지배하고 있었다. 그게 참 합리적이고 멋진 판단 같았다.

결국 선생님과 부모님의 만류에도 불구하고 덕수상고에 진학했다. 덕수상고에서는 중학교 때 성적이 우수한 학생을 대상으로 시험이나 서류 검토 없이 입학을 허가해주는 제도가 있었는데 나는 무리 없이 전형을 통과했다. 때는 1990년대 초반이었고 당시만 하더라도 이름이 잘 알려진 상업학교를 졸업하면 곧장 증권회사나 은행에 취직할 수 있었다. 그러나 3월에 입학식을 하고 난 뒤 두어 달도 못 가서 내가 큰 실수를 했다는 사실을 알고 뼈저리게 후회했다. 고등학교면 인문계와 상업계가 똑같은 줄 알았다. 나중에 졸업하고 진로만 달라지는 걸로 알았는데 그게 아니었다. 수업 받는 교과목 자체가 달랐다. 상업고등학교에서는 장부기장법과 주산 등을 배우는 비중이 크고 인문학에 해당되는 쪽은 할당된 수업 시간이 별로 없었다.

인문계 학교에 진학한 친구들이 문학과 외국어에 중심을 두고 수업을 받는 게 특히 너무도 부러웠다. 그러나 어쩌랴. 내가 그렇게 바득바득 우겨서 선택한 고교 진학인 것을. 졸업하고 난 뒤 공과대학에 진학한 나는 늘 다른 친구들보다 인문학적 소양이 부족하다는 피해의식을 마음속에 쌓고 있었다. 대학교에서는 교양 수업이라는 이름으로 여러 가지 인문학 강의가 있었지만 성에 차지 않았다. 결국 그런 이유들이 계속 쌓이다보니 해결책으로 생각해낸 것이 독서였다. 누구보다 많은 책을 읽어서 부족한 지식을 채우겠다는 다짐으로 마구잡이 책 읽기를 시작했다. 하지만 이내 그것도 힘들어졌고 이유가 뭔가 고민해보니 체계가 없었다는 데 생각이 이르렀다. 지식을 쌓는 것도 나름의 순서가 있어서 차곡차곡 올려가야 하는데 그런 걸 생각하지 않고 아무 책이나 닥치는 대로 읽다보니 오히려 머리만 복잡해졌던 것이다.

　며칠 동안 혼자서 나름 체계를 세웠고 가장 기초 단계에 '철학'이라는 글자를 썼다. 그때 알았다. 내가 그동안 어디에서도 철학을 배우지 못했다는 것을. 철학을 알지 못하면 다른 책을 읽을 수 없고, 읽더라도 제대로 이해하기 힘들다. 철학 없이 다른 지식을 쌓는 건 모래 위에 집을 짓는 거나 마찬가지다. 이런 생각으로 우선 철학에 관련된 책을 열심히 찾아 읽었다. 헤겔이나 칸트, 스피노자 같은 철학자들의 이름은 알고 있었지만 그들이 쓴 책을 먼저 읽는 건 불가능했다. 칸트의 『판단력 비판』을 도서관에서 빌려 보고 한글로 씌어 있음에도 불구하고 단 한 문단도 이해할 수 없어서 그대로 반납했던 기억이 있다.

그러니 처음엔 철학사 책을 통해 기본 흐름을 파악해야겠다고 생각한 다음 곧장 그 방면에서 가장 유명하다는 버트런드 러셀의 『서양철학사』 책을 구해 읽었다. 책이 좀 비쌌지만 도서관에서 빌리거나 헌책방에서 구입하지 않았다. 거의 몇 달 동안 그 책을 씹어 먹을 듯이 읽고 또 읽었다. 그러려고 구입한 책이라 아깝다는 생각도 들지 않았다. 그렇게 한 책을 다 읽으면 거기서 끝날 줄 알았는데, 책 읽기라는 게 어디 그런가? 철학사를 다루는 책만 하더라도 여러 종류가 있고 철학을 해석하는 입장들이 저마다 다르다는 걸 알고는 기겁했다. 한동안은 그런 철학의 해석들과 씨름하느라 밤잠을 설칠 정도였다. 끝장을 보고 싶다는 마음 때문이었다. 이걸 끝장내지 못하면 한 걸음도 더 앞으로 나아가지 못하리라.

그렇게 읽다보니 자연스럽게 한 가지 의문이 들었다. 서양철학이기 때문에 외국 사람이 쓴 책이 많은 건 당연한 일이겠지만 과연 우리나라 학자들은 언제부터 서양철학을 연구하고 책을 썼을까? 찾아보니 우리나라 저자가 서양철학 전반을 꼼꼼하게 다룬 책이 없었다. 호기심은 끝이 없다. 도서관에 가서 우리나라의 서양철학 연구자에 대한 역사를 알아봤다.

우리나라에는 '철학(哲學)'이라는 단어 자체가 없었다. 그러다 일본 학자 니시 아마네(西周)가 'philosophy'를 '철학'이라는 말로 번역하면서 우리나라에서도 그 단어를 똑같이 가져다 썼다. 우리나라 최초의 철학도는 '최두선'으로 알려졌는데 1917년에 일본 와세다 대학의 철학과를 졸업한 첫 조선인이 바로 그다. 최두선은 독일로 유학을 떠나 하이데거의 강의를 들었다. 최초의 철학 박사는 '이관용'으로 1921년에 스위스에서 박사학위를 받고 우리나라로 돌아와 연희전문학교에서 강의했다. 그러나 이관용은 서른넷이라는 젊은 나이에 그만 사고로 생을 마감했다.

1920년대 들어서는 우리보다 일찍 서양 지식을 받아들인 일본의 영향도 있었던 까닭에 철학을 공부하는 사람들이 많이 늘었다. 그리고 1930년대에는 철학 학술지도 몇 종류 나오게 된다. 그중 하나가 1933년에 일본에서 공부하고 돌아온 이재훈이 중심이 되어 펴낸 『철학』이라는 학술지다. 이는 이재훈이 시국사범으로 일본 경찰에 검거되면서 1936년 3호를 끝으로 더 나오지 않았다. 이재훈은 후에 서울대학교 미대 교수를 지내며 제자들을 길러냈다. 그리고 이때 쓴 『서양철학사』 책이 있다는 정보를 알아냈다. 나는 불현듯 그 책을 찾고 싶어졌다. 그런데 그때는 단순히 그 시절 그런 책이 있었다는 것만 알았을 뿐 자세한 정보가 전혀 없었기 때문에 책을 갖고 싶다는 생각에만 머물렀지 실행에 옮기지는 못했다.

그 이후로 시간은 많이 흘렀고 이제는 내가 헌책방을 운영하고 있다. 가끔은 다른 사람이 구해달라는 책을 찾으러 다니는 때도 있지만 대부분은 내가 찾고 싶은 책을 구하기 위해 여러 곳을 뒤집고 다닌다. 이재훈의 『서양철학사』도 오랫동안 찾아다닌 책 중 하나다. 시간이 날 때마다 조금씩 정보를 찾았는데 이 책이 처음 발간된 때가 1948년이라는 것에서 이미 도전하고픈 마음이 절반은 사라져버렸다. 거의 칠십 년 전에 한 번 나왔던 책을 무슨 수로 어디에 가서 찾는단 말인가. 그러나 이런 책은 아주 가끔이지만 완전히 포기하고 있을 때 불쑥 나타나곤 한다. 절대로 만날 수 없을 것 같은, 꿈속에서만 그리던 연인을 만난 것처럼 가슴이 뛴다. 그럴 때면 책이 내 눈앞에 있는 게 현실이 아닌 것만 같다.

이 책은 불광동의 한 아파트에 사는 연세 지긋한 어르신이 내게 파신 책들 중에 껴 있었다. 책등이 훼손된 건 아니지만 너무 낡아서 처음엔 무슨 책인지도 알아보지 못했는데 나중에 책방에 와서 가져온 책들을 한 권 한 권 손질하면서 이것이 바로 내가 오매불망 찾았던 이재훈의 『서양철학사』라는 걸 알았다. 손바닥보다 조금 큰 판형에 표지 테두리는 푸른색 당초문양을 둘렀다. 책이 세상에 나왔을 당시에는 이 색깔이 더욱 눈부신 파랑이었을 것이다. 문양의 대칭이 틀리고 선 굵기도 일정하지 않은 걸 봐서는 당초문양을 디자이너가 손으로 그려 넣은 모양이다. 뒤표지에는 을유문화사의 옛 로고인 네 갈래로 뻗어나간 나뭇가지가 찍혀 있다.

을유문화사는 1945년 광복된 해에 설립된 출판사로 그해가 '을유(乙酉)'년이었기 때문에 이름을 그리 지었다. 서지 내용을 확인하니 출판 날짜는 단기 4281년 12월 10일이니까 서기 1948년 초판이 맞다. 서울대학교는 해방 이듬해인 1946년에 경성대학을 중심으로 여러 전문학교들을 통합해 최초의 종합대학이 되었고 1948년에 이름을 '국립서울대학교'에서 '서울대학교'로 바꾸었다. 이 책은 학교의 이름을 바꾼 뒤 본격적인 대학철학 수업을 위해 집필된 것 같다. 제목 위에 '대학총서'라는 소제목을 덧붙인 것도 이런 이유를 짐작케 한다.

내용을 살피니 총 397쪽 분량에 나름 알차게 서양철학 3천 년의 역사를 정리했다. 그리스 철학을 소개하기 전 자연철학부터

『서양철학사』, 당시 발행일자를
확인할 수 있는 판권.

시작해서 탈레스, 소크라테스, 아리스토텔레스, 플라톤 등 잘 알려진 철학자는 물론 '류키포스(Leucippe)'처럼 생소한 이름도 등장한다. 그다음으로는 중세 및 종교철학, 르네상스 시대 철학을 거쳐 현대철학은 이 책을 쓸 당시엔 아직 생존해 있던 버트런드 러셀까지 다룬다. 러셀의 제자로 분석철학의 대가인 비트겐슈타인은 아직 등장하지 않았다. 각 철학사조에 대한 해설은 자세하지 않은 편이지만 여러모로 체계를 잘 잡아 쓰려고 한 노력이 엿보인다. 갑작스런 해방을 맞은 후 얼마 지나지 않은 때라 미국 철학자를 말할 때 오늘날처럼 '美國'이라는 한자 대신 일본에서 들여와 쓰던 '米國'을 여전히 쓰고 있는 점도 흥미롭다.

이제 다시 현대로 돌아와 보면, 지금은 '철학이 없는 시대'라는 말을 흔히 듣는다. 그 말은 일견 '근본이 없는 시대'라는 말처럼 들린다. 아니면 철학이라는 게 없어도 되는 시대인 걸까? 혹은 좀 더 단적으로 말해보면 철학 따위를 갖고 살면 안 되는 시대가 지금인가?

아니다. 그럴수록 더 철학이 필요한 법이다. 철학이 없거나 있으나 마나인 시대라고 한다면 그것 역시 철학의 한 가지이기 때문이다. 사람은 더 고민해야 하고, 반성해야 하며, 또 매번 반항하는 삶을 살아야 한다고 믿는다.

한국전쟁이 일어나기 전 펴냈던 철학사 책 한 권을 곁에 두고 가끔씩 철학이 무엇인지 나에게 질문한다. 어떻게 살 것인지, 무엇을 위해 살 것인지, 또 어떻게 삶을 정리하고 마무리할 것인지가 여전히 젊은 나에게는 큰 숙제다. 낡은 철학사 책은 그런 문제를 앞서 고민했던 선배들의 귀중한 선물이다.

60년대에 양서를 집대성하다

『세계사상교양전집』
을유문화사
1963~1975년

월드컵 열기가 한창이던 2002년, 나는 오래 다니던 IT회사를 그만둘 생각을 하고 있었다. 그럴듯한 계획이 있었던 것은 아니지만 그해 6월 백 년 역사를 자랑하던 종로서적이 문을 닫는 사건이 있고부터 마음이 이리저리 흔들리기 시작했다.

　어릴 때부터 책에게 많은 도움을 받으며 살았다. 책은 말없이 나를 지원해준 '키다리아저씨'다. 엉뚱한 짓을 해도 다 받아주던 '아낌없이 주는 나무'다. 중고등학생 시절에는 교양을 쌓는 것은 물론이고 책이라는 도구로 얼마간 허세를 부릴 수도 있었기 때문에 친구들 앞에서 우쭐한 기분도 여러 번 느꼈다. 그런데 내가 책을 위해 한 일은 무엇이 있었던가 생각해보면 아무것도 없다. 그저 책을 소비하기에만 열을 올렸을 뿐이다. 모르긴 해도 수많은 사람들이 이렇게 책을 소비하고 있을 것이다. 종로서적이 없어진 건 마치 나처럼 책을 소비만 해대는 사람들 탓인 것만 같았다. 가장 큰 잘못이 내게 있는 것 같아서 한동안 몸살을 앓았다.

　'내가 나서서 책 문화를 살려야겠다'라는 식의 굳은 의지는 없었다. 어쨌든 더 늦기 전에 이제부터라도 책에 관련된 일을 하는 게 좋겠다는 생각만 가지고 있었다. 당시 내 나이 서른 즈음이었다. 가수 김광석이 죽기 전에 대학로에서 라이브 공연을 몇 번 본 일이 있는데 〈서른 즈음에〉라는 노래가 매번 가슴에 와 닿았다. 그 노래를 들었을 땐 이십대 나이였지만 정말 서른이 가까워지니까 덜컥 겁이 났다. 노랫말처럼 꿈꾸던 것에서부터 매일 하루씩

멀어지고 있는 느낌이 들었다. 내게 남은 시간이 얼마나 있을지 걱정스러웠다.

회사에 사표를 내고 얼마간 고민하다가 출판사에 들어가서 일했다. 책에 관한 일을 해야겠는데 뭐부터 하면 좋을지 몰랐을 때 가장 먼저 떠오르는 게 출판사였기 때문이다. 한 이 년 가까이 일하니까 싫증이 났다. 책이 어떻게 만들어지고 어떤 통로로 독자에게까지 전달되는지 알게 된 건 큰 소득이었지만 출판은 내게 잘 맞지 않았다. 책의 유통에 대해서도 조금 알게 됐으니 서점을 해보는 게 좋겠다는 생각을 하게 됐다. 그런데 지금 내가 가진 경제력으로는 동네에 작은 서점을 간신히 차려볼 수 있을 정도였다. 대형서점과 인터넷서점에 밀려 동네서점이 줄줄이 도산하고 있는 것을 보니 서점 차릴 마음이 쏙 들어갔다.

그 대신 떠오른 게 헌책방이다. 맞아, 헌책방을 하면 좋겠다! 돌이켜보니 나는 아주 어렸을 때부터 헌책방을 자주 다녔다. 힘든 일인 것 같지만 남이 보던 책을 버려지지 않게 다시 되살려 다른 사람 손에 전해주는 일이 매력적이라 여겼다. 그런데 헌책방 손님으로는 많이 다녀봤지만 곰곰이 따져보니 그 일도 사업인데 어떤 시스템으로 운영되는지 전혀 감을 잡을 수 없었다. 마침 인터넷 구직사이트에서 직원을 구하는 헌책방 광고를 보고 곧장 지원했다. 책 많기로 소문난 헌책방이라 자주는 아니지만 한 달에

121

두어 번 정도는 꼭 들렀던 곳이다.

　헌책방에서 처음 맡게 된 일은 인터넷으로 들어온 주문장을 출력해서 거기 나온 책을 매장에서 찾아 그걸 포장하는 직원에게 전해주는 업무였다. 뭐든 처음은 다 그렇지만 손님으로 방문했을 때 보고 느낀 것보다 실제 직원으로 일하는 게 몇 배는 더 힘들었다. 책도 적당히 있을 때 좋은 것이지 너무 많으니까 그저 돌덩이 같았다. 하지만 그것도 몇 달쯤 지나니까 익숙해졌고 그제야 책이 벽돌처럼 느껴지는 단계에서 해방됐다. 책이 좋아서 무작정 이 일에 지원한 몇몇 사람들은 바로 이런 단계를 견디기 어려워 금방 그만두곤 했다.

　헌책방은 규모가 커서 여러 매장을 동시에 운영했는데 그중에는 일반 손님에게 공개하지 않는 창고가 하나 있었다. 본 매장에서 조금 떨어진 주택가에 자리 잡은 건물 지하에 오래된 전집류나 재고도서들을 보관했는데 넓이는 대략 2백 제곱미터 정도였다. 마침 그 매장을 관리하던 직원에게 사정이 생겨 몇 달 동안 내가 그곳을 담당하게 되었다. 그렇지 않아도 거기 무슨 책들이 쌓여 있는지 궁금했는데 마침 잘되었다 싶어 재빠르게 창고 업무에 지원했다.

　예상했던 대로 그곳엔 별별 책들이 많았다. 1970년대에 출판된 계몽사 어린이전집부터 시작해서, 소학관의 햇빛그림문고, 범우사판 사르비아문고, 동서추리문고, 정음사에서 1960년대에 펴낸 허름한 세계문학전집 등등. 대부분은 거기 오래 있었고 앞으로도 계속 그 자리를 떠나지 못할 것 같은 책들이었다. 오래된 책들에 대한 지식이 별로 없던 내게 그곳은 무겁고 냄새나는 물건을 방치해둔 쓰레기장과 다름없었다. 왜 이런 책들을 버리지 않고 모아두는지 도무지 알 수 없었다.

하지만 내가 나서서 지원한 일이니까 억지로라도 해야겠다는 생각으로 우선은 창고를 청소하는 일부터 시작했다. 원래는 더 난장판이었지만 그나마 전에 일하던 직원이 정리를 잘 해둔 덕에 일이 어렵지는 않았다. 흩어져 있던 전집들을 한군데로 모으고 발행연도별로 다시 분류했다. 분류가 끝나면 인터넷 재고와 비교해서 다른 부분을 수정하는 게 대강의 업무였다.

정리를 해나가다보니 과연 듣던 대로 1960년대부터 1980년대에 이르는 시기는 전집류의 흥행이 대단했다는 걸 몸으로 깨달았다. 지금처럼 제대로 된 저작권법이 마련되지 않았던 때라서 그런지 외국 작가들의 책을 번역한 것이 엄청나게 많았다. 문학은 물론이고 철학도 예외는 아니었다. 지금 같아선 과연 이런 기획이 가능할까 싶은 대규모 전집들이 국내 초역으로 쏟아져 나왔던 시기였다. 책을 분류하고 정돈하다보니 책이 마냥 쓰레기 같지는 않게 느껴졌다.

한동안 마르코 폴로의 『동방견문록』에 매료되었던 때가 있었는데, 그런 이유로 여행을 다니다가 외국인에게 나를 소개할 일이 있을 때면 종종 '마르코(Marco)'라는 별명을 알려줬다. 우리말 번역은 1960년대의 정운룡 판이 처음이라고 들었다. 실물을 본 적은 없지만 1960년대 초 을유문화사에서 펴낸 『세계사상교양전집』의 제3권에 속해 있다는 것은 알고 있었다. 당연히 창고에도 을유문화사판 전집이 여기저기 흩어져 있었다. 그렇다면 정운룡이 번역한 『동방견문록』도 찾아볼 겸 책들을 찾아내 『세계사상교양전집』의 세트를 완벽하게 구성해보기로 했다.

『세계사상교양전집』은 특이하게도 모두 3부로 나뉘어서 출간됐는데 먼저 1963년부터 1965년까지를 '전기(前期)'라고 하여 총 열세 권이 나왔고, 이어서 '후기(後期)'는 1966~1969년까지로 이 역시 열세 권이다. 잠시 사이를 두었다가 1972년에 다시 출간을 시작, 1975년에 열세 권을 내놓으며 이를 '속전(續前)'이라고 했다. 짐작해보면 '속후(續後)'도 계획에 있었던 모양인데 아쉽게도 기획은 여기서 그쳤다.

그래서 『세계사상교양전집』은 총 서른아홉 권이 한 세트다. 각 책은 하드커버로 단단하게 장정했고 겉 종이에는 미켈란젤로의 〈천지창조〉 중에서 신과 인간의 손가락이 맞닿는 그림인 〈아담의 창조〉를 책 제목 아래쪽에 넣었다. 본문은 두껍지 않은 모조지이며 이단 세로쓰기 구성을 취했다. 내용에 한문이 많은 편인데 따로 한글로 토를 달아놓지는 않았다.

약 한 달여 동안 정리한 끝에 창고에 흩어져 있던 서른아홉 권을 다 찾아내긴 했는데 가만히 생각해보니 기획이 어쩐지 애매하다는 느낌이 든다. 왜 한 모둠을 열세 권으로 했을까? 아니, 정확히 말하면 전, 후, 속은 모두 열두 권씩이다. '전기'에는 기획위원인 안춘근이 쓴 『양서의 세계/세계사상교양사전』이 한 권 더 들어갔기 때문에 이를 뺀 메인 구성은 열두 권이 된다. '후기'에는 제7권인 아담 스미스의 『국부론』이 두 권으로 분권되어 있어서 역시 책 종수는 열두 권이다. '속전'의 제10권 『지봉유설(芝峰類說)』 역시 분권되어 두 권이니 여기도 책 종수는 열두 권이다. 이렇게 보니 13이라는 숫자보다는 훨씬 나아졌지만 그래도 어딘가 이상하다. 대부분 전집류는 10의 배수로 기획하는 게 일반적인데 만들어지지 않은 '속후'까지 넣는다고 해도 총 권수는 10의 배수가

『세계사상교양전집』 중 기획자
안춘근이 쓴 『양서의 세계/
세계사상교양사전』.

되지 않는다. 이런 게 을유문화사의 고유한 방식인 것인가, 하는 우스운 생각마저 든다. 1959년에 출판한 진단학회의 『한국사』가 모두 일곱 권, 1965년에 완간된 『세계문학전집』이 여섯 권으로 기획된 걸 보면 『세계사상교양전집』의 경우도 그럴 수 있겠구나 싶다. 책 표지의 미켈란젤로 그림도 종교적인 의미가 있는 것이니 각 기수를 열두 종으로 맞춘 건 이스라엘의 열두 지파, 혹은 예수님의 열두 제자를 상징하는 건 아닐까?

『세계사상교양전집』 중에서 가장 특이한 책이라고 한다면 역시 안춘근의 책이 아닐까 싶다. 이 책은 '전기', '후기', '속전'이 표시되어야 할 부분에 '별권(別卷)'이라는 글씨가 박혀 있다. 을유문화사에서 오랫동안 기획 일을 담당했고 서지학자이기도 한 안춘근이 이번 사상전집 기획에 대한 해설서를 쓴다는 마음으로 원고를 준비했던 것 같다.

본문은 두 부분으로 나눠져 있는데 앞쪽의 '양서의 세계' 편이 재미있다. 서지학자답게 책이라고 불리는 멋진 물건에 대해서 일목요연하게 설명한다. "이 세상의 온갖 책도/너에게 행복을 가져오지는 않는다/그러나 책은 남몰래/너를 네 자신 속으로 돌려보낸다"라고 쓴 헤르만 헤세의 「책」이라는 시를 소개하는 것을 시작으로, 책의 역사와 정의는 물론 '양서'와 '악서', 즉 좋은 책과 나쁜 책의 경계, 양서를 고르는 방법, 책 제목과 저자, 출판사 발행년도 등 서지에 관한 설명, 책 가격과 베스트셀러에 대한 의견,

장정과 제본, 판형 등 책의 물성에 대한 이해, 그리고 책의 분류방법과 보관상의 유의점에 대해서도 경험에 비추어 말하고 있다.

뒤쪽에 따로 편집해 붙인 '세계사상교양사전'은 철학, 사회학, 문학 등을 포함해 선별한 동서양 총 350권의 책에 대해서 짧게 해설하고 저자에 대한 설명을 더했다. 이 중에는 전집에 포함된 책들이 거의 다 들어가 있다. 이런 자료들을 기초로 하여 을유문화사『세계사상교양전집』서른아홉 권이 만들어진 것이다. 수백 권의 책들을 일일이 검토하고 그중에서 정수를 뽑아내려고 애쓴 기획위원들과 번역자들의 노고가 눈에 선하다.

수십 년 전에 나온 책이라 본문이 익숙하지 않은 이단 세로쓰기 구성이고 한문도 많지만 손님 중 누군가가 책에 대한 기본적인 지식이 필요하다고 하면 우선 이 책을 권한다. 전권을 다 소장하기는 어려울 수도 있지만 안춘근의『양서의 세계/세계사상교양사전』만큼은 한번 읽어보라고 말씀드린다. 나 역시 이 책에서 많은 걸 배웠기 때문이다.

책이라고 하는 것을 어떤 마음으로 대해야 하는지 정답은 없다. 그러나 한 가지, 사람이 만들어낸 것 중에서 가장 오랫동안 남아 또다시 사람들에게 영향을 끼치는 것이 책이다. 그렇게 생각해보면 책은 절대 작고 보잘것없는 종이 뭉치가 아니다. 사람은 뭐든지 할 수 있다. 우주까지 날아갈 수 있고, 백 년이 넘는 역사를 지닌 대형서점도 망하게 만들 수 있다. 사람들끼리 사랑하거나 미워할 수도 있으며 전쟁, 평화, 궁핍, 풍요 등 사람이 못할 일은 없는 것만 같다. 하지만 우리가 그렇게 할 수 있는 것 또한 책 때문인 걸 늘 감사하게 여겨야 한다. 이제 책은 '교양'을 넘어 '삶'을 향해야 한다.

　오랜 세월 동안 책은 사람에게 너무도 많은 것을 베풀었다. 책은 친구이며 연인이고 삶의 동반자다. 그런 책을 위해 사람은 무엇을 할 수 있을 것인가? 나는 여전히 고민 중이다. 내가 일하는 헌책방 서가에 진열된 『세계사상교양전집』을 보고 있으면 서른즈음, 다니던 회사를 그만둘 때 내가 했던 고민들이 책 속 글자처럼 한 줄 한 줄 이어져 흘러내린다.

수수께끼투성이의 세계 최고 작가

『셰익스피어 전집』

윌리엄 셰익스피어
지음

정음사

1964년

WILLIAM SHAKESPEARE

1

셰익스피어만큼 전 세계에 널리 알려진 작가가 또 있을까? 그는 영국이 낳은 최고의 작가이며 인간이 사용하는 언어라는 게 사라지지 않는 이상 영원불멸할 거라는 찬사를 받는다. 하지만 왜? 심지어 셰익스피어를 한 번도 읽어보지 않은 사람조차 셰익스피어를 극찬하는 데 아무런 거리낌이 없고, 그가 왜 위대한 작가인지에 대해서 이의를 제기하는 사람은 지금껏 한 명도 만나보지 못했다.

셰익스피어는 읽어봤건 그렇지 않건 쓸모가 많다. 우선 그 이름과 작품은 고상해 보이기 때문에 다른 사람과 대화할 때(특히 관심 있는 이성과 만난 자리라면 더욱!) 무심한 듯 조금은 신사다운 느낌으로 셰익스피어에 대해서 말을 꺼내면 상대에게 점수를 딸 확률이 높다. 셰익스피어가 쓴 희곡의 어떤 대사를 외워뒀다가 적당한 순간에 써먹는다면 금상첨화다. 작품 내용을 아는 것과 문장을 외우고 있는 것은 큰 차이가 있다. 상대방 앞에서 낮은 목소리로 짧은 문장을, 셰익스피어의 소네트를 읊조린다면 얼마나 낭만적인가!

그렇지만 여기에도 조심해야 할 점은 있다. 너무 잘 알려진 부분을 외우는 건 삼가야 한다는 것이다. 이를테면 "죽느냐 사느냐 이것이 문제로다!"라는 건 듣는 사람에게 지루한 인상을 심어줄 수 있다. "내가 아름답다면, 시비스, 나의 아름다움은 당신의 것"은 흔해 빠진 작업 멘트 같지만 얼마나 신선한가. 『리처드 2세』에 나오는 대사 "나는 시간을 허비했고, 이제 시간이 나를 버리는구나!"처럼 재치 있는 문장을 아무렇지도 않은 듯 말할 수 있는 사람이라면 호감도 상승은 물으나 마나다. 같은 셰익스피어의 작품이라고 하더라도 『햄릿』이나 『로미오와 줄리엣』에 나오는 대목을 언급하기보다는 『끝이 좋으면 다 좋다』, 『헛소동』처럼 익숙하지 않은 작품을 알고 있다면 멋있어 보이지 않는가? 어쭙잖게 옛날에 유행한 말장난 개그 같은 걸로 분위기를 띄워보려는 것보다몇 배는 효과적이다.

이건 나만의 생각일지도 모른다. 사실 그런 얄팍한 꼼수를 부리느라 학교 다닐 때 일부러 잘 알려지지 않은 작품만 골라 읽었다. 읽다가 뭔가 멋진 대사가 나오면 그걸 수첩에 옮겨 적었다가 외우곤 했다. 하지만 외운 걸 써먹을 일은 좀처럼 생기지 않았다. 대학을 졸업하고 컴퓨터 회사에 취직했는데 같은 사무실에서 일하는 사람 대부분이 남자들뿐이라 이성 앞에서 멋진 모습을 뽐내고 싶은 욕심은 끝내 좌절됐다. 남자들만 모여 회식하는 자리에서 셰익스피어의 소네트를 읊어댔다가는 이상한 사람 취급을 받을 것 같았기 때문에 회사에 다닐 때는 내가 그런 작품을 읽고 있다는 사실도 일부러 드러내지 않았다.

어쨌든 틈나는 대로 셰익스피어를 읽다보니 어느덧 모든 작품을 다 읽게 되는 날도 찾아왔다. 그러면서 느낀 것은 우리나라에는 의외로 셰익스피어의 문장을 제대로 살려서 번역한 책이 드물다는 것이다. 대부분 연극처럼 번역했기 때문에 읽으면서 느낄 수 있는 건 연극무대 같은 분위기뿐이다. 하지만 '재밌는 작품을 쓰는 희곡작가' 정도로만 인식한다면 셰익스피어가 그렇게 대단한 사람일 수 없다. 그가 위대한 작가 자리에 앉아 있을 수 있는 이유는 독자에게 재미를 주는 대중성과 함께 보석같이 빛나는 문학성도 갖추었기 때문이다. 이 둘은 동전의 양면과 같아서 어느 한쪽이 도드라지면 다른 쪽은 시들기 마련이다. 그런데 셰익스피어는 이것을 해냈다! 그리고 번역을 한다면 바로 이 점—문학성을 제대로 살려야 한다.

번역도 똑같은 문제를 안고 있다. 셰익스피어 작품이 재밌다는 건 누구나 아는 사실이다. 문제는 그 재미를 반감시키지 않으면서 얼마나 문학성 있게 우리말로 옮기는가 하는 것이다. 우리나라에 처음으로 셰익스피어가 소개된 것이 1906년이다. 그때 이후로 엄청나게 많은 셰익스피어 번역본이 출간됐다. 가장 많은 번역본은 역시 『로미오와 줄리엣』, 그리고 『햄릿』일 것이다. 심지어 셰익스피어의 작품이 그 둘뿐인 줄 아는 사람들도 있을 정도로 번역은 인기 있는 책에만 몰려 있다.

최근에는 아침이슬 출판사에서 '문화계의 기인(奇人)'이라 불리는 김정환 시인의 번역으로 셰익스피어 전집이 나오고 있다. 아직 완간되지는 않았지만 총 40권 분량으로 계획하고 있는 김정환 시인의 번역본이 완성된다면 우리나라 독자들은 셰익스피어를 다시 읽어야 할 것이다. 그만큼 재미와 문학성 둘을 모두 잡아나가려는 노력이 엿보이는 번역본이다. 김정환 시인 이전에 혼자서 셰익스피어를 전부 번역한 사람은 신정옥(申定玉) 교수가 유일하다. 전예원출판사는 1989년에 총 40권으로 된 셰익스피어 전집을 펴냈다. 수십 년의 세월을 지나 김정환 시인이 완성한다면 두 번째 단일 번역자 완간이 된다.

몇 사람이 함께 전집을 나눠 번역한 것은 여러 번 있었다. 가장 처음은 1964년 정음사(正音社)를 통해서다. 1963년에는 우리나라에서 처음으로 공식적인 셰익스피어 학회가 출범했고, 1964년은 셰익스피어가 태어난 지 꼭 4백 년이 되는 해이기 때문에 상징적인 의미로 이해에 완간을 펴냈다. 그렇기 때문에 셰익스피어를 좋아하는 독자들에게 정음사판 전집 초판은 꼭 갖추어야 할 도서목록이다. 당연히 번역의 질을 따지자면 오늘날의 그것과 비교할 수 없겠지만 책을 모으는 사람이라면 역시 '상징성'에 집착할 수밖에 없다.

십 년 동안 헌책방을 운영하면서 수많은 셰익스피어 작품을 팔았지만 역시 가장 구하기 어려운 책이 정음사 초판이다. 하드커버 겉에 씌운 종이 북커버까지 온전하게 남아 있는 보관 상태 좋은 초판 전질은 꽤 비싼 값에 거래된다. 1971년에 휘문출판사에서 또다시 전집을 출간했고 이번엔 각 권 앞쪽에 번역자의 해설과 연극 장면을 담은 흑백사진 등을 싣는 정성을 보이기도 했는데, 여전히 수집가들은 정음사 초판을 구하기 위해 눈에 불을 켠다. 특히 남자 손님들이 초판에 더욱 관심을 보이는데, "남자는 첫사랑을 평생 못 잊는다"라는 말과 어떤 상관관계가 있는 게 아닐지 생각해보게 된다. 우리 헌책방에서도 지금까지 세 번 셰익스피어 전집을 판매했는데 손님이 원하는 것은 전부 정음사 초판이었다. 휘문출판사에서 펴낸 것도 한 질 갖추고 있지만 꽤 시간이 지났는데도 아직 임자가 나타나지 않았다.

지금까지 세 번 정도 셰익스피어의 전 작품을 완독했다. 그보다 여러 번 읽은 작품도 있고 어떤 것은 궁금증이 생겨서 원서를

1971년 휘문출판사에서
출간된 『셰익스피어 전집』.

들춰보며 읽은 것도 있다. 읽으면 읽을수록 대단한 작가라는 믿음이 생긴다. 그런데 한편으론 그와 정반대되는 반항심도 커진다. 작품과 작가를 동일시하는 책 읽기 습관 때문이다. 셰익스피어의 작품이라면 누구든 낮게 평가할 수 없다. 아직도 매년 2천 편 이상씩 셰익스피어에 대한 논문이 나오는 것만 봐도 알 수 있다.

하지만 작가는? 최고 수준의 작가로 군림하고 있는 것에 비하면 셰익스피어라는 인간 자체에 수수께끼가 너무 많다. 과연 이래도 되는 것일까 싶을 정도로 우리들은 작가에 대해 모르는 것 투성이다. 셰익스피어는 활동 기간 이십 년 동안 서른일곱 편이나 되는 희곡을 썼는데 모든 작품이 최고 수준이다. 재미는 물론이고 문학성도 뛰어나며 작품의 주인공은 말할 것도 없고 사사로이 등장했다 없어지는 수많은 인간 군상들에 대한 심리묘사도 치밀해서 혀를 내두르게 만든다. 예를 들어 『베니스의 상인』에 나오는 인물 포셔가 말하는 다음과 같은 대사는 어릴 적 내 머리와 가슴을 송두리째 흔들어놓았다. "매혹적인 당신의 눈이 문제지요. 그 눈동자에 제 마음은 찢겼습니다. 반 토막 난 제 마음의 반쪽은 당신 것. 나머지 반쪽도 당신의 것, 그것이 내 것이라고 말하고 싶지만, 나의 것은 당신의 것, 그러기 때문에 모든 것은 당신의 것. 아, 야속한 세상이여, 자기 것이면서도 소유권을 행사하지 못하다니! 그래서 저는 당신의 것이면서도 당신 것이 아닙니다. 그렇다면, 지옥에 떨어지는 것은 저 자신이 아니라 운명 그 자체가 되죠." 어떻게 이런 멋진 문장이 수두룩하게 들어간 희곡을 일 년에 두 편씩, 게다가 각 작품마다 완성도도 높은 수준으로 매번 쓸 수 있을까? 그것이 첫 번째 의문이다. 어떤 학자들은 사실 셰익스피어가 한 명이 아니라고 주장한다. 공연문화가 유행했던 당시 여건상 여러 사람이 협업으로 희곡을 썼고 출판할 때 셰익스피어라는 이름으로 냈을 거라는 추측이다.

이보다 충격적인 것은 셰익스피어가 남자인지 여자인지도 논란이 되고 있다는 점이다. 널리 알려진 반쯤 벗겨진 머리를 하고 있는 작가의 초상화는 실제 셰익스피어가 아니라고 주장하는 이들도 있다. 이처럼 유명한 작가인데 성별조차 알 수 없다면 도대체 무엇으로 셰익스피어의 작품성을 말할 수 있을까? 그보다 더 오래전에 활동했던 작가들, 예컨대 『돈키호테』의 세르반테스나 『수상록』을 쓴 몽테뉴도 작가의 삶에 대한 논란은 크지 않다. 셰익스피어보다 수백 년 전 사람인 단테일지라도 최소한 성별을 의심받지는 않는다.

이런 것들이 내게는 여전히 큰 벽이다. 하지만 수수께끼가 많을수록 작가의 생명은 더 연장되는 법이다. 제임스 조이스는 현대에 영어로 쓴 문학작품 가운데 최고라고 일컬어지는 『율리시스』 안에 수많은 수수께끼를 숨겨놓았다고 스스로 말했다. 학자들은 아직도 세계 곳곳에서 이 수수께끼를 풀어내려고 노력 중이다. 그 노력이 끝나지 않는 이상 제임스 조이스는 아직 죽은 게 아니다.

　2016년은 셰익스피어 서거 4백 주년이 되는 해이기 때문에 우리나라에서도 연극제를 개최하는 등 기념행사가 많다. 셰익스피어 역시 다른 위대한 작가들과 마찬가지로 그에 대한 모든 궁금증이 사라지지 않는 이상 영원불멸의 생을 이어갈 것이다. 용감한 번역가들은 자신의 인생 중 적지 않은 부분을 떼어 셰익스피어를 번역하는 데 바칠 것이며 정음사에서 펴낸 전집 초판도 계속해서 찾아다녀야 한다. 셰익스피어가 살아 있는 한, 누군가는 계속해서 전집 초판을 찾아다닐 것이고 헌책방은 끝내 사라지지 않을 것이다.

록밴드가 노래한 박두진의 시

『시와 사랑』
박두진 지음
신흥출판사
1960년

그룹사운드 음악에 한동안 빠져 지내던 때가 있었다. 고등학생 시절이었는데 그때 한창 인기 있었던 대중음악은 미국에서 들어온 힙합이었다. '엠씨 해머'나 '크리스 크로스' 같은 걸 들어야 애들하고 대화가 통했다. 그런데 나는 힙합이나 전자음악에 도무지 정이 가지 않았다. 그렇다고 "나는 그런 음악 안 들어"라고 말했다가는 희한한 녀석 취급을 받을 게 분명하기 때문에 보통은 그냥 잠자코 있었다. 그래도 선택지가 아주 없는 건 아니었다. 남자애들 사이에서는 힙합이나 랩을 듣는 부류가 있는가 하면 밴드음악에 관심을 가진 친구들도 한 무리를 이루고 있었다. 변진섭이나 이문세 같은 발라드 가수는 여학생들이 좋아했기 때문에 섣불리 그런 음악을 좋아한다고 말하면 놀림을 받곤 했다.

밴드음악이라고 하면 보통은 헤비메탈이나 록음악이었다. 시끄러운 걸 좋아하지 않았기 때문에 그런 음악도 사실 내겐 별로였지만 힙합을 듣느니 차라리 '시나위'나 '백두산' 쪽을 택하는 게 나았다. 당시 나는 기타를 꽤 잘 연주할 수 있었기 때문에 밴드음악을 좋아하는 애들 사이에서 부러움의 대상이기도 했다. 솔직히 내가 기타로 연주할 수 있는 건 '해바라기'나 '조덕배' 같은 쪽이었는데도 불구하고 괜히 시나위 곡들의 연주가 어떠니 하면서 너스레를 떨기도 했다.

본의 아니게 록의 화신인 것 같은 이미지가 되어버린 나는 매일매일 불안한 생활을 이어가야 했다. 또 누군가 내게 록에 대해서 물어올지도 모르기 때문이었다. 결국 나는 서점에 가서 외국 록음악과 우리나라 그룹사운드 뮤지션에 관한 책을 사서 공부할 지경에 이르렀다. 비틀스(The Beatles)는 록의 전설이기 때문에 당연히 노래 몇 개쯤은 술술 부를 수 있어야 했다. 퀸(Queen), 에어 서플라이(Air Supply), 메탈리카(Metallica)는 아는 게 별로 없다 보니 처음엔 멤버 이름부터 공책에 써가면서 외웠다.

거기서 멈춰야 했는데 더 큰일이 일어났다. 가을에 있을 학교 축제 때 그룹사운드를 만들어서 무대에 올리자는 얘기가 나온 것이다. 내가 허락하지도 않았는데 당연히 기타 파트는 나로 정해진 상태였고 베이스와 드럼, 보컬을 누가 할 것인지가 회의의 주제였다. 이런 때에 못하겠다고 발을 빼면 완전히 '록의 배신자'가 되는 분위기였다. 어떻게 해야 할까? 머리를 제법 굴려서 생각해낸 것이 뭐냐면, 아주 어려운 곡을 하자고 제안해서 이 밴드를 완전히 박살내는 거였다.

고등학생 수준으로는 불가능해 보일 것 같은 곡을 얼른 생각해냈다. '마그마'라는 그룹이 불렀던 노래 〈해야〉가 곧바로 떠올랐다. 마그마는 당시에는 솔로로 활동하며 인기를 모으고 있던 조하문이 리더인 그룹인데 〈해야〉는 1980년 MBC대학가요제에서 은상을 받은 곡이다. 이 노래는 조하문 특유의 샤우트 창법으로 유명하다. 고음 부분의 키가 너무 높고 발성이 강렬해서 일반인이 부를 수 없는 곡이라는 인식이 기정사실처럼 받아들여지던, 그런 노래 중 하나였다.

나는 내가 기타 파트를 맡는 대신 꼭 이 곡을 해야겠다며 고집을 부렸다. 그러면 애들이 지레 겁을 먹고 학교축제 얘기는 없는 걸로 되든지, 아니면 의기투합해서 연습에 돌입하더라도 그 과정에서 팀이 해체될 것이 분명하다고 생각했다. 당연히 내 말을 들은 친구들은 그 곡은 전문 밴드들도 연주가 힘든 거라며 반대했다. 내겐 뭐, 예상하고 있던 반응이었던지라 계속 우겨서 굳히기에 들어갔다. 그 곡을 안 할 거면 나는 빠지겠다고 떼를 썼다.

그렇게 첫 번째 회의가 나의 계획대로 어영부영 끝난 다음 며칠이 흘렀다. 솔직히 나는 두 번째 회의는 열리지도 않을 거라고 생각했다. 고등학생이 어떻게 〈해야〉를 부를 수 있는가? 말도 안 되는 소리다. 그런데 그 말도 안 되는 상황이 일어나고 말았다. 친구들이 이번에 들어온 신입생 중에 조하문의 열광적인 팬이 있다는 소문을 듣고 수소문해서 데려온 것이다. 처음 그 녀석을 봤을 때 나는 하늘이 두 쪽으로 갈라지는 줄 알았다.

첫 만남에서 녀석은 〈해야〉가 수록된 마그마의 1집 앨범 레코드판을 손에 들고 나타났다. 마그마는 대학가요제에서 상을 받은 다음 1981년에 음반 하나만을 발표하고 해체됐다. 그 후로 조하문은 계속 솔로 활동을 이어간다. 그래서 마그마의 하나뿐인 정규앨범은 정말 귀한 것인데 그걸 소장하고 있을 정도면 말 안

해도 열성 팬인 것을 인정해야 한다.

　신입생의 눈빛은 용암처럼 이글거리고 있었다. 나는 겁이라도 주려는 생각으로 한동안 빤히 쳐다본 뒤, 진짜로 조하문의 〈해야〉를 부를 수 있느냐고 물었다. 만약에 못 부르면 여기를 나가기 전에 싸다구를 쳐올리겠다고 맘에도 없는 말을 해 기를 죽이려고 했다. 신입생은 당당하게 부르겠다고 말했다. 나는 녀석이 음정을 멋대로 내려서 부를지도 모르기 때문에 원래 키(Key)로 부르게 할 요량으로 옆에 있던 기타를 잡아들었다. 그런데 당돌하게도 녀석이 먼저 "원 키로 해주세요"라고 하는 게 아닌가! 결과적으로 신입생은 정말로 노래를 끝내주게 불렀다. 오히려 기타를 치고 있던 내가 밀리는 느낌마저 들었다. 노래가 끝나자 친구들은 신입생을 들쳐 업고 헹가래라도 칠 태세였다. 큰일 났다 싶었지만 나는 포커페이스를 유지한 채 그날은 그렇게 마무리했다.

　그런데 어이없게도 이게 최대의 위기가 아니었다. 한 이 주쯤 흘렀을 때 교무실에서 호출이 들어왔다. 국어선생님이 밴드를 준비하고 있던 우리들 모두를 교무실로 부른 것이다. 나는 혹시 밴드연습 하는 걸 들켜서 혼나고 해체라도 되면 좋겠다는 심정으로 방과 후에 교무실로 갔다. 뜻밖에도 선생님은 웃는 얼굴이었다. 수업 중에도 그렇게 웃는 표정을 본 적이 없는데 왜일까?

　선생님은 우리들이 밴드를 만든다는 소식을 들었고 축제 때 연주할 곡이 〈해야〉인 것도 안다고 말씀하셨다. 그런데 〈해야〉는 박두진 시인의 시에 곡을 붙인 노래라는 것이다. 우리들 중에서는 나만 그 사실을 알고 있었다. 선생님은 학생들이 자발적으로 만든 밴드에서 연주하는 곡이 외설적이거나 욕설이 들어간 그런 부류의 노래가 아니라 박두진 시인의 작품이기 때문에 우리를 대견하게 생각한다는 것이었다. 그러면서 밴드의 리더가 누구냐고 물었고 친구들은 마치 약속이나 한 것처럼 내가 리드기타를 맡았으니 리더라고 말했다. 리드기타라는 게 그런 의미에서 리드가 아니라고 변명하고 싶었지만 환하게 웃는 선생님 앞에서 그런 말은 차마 할 수 없었다.

선생님은 서랍을 열더니 아주 오래돼 보이는 책 한 권을 나에게 주셨다. 『시와 사랑』이라는 제목이 세로로 씌어 있고 지은이는 박두진이었다. 책등에는 '자작시 해설(自作詩解說)'이라고 한문으로 적혀 있었다. 선생님은 박두진 시인을 오랫동안 좋아했다고 말씀하셨다. 이 책은 박두진 시인이 자신이 쓴 시를 직접 해설한 내용을 담고 있는 것이라 소중하게 간직하고 있는, 선생님에게는 보물이나 다름없는 물건이라고 했다. 책 속에는 〈해야〉의 원작인 「해」의 해설도 들어 있기 때문에 연습하는 동안 이 책을 읽고 참고하면 좋을 거라는 말씀을 덧붙였다. 책은 축제가 끝난 다음 돌려줘도 괜찮다고 하셨다. 연습을 하면서 필요한 게 있으면 언제든 와서 말하라는 당부를 마지막으로 교무실 면담은 끝났다.

학교 정문을 나서면서 친구들은 모두 천군만마라도 얻은 듯 만세를 불렀지만 나 혼자만은 얼굴빛이 먹색이 됐다. 당장 팀을 해체시켜도 모자랄 판국에 선생님으로부터 지원군 약속까지 받아놓았으니 이제 끝장이라는 생각이 가슴을 짓눌렀다.

집으로 돌아와서 한동안 멍하니 있다가 밤이 늦어서야 선생님께서 주신 책이 생각나 가방을 열었다. 『시와 사랑』, 뒤를 넘겨 서지를 보니 단기 4293년 1월 20일에 펴낸 초판이다. 서기로는 1960년이다. 내겐 현기증이 날 정도로 오래전 책이다. 박두진 시인이라면 학교에서 배우기로는 박목월, 조지훈과 함께 '청록파'의 일원이다. 시험에 나오는 것은 딱 거기까지였기 때문에 더 아는 게 없다. 다만 「해」라는 시가 유명하다는 것을 알고 있을 뿐이었는데 그마저도 왜 유명한지, 그 시가 어떤 의의가 있는지는 전혀 몰랐다.

어차피 밴드를 해체할 수 없게 됐으니 기왕에 연주를 할 거면 시의 내용을 알아보는 것도 좋겠다 싶어서 그 책을 천천히 읽어갔다. 본문에 한문이 많고 세로쓰기로 되어 있으니 천천히 읽을 수밖에 없었다. 책은 모두 여섯 부분으로 구성돼 있었다. 1부는 잘 알려진 대로 해방 이전 청록파 시기에 썼던 시를 몇 개 골라 해설했다. 2부는 「해」가 실려 있는 부분으로 해방 후부터 한국전쟁 전까지다. 시인은 이때를 '해시대(해時代)'라고 제목을 붙였다.

3부는 한국전쟁 중에 쓴 작품들, 4부는 1·4후퇴 때부터 책이 나온 1960년 이전까지다. 시인이 자기가 쓴 시를 직접 해설한다는 것도 흥미롭지만 내가 가장 재미있게 본 부분은 짤막하게 쓴 자서전을 담은 5부 내용이다. 마지막 6부는 당시에 활동하던 다른 시인들의 작품을 박두진 시인이 읽어보고 감상을 쓴 글이다.

책을 읽고 시인에 대해 좀 더 조사하면서 두 가지 사실을 알게 되어 놀랐다. 첫 번째는 박두진 시인이 아직 살아 계신 걸 여태 몰랐다는 것이다. 내가 고등학교 다닐 때는 생존해 계셨던 것인데 어떤 선생님도 그걸 알려주지 않았다. 시를 배우는데 시인이 살아 있는지 아닌지는 그리 중요한 점이 아닐 수도 있겠지만 뭔가 기본적인 것조차 배우지 못했다는 데 생각이 미치자 학교와 선생님에게 살짝 배신감마저 들었다.

두 번째는 조하문의 노래다. 처음에 잔잔한 반주와 함께 미성으로 시작된 노래는 중간 부분을 거치면서 갑자기 내지르는 창법으로 바뀐다. 특히 "해야 떠라, 해야 떠라"라는 가사를 부를 때는 어쩐지 록음악보다는 민요에 가까운 발성이 되는데 이 부분이야말로 다른 어떤 가수에게서도 찾아볼 수 없는 기법이다.

그런데 박두진 시인이 「해」를 해설한 부분을 보면 이렇다. "이것은 물론 나의 시적(詩的) 생리(生理)와 그 발상(發想)의 음악적(音樂的)인 전개(展開)로 인하여 나대로의 최대고음(最大高音)의 장엄(莊嚴)한 가락으로 된 '해야 솟아라. 해야 솟아라……'의 용출(湧

出)적인 가락을 파악(把握)함에 있었다."(41쪽) 좀 어려운 말이긴 한데 앞뒤 맥락을 덧붙여 내가 이해한 것은 이 작품이 해방의 기쁨을 노래한 것이기는 하지만 그와 더불어서 우리 민족의 정서, 아무리 짓눌러도 없어지지 않는 뿌리를 작품 안에 녹인 시도라는 의미다. 그렇게 생각해보면 조하문이 후렴 부분 곡을 쓰면서 일부러 민요 같은 창법을 구사한 것도 조금은 이해가 간다. 어쩌면 조하문도 이 책을 읽었던 것이 아닐까? 나와 같은 부분을 보고 그 이해를 바탕으로 〈해야〉라는 곡을 만들었던 게 아닐까?

이렇게 박두진 시인과 로커 조하문이 연결되면서 가슴이 떨렸다. 참으로 기묘한 인연이다. 본문에 한문이 너무 많아서 결국 끝까지 읽지 못하고 다시 선생님께 책을 돌려드려야 했지만 『시와 사랑』에 대한 기억은 오랫동안 이어졌다. 이십 년 정도 시간이 더 흐른 다음 이 책을 다시 입수해서 이번엔 오랜 시간 공을 들여 찬찬히 읽었다. 그동안 시인은 세상을 떠났지만 책은 이렇게 남았다. 시인의 목소리를 담은 책이다. 이런 책이 남아 있는 한 조하문이 그랬던 것처럼 또 다른 누군가에게 계속 영감을 물려줄 수 있을 것이다. 이것이 책이라는 사물이 생명을 갖고 영원히 살아 있을 수 있는 한 방법이다.

신흥출판사에서 1958년에 박목월의 『보라빛 소묘』를 시작으로 조병화(『밤이 가면 아침이 온다』), 장만영(『이정표』), 유치환(『구름에 그런다』), 박두진(『시와 사랑』), 조지훈(『승무』), 한하운(『황토길』)의 자작시 해설 시리즈를 차례로 출간했다. 여건이 허락된다면 이 책들을 모두 모아보고 싶다. 하지만 책이라는 게 작정하고 찾고자 대들면 오히려 눈에 안 들어오는 법인지 헌책방을 운영하면서 찾은 책은 박두진의 책을 제외하고 한하운의 『황토길』 한 권뿐이다. 그러나 실망하지 않는다. 책은 영원히 사라지지 않는 것이고 인연이 닿는다면 언제든 만나게 되어 있다고 믿기 때문이다.

혹시 이 얘기를 읽고 박두진의 시보다 그때 마그마의 〈해야〉를 연습하던 고등학생들이 어떻게 되었는지 궁금한 독자가 있다면 좀 싱거운 말씀을 드려야겠다. 우리는 결국 축제 때 무대에 올라가지 못했다. 학교에서 밴드의 연주는 시끄럽고 불량한 것이라고 판단했던 것 같다. 자세한 이유는 모르겠지만 그해 축제의 하이라이트 무대는 학생연합합창단의 노래가 장식했다. 우리들은 크게 실망했고 나는 축제가 다가올 무렵 다른 친구 한 명과 함께 기타 듀오를 결성해 '해바라기'의 노래를 한 곡 부르는 것으로 마음을 달랬다. 조하문은 우리들이 고등학교를 졸업할 무렵 갑자기 연예계에서 자취를 감췄다가 몇 년 뒤 개신교 목사가 되어 나타났다.

옛날이야기 같은 요즘 이야기

「옛날 옛날 한 옛날」

이창우 지음

두레

1981년

지난해 성탄절 때 헌책방에서는 소소하게 연말모임을 가졌다. 솔직히 말하자면 이런 날은 손님이 거의 없을 줄 알고 조용히 한 해를 마무리하자는 취지에서 기획한 모임인데, 예상 밖으로 사람이 많이 와서 바쁘게 보냈다. 책방에서도 먹고 마실 것을 준비했지만 손님들은 저마다 준비한 음식을 조금씩 가져와서 함께 나눠 먹었다. 그중 한 여자분이 집에 있던 책이라며 한 권 건네줬는데 바로 『옛날 옛날 한 옛날』이라는 이상야릇한 책이다. 헌책방에선 절판된 책 초판이 좋은 대접을 받는 것 아니냐면서 책을 내밀기에 받았는데 나로서는 처음 보는 책이라 당황했다.

표지부터 심상치 않다. 양복을 입은 한 남자가 굳은 표정으로 두 손을 가지런히 모으고 이쪽을 바라본다. 자세히 보니 웬걸, 팔목에 수갑이 감겨 있는 게 아닌가. 뒤표지는 정반대다. 앞에 나온 사진과 같은 사람이라고 생각되지 않을 정도로 잇몸까지 드러내며 환하게 웃고 있는 남자가 대폿집처럼 보이는 곳에 앉아서 역시 이쪽을 보고 있다. 사진의 주인공은 책을 쓴 사람 이창우 씨다.

표지를 넘겨 책을 읽어보니, 이거 참 황당한 내용이다. 처음엔 소설이라고 생각했는데 책날개에 있는 글쓴이 소개를 보니 소설이 아니라 진짜다. 그럼 수기인가? 아니다. 자서전도 아니다. 그럼 무엇인가? 다 읽고 나서도 이 책의 정체를 판단하기 어렵다. 그래서 인터넷으로 옛날 신문을 볼 수 있는 곳에 들어가서 확인해보니 이창우 씨는 실로 대단한 인물이다. 1970년대는 이른바 '오일 머니', 그러니까 중동 특수가 있었던 때라 머리 잘 쓰고 발 빠른 사람들은 무역업으로 큰돈을 만질 수 있었다.

이런 때에 큰 꿈을 가지고 당돌하게 세상에 도전장을 내민 젊은이가 있었으니 바로 이창우 씨다. 스위스계 금융회사를 다니던 청년은 직장에서 노동쟁의를 일으키려다가 발각되어 경영진의 협박 비슷한 제안에 따라 명예퇴직을 당한다. 별 방법이 없었다. 안 그러면 깡패를 불러서 쳐 죽였을지도 모를 일이다. 외국계 회사의 인심은 후해서 퇴직금으로 4백만 원이라는 큰돈을 주었다. 그러나 이 돈을 거저 주기야 했을까? 그놈들이 몇 년 후 자신에게 몰아닥칠 철퇴를 등 뒤에 감추고 있다는 사실을 그때는 전혀 알지 못했다.

어쨌든 공으로 생긴 돈이라, 이창우 씨는 이를 바득바득 갈며 이 돈을 밑천으로 사업을 일으킨다. 때는 1974년, '세계를 제압하겠다'는 뜻을 담은 '제세(制世)'라는 이름으로 회사를 만들었다. 본문에 이창우 씨가 쓴 대로 제세는 처음 무역업으로 시작해서 그 기반을 이용해 해운업과 관광업을 아우르고, 마지막엔 부동산까지 건드려서 서기 2000년에는 세상을 다 자기 것으로 만들겠다는 엄청난 계획을 세웠던 것이다. 계획대로였다면 밀레니엄을 훌쩍 넘긴 지금 제세산업은 삼성 같은 글로벌 기업이 되어 있었을 테다.

정말 그랬다. 중동에 필요한 건설 자재를 영국 등에서 들여와 팔아 차익을 남기는 '삼각무역'으로 재미를 본 제세산업은 이창우 씨의 계획대로 엄청난 돈을 벌어 다양한 사업에 투자하는 그룹으로 급성장했다. 하지만 무엇이 잘못된 것인지 1978년에 1천만 원 정도 되는 어음을 막지 못해 부도를 내고 이창우 씨는 외환관리법과 무역거래법 등을 어긴 죄목으로 처벌을 받게 된다. 제세는 당시 1백억이 넘는 자산을 소유한 회사였는데 왜 이런 일을 당했을까?

사실을 잘 모르는 사람도 의아한 일인데 이창우 씨는 오죽했을까? 형을 살고 나온 이 씨는 울화가 치밀었던 것인지 숨 쉴 틈도 없이 몰아치며 글을 써내려간다. 책 속엔 온갖 욕설이 난무하고 잘나가던 기업 총수는 물론 이어령, 황석영 등 지식인들에 대한 쓴소리도 거침없이 쏟아져 나온다. 이 책을 출소 후 단 열흘 만에 써냈다는 소문도 있다. 그 후에 이창우 씨가 어떻게 됐다는 얘기는 전해지지 않는다. 여기저기 알아보니 마닐라인가에서 다시 무역을 해서 여전히 큰돈을 만지고 있다는 소문이 있다. 사업은 더 이상 하지 않고 지금은 연구 활동에 전념한다는 말도 떠돈다. 어쨌든 그가 1970년대 우리나라 재계를 한 번 들었다 놓은 전설적인 인물임에는 틀림없다.

이런 희한한 사람이 쓴, 이상하고도 오묘한 책인데 나는 이 책을 보고 완전히 빠져들고 말았다는 것 또한 고백해야겠다. 이건 마치 니체가 바그너의 음악을 듣고 그랬듯 경기 시작부터 카운터 펀치를 맞은 경험과 비슷하다고 할까? 만약에 이 책이 소설이었다면 나는 거두절미하고 극찬을 보냈을 것이다. 유럽 소설을 좋아하는 내게 이 정도로 충격적인 문체와 구성, 그리고 정신세계를 보여주는 작품을 일찍이 본 적이 없기 때문이다.

이창우 씨는 감방에 들어온 지 두 달인가 세 달 만에 다음과 같은 한시를 지었는데 그 작품을 책을 시작하는 첫머리에 그대로 실었다. "鐵窓外無心風吹(철창외무심풍취)/無心風吹木枝動(무심풍취목지동)." 시는 이와 같이 일곱 글자가 서로 대구를 이루고, 주고받는 대구를 네 번 반복하여 갇혀 있는 자기 신세를 애절하게 노래한다. 얼핏 보면 좀 배운 사람인가 싶은데(서울대학교를 졸업했으니 배우긴 배운 사람이다!) 한자 운율이 안 맞는다. 일곱 자 형식만 억지로 맞췄지 도통 말이 안 되는 한시를 떡하니 써놓은 것이다. 그것도 책을 시작하는 첫머리에다가. 대체 첫 시작부터 이딴 식이라면 누가 이 책을 볼 텐가?

하지만 이 어처구니없는 첫머리는 신호탄에 불과하다. 괴상한 내용은 꼬리에 꼬리를 물고 이어지는데, 한번 그 꼬리를 붙들면 좀처럼 놓기가 힘들다. 이거야말로 제임스 조이스나 윌리엄 포크너에 견줄 만한 '의식의 흐름 기법'을 제대로 사용한 작품이 아닌가! 내가 지금껏 오래 산 사람은 아니지만 그래도 이런저런 책을 좀 읽었다면 읽었다고 할 만한데, 누가 물어보더라도 이 사람이 쓴 책처럼 울화면 울화, 짜증이면 짜증, 주색잡기, 상스러운 욕지기, 게다가 풍자 해학에 미스터리까지 진탕으로 뭉쳐서 실실거리는 웃음을 던져준 건 요것 딱 한 권이라고 자신 있게 말할 수 있다.

처음엔 억울하게 감방에 들어온 것을 한탄하는가 싶더니 곧이어 독방 안에 있는 불경과 성경책에서 영(靈)들을 끄집어내 삼자 토론을 한다. 자신은 무신론자라고 하면서도 글을 풀어내다 답답할 때는 하느님을 불러내 따진다. 그러다 하느님에게 혼쭐도 나고 바락바락 상소리를 해가며 대들기도 하는 것이다. 자신은 정말 보잘것없는 잘못 때문에 감방에 들어왔지만 들어와서 보니 별별 사기꾼들이 다 있는 걸 보고 울화가 치미는 것이다. 게다가 진짜 사기꾼들은 오히려 밖에서 더 잘 먹고 잘 산다.

등기부등본 위조해서 한창 투기 열풍인 강남땅 사들여 은행에 융자받아 한몫 챙기는 놈들, 본디 한국전쟁 때 죄다 불타서 없어진 성북동 땅문서도 일제강점기 시절 토지대장으로 위조해서 자기 땅이라고 등록해 큰돈 번 놈들이 허다하고, 땅꾼으로 위장해 강원도 산속에 있는 송전탑 전선 끊어다가 팔아먹는 놈들, 멀쩡한 전화선 케이블 공사 해놓고 떼어낸 구리선으로 공사비 꿀꺽하는 체신부 직원들, 심지어 군산 양아치 어떤 놈들은 전투기까지 사기 쳐서 팔아먹는다고 하는데 그 커다란 걸 해체한 다음 두들겨 펴서 고물로 팔아먹으면 누구에게도 걸리지 않고 한탕 진하

게 해먹을 수 있다는 얘기를 들으면 어느 누군들 속에서 울화가
치밀어 오르지 않을 수 있겠는가.

　이렇듯 솔직히 말하자면 책 내용은 별것 없다. 앞서 말했듯이
자신을 감방에 보낸 사회를 욕하고 조롱하는 게 대부분이다. 그
마저도 두서없이 썼기 때문에 맥락을 알아먹기 힘들다. 그런데
한편으론 시원하기도 하다. 누가 이런 말을 대놓고 하겠나. 게다
가 당시는 군부독재 시절이 아닌가. 간이 어지간히 크신 모양이
다. 그래서인지 이 책은 1981년 출간과 동시에 베스트셀러에 이
름을 올린다. 나중에 이창우 씨 이야기는 연극무대로, 텔레비전
드라마로 재생산됐다.

　하지만 세상에 나온 지 삼십 년이 지난 책을 읽으면서 마음 한

『옛날 옛날 한 옛날』 앞표지에는 수갑을 찬 저자의
사진이 실려 있어 충격적이다.

구석이 쓸쓸한 것은 왜인가. 책에 나온 1970년대 얘기를 들어보니 사업해서 큰돈 버는 사람들치고 국가권력에 몸을 기대지 않은 이가 없다. 오히려 국가 공무원이 도와주지 않으면 그만한 큰 사기를 처먹기 힘들게 되어 있다. 그로부터 삼십 년 후 세상은 좀 더 깨끗하고 경쟁은 공정해졌는가? 딱히 사업가가 아니더라도 재벌들이 돈 버는 태도가 지저분하다는 것을 안다. 책을 들춰볼 때마다 이런 생각이 들어서 속이 쓰렸다. '삼십 년 전 책인데 어쩜 이리도 지금과 꼭 같나. 전혀 달라지지 않았구나.' 어느 가수가 부른 노랫말처럼, 내가 웃는 게 웃는 게 아니다.

박완서 전집에서 빠진 단 한 권의 괴작

『욕망의 응달』
박완서 지음
수문서관
1979년

어떤 작가에게나 '망작(亡作, 망한 작품을 줄인 말)' 혹은 '괴작(怪作, 괴상한 작품이라는 의미)'이라고 불리는 작품이 있기 마련이다. 아무리 뛰어난 능력을 갖고 태어난 작가라고 하더라도 인간이기 때문에 매번 수준 높은 결과물만 내놓을 수는 없다. 이런 작품은 대개 작가가 아직 자신의 작품세계를 확고하게 구축해놓지 못한 초기작 중에서 찾을 수 있다. '2년차 징크스'라는 말이 있듯이 어떤 작가는 초기에 대단히 좋은 평가를 받는 작품을 쓰다가 갑자기 어떤 계기 때문에 슬럼프에 빠지기도 한다. 그럴 때 '망작'이 태어난다. 때론 자신의 천재성을 과대평가해서 작품에 과한 실험정신을 발휘하는데 이 역시 나중에 재평가되는 행운을 얻지 못하면 '망작'으로 남는 경우가 있다.

도스토옙스키도 예외는 아니어서 첫 데뷔 작품인 『가난한 사람들』에 쏟아진 찬사를 등에 업고 중편 『분신』을 내놓지만 첫 작품과는 전혀 다른 평가를 면치 못했다. 도스토옙스키는 자신을 천재라고 생각하며 자신만만하게 두 번째 작품을 내놓은 것인데 이게 망작이 될 줄은 스스로도 몰랐을 것이다. 시간이 많이 흐른 뒤 이 작품은 재평가 받고 망작이라는 꼬리표를 뗐지만 적어도 작가가 살아 있을 때에는 계속해서 망작이었다.

우리나라로 눈을 돌려보자면 매년 노벨문학상 후보로 이름을 올리고 있는 고은 시인의 초기작인 소설 『일식』이 대표적인 망작이다. 내용은 한 여성과 그 딸(아직 십대 청소년이다)을 동시에 사랑하는 한 중년 남성에 관한 것인데 딸은 주인공의 아이를 임신하기까지 한다. 줄거리로만 보자면 요즘 아침 드라마 소재로 쓰기에도 어려울 정도로 막장이다.

소설가 김영하가 대학생일 때 쓴 소설 『무협 학생운동』도 망작의 범주에 들어간다. 1980년대 학생운동이 정점에 달했을 때 실제로 있었던 주요 사건들을 각색해서 무협물로 만든 책인데 지금의 바로 그 김영하가 썼다고는 믿겨지지 않을 만큼 유치한 인상을 준다. 당연히 그땐 진지한 마음가짐으로 썼을 텐데 지금 이걸 읽는 사람들은 그 마음을 알 길이 없다. 이 작품은 고은의 『일식』과 마찬가지로 작가의 이력을 확인할 수 있는 대부분의 자료에서 이름이 빠져 있다.

망작이라고 부를 수는 없는 작품인데 작가의 과도한 실험정신 때문에 독자들로부터 완전히 잊힌 것도 있다. 예를 들면 장정일의 『그것은 아무도 모른다』 같은 소설이 그렇다. 시를 써서 문단에 나온 장정일은 1980년대 후반부터 돌연 시를 버리고 소설을 쓰기 시작한다. 시쳇말로 '포르노 소설'이라고 부르는 작품을 1990년대에 여러 편 발표했고 이 중 몇몇은 영화로 만들어지기도 한 것은 잘 알려진 사실이다. 그런데 그 시작이 1988년에 열음사에서 펴낸 『그것은 아무도 모른다』라는 작품이었다는 것을 아는 사람은 많지 않다. 이 작품은 여전히 시대를 너무 앞서갔거나 혹은 완전히 망가진 소설이기 때문에 아직도 제대로 된 평가도 없는 실정이다. 당연한 말이지만 이 소설도 장정일의 작품목록에서는 늘 빠져 있다.

지금부터 조금 충격적인 이야기를 해야 되기 때문에 서론이 길었다. 우리나라 여성 소설가를 대표하는 인물 박완서가 괴작을 썼다고 하면 누가 믿을까? 어떤 사진을 보더라도 푸근한 어머니, 혹은 맘씨 좋은 누나 같은 분위기인 박완서 작가가 쓴 엄청난 괴작이 있다. 이 소설은 망작이라고 부르기엔 좀 미안하다. 박완서는 망할 작품을 쓸 사람이 절대 아니다. 다만 수많은 박완서의 작품 중에서도 너무나 희한한 내용을 담고 있기 때문에 괴작이라고 부르는 게 좋겠다. 제목은 『욕망의 응달』이고 1979년 수문서관에서 초판을 펴냈다.

주인공 '자명'은 미혼모다. 이윤재라는 남자와 사귀면서 아이까지 가졌지만 그는 등산을 갔다가 불의의 사고로 죽고 어린아이와 둘만이 남았다. 이윤재의 집에 찾아갔지만 당연히 홀대를 받는다. 심지어 친정에서도 결혼도 하지 않은 딸이 아이까지 데려오자 함께 살 수 없다며 받아주지 않아 오도 가도 못하는 신세가 된다. 이때 자명 앞에 나타난 또 다른 남자 민우. 그는 상당히 부자인 것 같다. 수유리에 3층짜리 양옥집이 있는데 거기서 가족과 함께 살고 있다는 것이다. 민우의 유혹에 자신과 아이의 운명을 맡긴 자명은 그와 함께 수유리 집으로 들어간다. 여기까지가 소설 도입부인데 좀 이상하다고 생각하는 독자도 있겠지만 사실 전체 내용을 놓고 보면 지금까지가 가장 평범한 수준이다. 이제부터 자명은 멀미조차 허용하지 않는 기괴한 롤러코스터 같은 삶을 경험해야 한다.

수유리 집에 가보니 상태가 심각하다. 암에 걸려 곧 죽을 것 같은 모습으로 누워 있는 아버지와 그 밑으로 본처에게서 얻은 자식 한 명, 그리고 어머니가 서로 다른 식구 아홉 명이 함께 생활하고 있는 것이다. 병든 아버지를 수발하고 있는 어머니는 후처인데 자명보다 나이가 두 살이나 밑이다. 이런 기이한 가족 구성원들이 대저택에서 저마다의 욕망을 감춘 채로 살아가고 있다. 모든 것을 정리하고 새 출발을 하려던 자명은 큰 혼란에 빠진다. 저택에선 무언지 알 수 없는 기분 나쁜 공기가 감돈다. 결국 도시의 매연처럼 짙게 쌓여가던 욕망은 어느 날 새벽 저택에서 자살로 보이는 사망 사건이 일어나며 밖으로 터져 나온다. 평소 당찬 성격에 호기심이 많던 자명은 자살이 아니라는 예감을 느끼고 일의 진상을 밝혀내려 한다. 하지만 자명을 기다리고 있는 것은 더욱 커다란 위협뿐이다.

어머니가 서로 다른 아홉 남매가 한 집에 얽혀 있는 막장 줄거리도 충격적이지만 그 틈에서 사람이 죽고 방화사건까지 일어난다. 후반부 내용은 스릴러와 추리소설을 섞어놓은 듯하다. 어떻게 보면 1960년대 김기영 감독이 연출한 영화 〈하녀〉와 비슷하다. 그런가 하면 일본의 사회파 추리소설의 거장 마쓰모토 세이초의 한 작품 같기도 하다. 책 뒤표지에는 박완서 작가가 한복을 차려입고 푸근한 미소를 머금은 채로 이쪽을 바라보는 흑백사진이 실려 있다. 작가 특유의 편안한 얼굴이 참 좋다. 그런데 앞에서 잠시 선보인『욕망의 응달』책 내용과는 전혀 어울리지 않아서 피식 웃음이 난다. 저런 모습으로, 저런 표정을 짓는 사람이 어떻게 이런 소설을 쓸 수 있단 말인가!

어쨌든『욕망의 응달』은 좀 희한한 책이다. 그렇다고 해서 망작까지는 아니다. 내용이 막장이라서 그렇지 글은 잘 썼다. 역시 박완서답다. 내가 박완서 작가의 글을 좋아하는 이유는 쉽게 쓰기 때문이다. 문장이 길지도 않다. 담백하고 어렵지 않은 단어들로 쓰는데 어떤 내용이든 잘 소화해낸다. 많은 책을 썼는데도 한결같이 그런 문장을 구사한다. 그게 작가의 가장 큰 장점이다. 심지어『욕망의 응달』같은 괴작에서도 문장력은 전혀 흔들리지 않고 있다. 첫 도입부에서 긴 호흡으로 자명의 캐릭터를 만드는 솜씨라든가 자신보다 나이 어린 시어머니 소희 여사와의 불편하면서도 함께 가야만 하는 심리 상태를 서술하는 장면에서는 감탄이 절로 나온다.

1993년에 세계사출판사에서 열다섯 권으로 구성한 박완서 소설 전집을 펴냈는데 여성 작가가 전집을 낸 건 아마 처음이지 싶다. 1999년에는 문학동네에서 단편소설만 따로 묶어 다섯 권짜리 전집을 출판했다. 그런 와중에도 작가는 계속해서 작품을 써냈고 소설 전집은 열일곱 권으로 늘어났다. 생을 마감하기 전인 2012년에는 세계사에서 생애 마지막 전집이 기획됐는데 박완서 작가의 요청에 의해서 단 하나의 작품이 전집에서 빠지게 된다. 그것이 바로 이 책 『욕망의 응달』이다. 다른 작품에 비해서 워낙 동떨어진 주제를 갖고 있는 소설이기 때문에 그랬을 수도 있겠다 싶지만 많고 많은 작품들 중에서 왜 이 하나만을 지적해서 빼게 했는지도 의문이다. 작가는 2011년 1월 22일, 삼십 년 작가 생활을 접고 세상과 작별했다.

『욕망의 응달』 뒤표지. 책 내용과는 어쩐지
어울리지 않는 작가의 편안한 모습이 담겨 있다.

월탄 박종화는 역사 소설가가 아니라 시인

『월탄시선』

박종화 지음

현대문학사

1961년

내가 거의 읽지 않고 있는 분야의 책은 판타지나 무협소설 종류다. 이유는 두 가지다. 첫째, 소설 속 배경이나 세계관이 내가 감당하기 어려울 만큼 방대하기 때문이다. 소설에만 한정 짓는다면 배경이 좁은 것이 좋다. 하루나 이틀 사이에 겪은 일이라든지 사뮈엘 베케트의 『고도를 기다리며』처럼 한 장소에서 일어난 일을 소설로 읽는 게 좋다. 둘째, 아무리 꾸며낸 이야기라고는 하지만 내용이 너무 현실과 동떨어져 있으면 감정이입이 잘 안 되기 때문이다. 이런 이유는 역사소설에도 적용된다. 학교 다닐 때 역사 과목을 좋아하지 않았다. 지나간 일을 왜 배우는지 이해할 수 없었다. 역사의 본질이라는 게 '사건이 일어난 연도 외우기'만이 아니라는 사실을 누구라도 알려줬더라면 역사 시간이 그렇게 싫지만은 않았을 텐데 내게는 아무도 그걸 말해주지 않았다. 역사를 모르면 현재와 미래도 없다는 걸 깨닫기까지는 너무 오랜 시간이 걸렸다.

　어렸을 때 습관을 들이지 못한 탓인지 여전히 역사는 버거운 분야다. 내가 일하는 헌책방에도 역사소설은 많지 않다. 역사소설은 나만 거리감을 느낄 뿐이지 애독자들은 상당히 많다. 마니아층이 두터워서 오래전에 나온 유명한 작품들도 헌책방에서는 거래가 적지 않은 편이다. 몇 년 전 무슨 일인지 모르지만 『삼국지』를 다시 읽는 유행이 일었다. 그때 손님이 가장 많이 찾은 『삼국지』는 단연 이문열과 황석영의 『삼국지』였다. 한창 인기 절정이었을 때 팔려나간 『삼국지』 부수만 해도 엄청난 양일 것이다. 그런데 손님 열 분이 다녀가면 그중 두어 분은 월탄 박종화 선생의 『삼국지』를 찾는다. 그 이름을 듣는 즉시 내가 어릴 적 유일하게 읽었던 『삼국지』가 바로 월탄의 책인 것을 떠올린다.

어릴 적, 집에 있던 서가에 내가 읽을 만한 책은 없었다. 모두 부모님이 보는 책이었고 정말로 어린이가 볼 수 있는 책은 단 한 권도 없었다. 왜 그렇게 자녀에게 책 사주기를 꺼려하셨는지 제대로 물어보기도 전에 아버지는 내가 중학생 때 돌아가셨다. 뭣이든 읽을거리만 있으면 마구잡이로 읽고 싶었던 어린 시절에 그나마 흥미를 자극했던 게 『삼국지』였다. 생각해보니 아버지는 역사소설을 좋아하셨던 것 같다. 당시 책장에는 『율리시스』, 『호메로스』 같은 그리스 고전들이 있었고 『조선왕조실록』, 『연산군』, 『이순신』 등 우리나라 역사서도 꽤 있었던 것으로 기억한다. 아버지가 그걸 보고 있던 장면은 기억에 남아 있지 않다. 나는 집에 아무도 없을 때마다 의자를 놓고 올라가 가장 윗부분에 있는 책부터 대강 훑어봤는데 무슨 내용인지도 전혀 알 수 없었고 알겠어도 재미가 없어서 처음 몇 장만 읽다가 그만두기를 반복했다. 그런데 월탄의 『삼국지』만큼은 어쨌든 끝까지 봤다. 시간이 많이 흘렀기 때문에 그때 봤던 게 도대체 무슨 내용이었는지는 까맣게 잊었지만 나름 괜찮았던 게다.

책을 끝까지 읽을 수 있었던 이유는 내가 스스로 그 책의 제목을 읽어냈다는 성취감 때문이기도 하다. 제목에는 세 글자 한문만 있었다. '三國志'. 첫 두 글자는 다행히 단번에 읽었다. 학교에서 배운 글자였기 때문이다. 그러나 마지막은 알 길이 없었다. 하지만 '삼국' 다음에 나올 글자 한 자를 예상하는 것은 식은 죽 먹기였다. 당연히 책 제목은 '삼국지'가 아니겠는가? 그걸 읽어본 적은 없지만 마치 몇 번이나 읽은 것처럼 제목만큼은 확실히 알고 있었다. 그 내용은 전혀 몰랐지만 어른들이 하는 말을 자주 듣다보니 '도원결의'나 '적벽대전', '삼고초려' 같은 말도 기억 속에서 끄집어낼 수 있었다.

본문이 온통 세로쓰기였지만 당시에 어른들이 읽는 책이란 그런 게 보통이었고 다행히 내용 중에 한자가 등장하는 부분은 괄호 안에 따로 한글을 적어놨기 때문에 적어도 읽을 수는 있었다. 그러나 솔직히 말하지만 그 책이 재미있어서 끝까지 읽었던 것은 아니다. 그저 중간 중간에 어디선가 들어봤던 이야기들이 파편처럼 박혀 있었기 때문에 호흡을 이어나갈 수 있었던 거다. 예나 지금이나 역사소설은 나에게 큰 벽과 같은 존재다.

고등학생이 되어서 알게 된 건데, 당시 내가 읽었던 『삼국지』의 저자 '월탄'은 꽤 유명한 사람이었다. 내가 얼마나 무지했었는지 '월탄'이라는 게 박종화 작가의 '호'라는 것도 그때 알았다. 처음 그 책을 읽었을 때는 책 제목 자체가 '월탄 삼국지'인 줄로만 알았다. 성경책에 나오는 '마태복음서', '요한계시록'과 비슷한 맥락이라고 생각했었다. 내가 고등학생일 때는 『이문열 삼국지』가 대세였다. 그걸 안 읽은 사람하곤 말도 섞지 말라는 우스개가 유행어처럼 퍼졌다. 친구들이 내게도 그런 질문을 했다. 『삼국지』를 읽었느냐고. 당연히 안 읽었다. 읽을 생각도 하지 않고 있었다. 그런데 안 읽었다고 하면 자존심이 좀 상할 것이기 때문에 둘러댈 말이 없을까 머리를 굴리다가 문득 초등학생 때 읽었던 '월탄 삼국지'가 떠오른 것이다. 거짓말도 아니기 때문에 무척 당당하게 『삼국지』를 읽었노라고 말했다.

그런데 어쩌다가 그 얘기가 교무실에까지 흘러 들어가게 되었는지 며칠 후 나는 선생님들 사이에서 큰 화젯거리가 되어 있었다. 한 선생님이 복도에서 나와 마주치자 "네가 월탄 선생 『삼국지』를 읽었다면서?" 하며 신기하다는 듯이 쳐다봤다. 확실히 나는 '월탄 삼국지'를 읽을 만한 세대는 아니기 때문에 요즘같이 『삼국지』 붐이 일어나는 때에 이문열이 아니라 월탄을 읽었다는 게 어른들 사이에선 대견한 사례가 되었던 것이다.

거기까지만이었으면 괜찮았을 텐데 일이 점점 커졌다. 역사 선생님께서 나에게 『삼국지』에 대한 특별 발표수업을 맡기신 것이다. '월탄 삼국지'를 읽었다는 소문이 꼬리에 꼬리를 물고 커지다 보니 내가 역사에 대단히 능통한 학생인 것처럼 믿으신 모양이다. 학교에서 몇 명쯤은 정말 그런 녀석들이 있긴 하다. 가방 속엔 교과서 대신 무협지만 있고 『삼국지』를 한 열 번쯤 읽은 애들 말이다. 그런 녀석들은 쉬는 시간마다 모여 앉아 항우와 유방, 조조와 유비에 대해서 열띤 토론을 벌인다. 컴퓨터 게임도 '삼국지'만 한다. 나는 그런 류가 전혀 아니었다.

선생님의 하명을 거절하지 못한 나에게 선택할 수 있는 길은 하나뿐이었다. 발표일로부터 남은 시간은 일주일. 이제부터라도 열심히 『삼국지』를 통달하는 수밖에 없다. 어릴 때라서 그런지 머리가 잘 돌아갔다. 쉽게 구할 수 있는 『이문열 삼국지』는 열 권을 사흘 만에 독파했다. 하지만 선생님이 바라고 있는 것은 무엇인가? '월탄 삼국지'다. 월탄 박종화가 쓴 『삼국지』를 찾아서 읽어봐야 할 텐데 워낙 오래전에 나온 책이라 어디에서도 구할 방도가 없었다. 당연히 헌책방을 뒤지기 시작했다.

여러 곳을 찾아다니다가 주말에 연신내에 있는 문화당서점까지 가게 되었다. 연신내는 내가 살던 정릉에서 가자면 그리 먼 곳이 아니었지만 교통편이 애매했다. 국민대학교 앞에서 버스를 타고 북악터널을 지나서 다시 다른 버스로 구기터널을 통과한다. 불광동까지 그렇게 간 다음 또다시 버스를 갈아타고 구파발 쪽으로 가다보면 연신내에 닿는다. 문화당서점은 좋은 책이 많기로 소문난 곳이었다. 서점에 들어서서 주인아저씨에게 "월탄 삼국지 있어요?"라고 물었다. 아저씨는 이쪽으로 고개도 돌리지 않고, "이문열 거라면 가게 밖에 쌓여 있수다"라고 퉁명스럽게 말했다. "아뇨, 이문열 말고 월탄이요. 역사소설 작가 박종화 말입니다." 그제야 아저씨는 내 쪽을 바라봤다. 고등학생이 월탄을 찾는다는 게 믿기지 않는다는 듯 두 눈이 나를 향해 훑어 내렸다. 그러고는 이내 다시 고개를 반대쪽으로 돌리며 아까와 비슷한 목소리로 말했다. "월탄 선생은 역사소설가가 아니라 시인이지, 시인."

뜻밖이었다. 나로서는 무슨 선문답 같은 상황이었다. 그동안 정보를 수집한 결과 월탄은 『삼국지』, 『세종대왕』, 『임진왜란』 등 역사소설을 쓴 사람이다. 시인과는 완전히 동떨어진 느낌이다. 헌책방 아저씨가 잘못 알고 있는 것일까? 또 다른 월탄이라는 사람이 있는 것일까? 혼란스러워졌지만 『삼국지』를 얼른 찾아야 했기 때문에 더 묻지 못하고 머뭇거리다가 "『삼국지』 작가 월탄 박종화……"라고 기어들어가는 목소리로 말을 꺼내자 아저씨는 일어나서 어떤 책 한 권을 꺼내 보여주었다. 두껍지 않은 분량에 표지는 약간 낡았지만 멋진 난초 그림이 그려진 야무진 만듦새의 책이다. 제목은 금박 입힌 한문으로 『月灘詩選(월탄시선)』이라고 씌어 있다. 그 아래엔 제목보다 약간 작게 '回甲記念(회갑기념)'이라는 글자가 선명하다.

"선생이 역사소설을 좀 썼지요. 그런데 나한테는 여전히 시인이거든요." 그러면서 월탄 박종화가 왜 시인인가에 대해서 일장

연설을 시작하셨다. 내게 건넨 책은 제목 그대로 월탄의 회갑을 맞이해 기념으로 펴낸 시 모음집이다. 오래전 이야기라 전부 기억나지는 않지만 대강 이렇다. 지금이야 60세면 한창 나이지만 당시에 나이 환갑이면 자신을 돌아보고 인생을 정리하는 시기인데 이때 시집을 냈다는 것은 자신을 시인으로 보아달라는 뜻이 아니겠느냐는 것이다. 막힘없이 술술 풀어내는 입담이 워낙 청산유수라 뭐라 대꾸도 못하고 계속 듣고만 있었다.

그리고 헌책방을 나설 때 내 손에 들려 있는 건 '월탄 삼국지'가 아니라 『월탄시선』이었다. 『삼국지』살 돈으로 그 책 한 권을 사버린 것이다. 돌아오는 역사 시간에 있었던 발표수업에 대해서는 별로 할 말이 없다. 어차피 일주일 벼락치기 공부로 대단한 결과를 볼 것이라곤 생각지도 않았다. 망하지 않고 잘 넘어간 것만으로도 다행이다. 대신 월탄의 시집이 내 수중에 들어왔다는 것이 기뻤다. 어차피 『삼국지』에는 크게 관심도 없었던 터라 '월탄 삼국지'보다는 차라리 '월탄 시집'을 갖는 게 마음이 편했다.

더구나 찬찬히 시간을 두고 읽어보니 시가 꽤 괜찮다. 그날 헌책방에서 얘기를 듣다가, "소설가가 시도 썼어요?"라고 물었을 때 아저씨가 갑자기 목소리를 바꾸어 "그게 아니라 시인이 소설을 쓴 거라고 해야 맞지요"라며 단호하게 말씀하셨던 걸 아직도 기억한다. 회갑기념 시집에는 월탄이 일제강점기 때 처음 출간한 시집『흑방비곡(黑房秘曲)』과 해방 이듬해에 출판한『청자부(靑磁賦)』에서 시 74편을 골라 실었고 추가로 해방 후에 새로 쓴 작품 23편을 엮었다. 본문 중에는 한자가 많아서 일일이 옥편을 찾아가며 읽었다. 그렇게 천천히 읽고 났더니 '과연 월탄은 시인이구나!' 하는 감탄이 절로 나왔다. 책 중에는 이십대 청년 시절에 쓴 시도 들어 있는데 주제며 문장 하나하나가 전혀 가볍지 않다.

인생의 전환점을 맞이하는 나이에 자신이 쓴 시를 하나하나 다시 골라 이 책을 만들었을 것을 생각하니 월탄은 참으로 멋지게 살았던 분이 아닐까 상상하게 된다. 책은 기념으로 만든 것답게 제본이며 장정에 정성이 가득하다. 금박으로 쓴 제목을 덮고 있는 표지의 그림은 월탄 박종화가 직접 그린 난초인 것 같다. 그림 옆에 월탄의 도장이 보인다. 면지는 산정(山丁) 서세옥(徐世鈺)이 그린 소나무와 한시를 넣었다. 그다음 장에는 서재에서 글을 쓰는 월탄의 사진을 넣었고 바로 뒤에 심산(心汕) 노수현(盧壽鉉)의 그림이 있다. 월탄이 쓴 서문 등은 따로 없지만 본문 마지막에 성균관대학교 국어국문학회 이름으로 된 편집후기를 넣었다. 서지 표기에 따르면 1961년 11월 25일에 책을 인쇄했고 12월 1일에 발행했다. 그러나 일반 서점에서 판매용으로 만든 책이 아닌지라 가격은 따로 매기지 않았고 다만 가격을 표시할 자리에 '非賣品(비매품)'이라는 문구를 넣었다.

월탄의 시는 2014년 지만지(지식을 만드는 지식) 출판사에서 초판 내용을 살려 출간했지만 회갑기념『월탄시선』에 있는 전부가 실리지는 않았다. 월탄『삼국지』는 오랫동안 절판 상태에 있다가 2009년에 달궁 출판사를 통해 다시 선보였다. 이문열과 황석영의『삼국지』가 판매부수는 월등히 높지만 뒤따르는 번역 논란도 만만치 않은데 월탄은 해박한 한문 지식과 뛰어난 문장력을 바탕으로 가장 탄탄한『삼국지』를 쓴 것으로 평가받는다.

　　여전히 나에게『삼국지』같은 역사소설은 어렵다. 그보다 월탄 박종화의 시가 좋다. 어릴 적, 감수성 풍부하던 때 읽어서 그런지 더욱 마음에 오래 남아 있다.『월탄시선』초판은 아직도 내 책장에 들어 있다. 아주 가끔 이 책을 구입하러 오는 손님이 있는데 그럴 때면 마음 통하는 친구를 만난 것처럼 기쁘다. 역사소설가 월탄이 아니라 시인 박종화를 찾는 사람이라면 무슨 말이 더 필요하겠는가. 그런 손님이 진짜 월탄 박종화를 사랑하는 이다.

한 역사 살다 간 두 사람, 두 가지 길

『이 땅의 이 사람들』
김윤식 外 지음
뿌리깊은나무
1978년

세상엔 많은 사람이 살고 있다. 세계 인구가 60억이라고 하는데 그 많은 사람들이 하나같이 소중한 존재인 것은 틀림없다. 그러나 우리들은 나, 우리 가족, 내가 속해 있는 공동체의 구성원 외에는 특별히 관심을 가지지 않고 살아간다. 유럽 어딘가에 살고 있는 집시 가족, 남아프리카 어딘가에서 자신이 가지지 못할 다이아몬드를 채취하는 가난한 노동자, 뉴욕 고층빌딩 어딘가에서 매일 똑같은 업무를 하고 있는 얼굴 하얀 직장인……, 누구도 이 사람들의 삶을 진지하게 생각하지 않는다. 그들도 역시 대한민국 어느 동네에서 헌책방을 운영하는 '나'라는 사람을 생각하지 않고 살 것이다. 그런데 전혀 상관없을 것 같은 다른 사람을 기억하도록 하는 게 있다. 바로 '기록'이다.

　지구에 살고 있는 생명체 중에서 오로지 인간만이 자기 아닌 다른 이에 대해서 말하고, 기억하고, 평가하며, 그것을 기록으로 남겨둔다. 그 덕분에 우리는 우리와 아무 상관이 없을 것 같은 사람들에 대해, 그리고 아주 오래전에 이 땅에 살았던 사람들이 어떤 삶을 살았는지에 대해 알아볼 수 있다. 여기엔 "왜 그래야만 하나?"라는 질문이 항상 따라붙는다. 왜 다른 사람을 궁금해하는 것일까? "내 코가 석 자"라는 속담이 있다. 오로지 자신을 돌보며 잘 살기도 어려운 세상이다. 재미를 주기 위해 꾸며낸 소설책이라면 모르겠지만, 한평생을 살다 간 다른 사람 이야기를 아무 까닭도 없이 살펴볼 수는 없기 때문이다. 어디 가서 이런 얘기를 시작으로 강연할 때면 사람들은 하나같이 묻는다. "다른 사람 이야기가 왜 궁금하죠?"

누군가 내게 묻는다면 그 이유를 한마디로 잘라 말하겠다. 평전이나 전기를 읽는 것은 변하지 않는 마음으로 나와 함께하는 귀한 친구 한 명을 얻는 셈이다. 혹은 선배나 애인이라고 말해도 좋다. 중요한 점은 오히려 여기에 있다. 책 속에 있는 사람들은 소설에 등장하는 주인공과 달리 실제로 세상에 존재했던 이들이라는 것이다. 게다가 그들은 특별한 능력을 가지지 않았다. 한 꺼풀씩 벗겨보면 모두 나와 다를 바가 전혀 없는 사람이다. 때론 그렇기 때문에 소설처럼 흥미진진한 재미가 떨어지기도 하지만 한번 빠져들어 읽다보면 소설에선 느끼기 힘든 현실감 때문에 자꾸만 이런 책을 찾게 된다.

어렸을 때 위인전기 몇 권쯤 안 읽어본 사람은 없을 것이다. 지금도 그러는지 모르겠는데 초등학교 다닐 때 선생님은 늘 '존경하는 위인'이 있어야 한다고 아이들에게 말했다. 그때 나는 흔히 다른 남자아이들이 그랬듯 깊이 생각하지 않고 에디슨이나 링컨, 을지문덕, 이순신 같은 이름을 그때그때 바꿔가며 말했다. 어릴 적 위인전기에서 본 그들은 배트맨이나 아이언맨처럼 슈퍼히어로였다. 책 내용도 한결같았다. 어릴 때 불우한 가정환경 속에서 어렵게 살다가 열심히 노력한 끝에 위대한 인물이 된다는 것이다. 그리고 일단 위대한 인물이 되고 난 다음에는 적수가 없다. 승승장구다. 어느 책을 보더라도 판에 박힌 내용이다보니 금방 흥미가 떨어졌고 그 후로 위인전기를 멀리했다.

'전기'라는 이름으로 나온 책을 다시 보게 된 것은 한창 서울 시내의 헌책방을 뒤지고 다니던 대학생 때였다. 그땐 정말 닥치는 대로 읽었기 때문에 매일 헌책방을 돌아보는 게 중요한 하루 일과였다. 그러다 발견한 책이 뿌리깊은나무 출판사에서 펴낸 『민중 자서전』이다. 처음에는 내용보다 깔끔한 표지 디자인—이게 1970년대 북디자인이라니! 지금 나오는 잡지라고 해도 믿을 만하다—에 먼저 끌렸다. 그 자리에 서서 몇 장을 읽다가 나도 모르게 빠져들어 한참 동안 정신을 차리지 못하고 집중했다. 『민중 자서전』은 말 그대로 위인이 아닌 평범한 사람들에 대한 이야기다. 자서전이라고 해서 주인공이 직접 글을 쓴 건 아니고 전부 말로 한 것을 녹음한 다음 작가가 그것을 듣고 풀어 쓴 것이다. 그렇다보니 말하는 사람이 한평생을 살았던 지역의 고유한 방언이 그대로 글로 옮겨지게 되었다. 나중에 편집 단계에서 붙인 주석이 없었더라면 우리말로 쓴 글이라고 하더라도 무슨 내용인지 알 수 없을 정도로 심한 지역 말씨가 많다. 처음엔 그것이 책 읽기를 방해했지만 천천히 읽으며 익숙해지니 오히려 입에 착착 감긴다. 이런 이유로 『민중 자서전』은 이제 점점 사려져가는 우리나라 방언에 대한 연구 자료로도 사용된다고 한다. 만약 독자의 편의만을 생각해서 애초에 전부 서울 말씨로 다듬어 책을 냈더라면 이렇게 책을 읽어나가는 입맛은 없었을 것이다.

『민중 자서전』에 이끌려 뿌리깊은나무에서 나온 책을 더 찾아보다가 포착된 것이 『이 땅의 이 사람들』이다. 이 책은 『뿌리깊은나무』 잡지에 연재하던 글을 모아 단행본으로 펴낸 것인데 일제강점기 시대를 전후해서 살았던 우리나라 지식인 마흔네 명에 대한 이야기를 간추린 것이다. 시기를 그렇게 한정 지은 것은 그때가 우리나라 현대사 중에서 가장 치열했던 고뇌의 시기였기 때문이리라. 적어도 지식인들에게는 그렇다. 동학혁명과 강화도조약, 러일전쟁, 그에 이은 국권 침탈의 과정 속에서 그들은 매번 선택의 기로에 놓였다. 두 길 중에 어떤 한쪽을 선택하면 죽을 수도 있다. 그런가 하면 어떤 길은 편하게 쭉 뻗은 길이지만 거기로 가려면 매국(賣國)과 친일(親日)이라는 이름표를 달아야 한다. 격변의 시대다. 부자였던 사람이 한순간 몰락하고, 아무것도 아닌 사람이 얍삽한 방법으로 떵떵거리며 살게 되니 오늘날과 비교해도 크게 다르지 않은 때였다.

재미있는 점은 서로 다른 쪽 길을 선택했던 두 사람이 과연 어떤 결말을 맞게 되었느냐는 것이다. 『이 땅의 이 사람들』은 한 꼭지마다 비슷한 시기에 같은 분야에서 활동했던 두 명씩을 엮어 서로 비교하며 쓴 새로운 글쓰기 방법이 참신하다. 한 사람씩 떼어놓고 따로 보면 모두 나라가 기울어지고 있는 때에 저마다의 맡겨진 길을 묵묵히 걸어갔던 선각자일 수도 있지만, 어려운 시기일수록 결단은 어렵고 한 번 내린 결정은 더욱 되돌리기 힘든 법이다.

최익현과 유길준 두 사람은 나라의 운이 다하여 점점 기울어지는 것을 걱정해 나름의 행동에 나선 것은 똑같지만 그 길이 완전히 달랐다. 요즘 말로 하면 최익현은 보수파, 유길준은 개화파다. 최익현은 외세에 길을 내주면 우리나라는 얼마 가지 못하고 쓰러질 것이라고 주장했다. 반면 일본과 미국에서 공부한 유길준은 앞으로 세계화는 어쩔 수 없는 길이기 때문에 이를 잘 받아들일 힘을 길러야 한다고 생각했다. 을사늑약이 체결되자 최익현은 의병을 모아 싸우다 일본군에게 잡혀 대마도로 유배를 갔는데 일본 사람이 주는 음식은 적의 것이라 하여 끝내 거부하다가 거기서 굶어 죽었다고 전한다. 유길준은 일본과 미국, 유럽 등을 두루 살피고 우리나라로 돌아와 개화를 주장했다. 정치적으로 일본과 가깝게 지냈지만 일본의 호의를 늘 의심했다. 결국 우리나라 주권이 일본으로 넘어가자 이를 강하게 비판했다. 하지만 이 거대한 흐름을 혼자서 어찌하기에는 너무 늦은 것이었다. 유길준은 국권을 강탈당하고 시대가 암흑기로 들어선 1914년에 죽었다.

신채호와 최남선은 어떤가? 역시 두 사람 다 나라를 생각하는 마음은 누구보다 애틋했으나 한 사람은 끝까지 모든 권력을 부정하여 무정부주의자의 길을 걸었고 다른 한 명은 일본에 협력해 친일파라는 꼬리표가 붙게 되었다. 다른 이도 아니고 그가 민족대표 33인으로 독립선언문을 썼던 사람이라는 것이 더욱 쓸쓸한 감정을 남긴다. 이처럼 『이 땅의 이 사람들』은 단순히 어떤 사람이 어떻게 살다가 갔는지에 대한 기록이 아니다.

딱히 애국지사가 아니더라도 우리들 각자의 삶은 소중하고 치열한 것이다. 그래서 어떻게 살 것인가에 대한 문제는 여전히 많은 사람들이 고민하는 문제다. 아쉽게도 삶이란 한 번뿐이다. "역사에 가정법이란 없다"는 말이 있듯이 나중에 겪어보니 잘못된 결정이었기 때문에 다시 과거로 되돌아가는 일은 불가능하다. 앞날을 예측해 얼마간 미리 살아볼 수도 없다. 이럴 때 어떤 사람은 무속인을 찾거나 종교에서 답을 구할 수도 있을 것이다. 하지만 그보다 쉽고 확실한 방법이 바로 평전이나 자서전을 찾아 읽어보는 일이다. 수많은 사람들이 삶의 갈림길에서 어떤 결정을 내렸는지, 얼마나 고민했고 또 방황했는지 살펴보면 자연스레 안개 속에 숨어 있는 희미한 길을 발견하는 감격도 있지 않겠는가.

더불어 이 책에 나오는 스물두 꼭지는 모두 글 쓴 사람이 다르기 때문에 읽다보면 한 상 가득 차려진 풍성한 식사처럼 몸과 마음이 든든해진다. 시인 고은, 평론가 김윤식, 역사학자 이이화를 비롯해서 주요한, 이기동, 염무웅이 1970년대에 쓴 싱싱한 문장들을 만나는 즐거움도 크다.

『이방인』 번역 논쟁의 시초

『이방인』
알베르 카뮈 지음
이휘영 옮김
청수사
1957년

『이방인』
알베르 카뮈 지음
이휘영 옮김
문예출판사
1973년

최근 몇 년 사이 외국문학에 대한 번역 문제 때문에 시끄럽다. 평론가들끼리 갑론을박하는 상황이 아니다. 독자들이 번역에 관심을 가지기 시작하면서 오류를 지적하거나 문장이 좋고 나쁨을 따지는 일이 많아졌다. 특히 SNS가 보편화되면서 이런 일은 이제 심심찮게 마주하는 현상이 되었다. 불과 몇 년 전만 하더라도 번역에 대한 이야기는 책 좋아하는 사람들끼리 모여서 식사를 하거나 할 때 화제에 올라오곤 했다. 그나마도 유명한 번역가, 이를테면 이윤기, 안정효, 김화영, 이휘영, 김석희, 김난주, 양억관 같은 사람이 번역한 책에 대해서는 트집을 잡지 않는 게 불문율이었다.

지금은 누구나 SNS에 자기 생각을 쓸 수 있고 그걸 아무나 보고 간단히 인용도 가능하다. 미니홈피나 개인 블로그로 사람들과 소통하던 것과는 완전히 상황이 달라졌다. 한번 올린 글은 수많은 다른 글들에 묻혀 쉽게 잊히기도 하지만 반대로 엄청난 파장을 몰고 오는 경우도 더러 있다. 너무나도 유명해서 지금껏 그 누구도 의심해보지 않았던 작품에 대한 번역 문제가 그렇다.

발단은 '이정서'라고 하는 새롭게 등장한 번역가의 도발이었다. 우리나라 프랑스 문학계의 권위자인 김화영 교수가 번역한 카뮈의 『이방인』 번역서에 오류가 많다고 주장한 것이다. 물론 오역한 부분이 없진 않겠지만 "지금껏 읽은 김화영 교수의 번역본은 엉터리이며 독자들은 속은 것이다"라는 말은 문학계는 물론 일반 독자들에게도 큰 충격을 주었다. 이건 마치 오늘 갑자기 텔레비전에 등장한 피겨 해설자가 "김연아 선수의 트리플점프는 엉터리다"라고 주장하는 것과 비교할 만하다.

오래전 소설가이자 번역가인 이윤기가 움베르토 에코의 『장미의 이름』을 번역했을 때 일명 '회사원 철학자'로 알려진 강유원이 수백 곳에 이르는 번역 오류 부분을 지적하며 이것을 문서로 만들어 전달했던 일이 있다. 이윤기는 여기에 고무되어 『장미의 이름』을 처음부터 끝까지 다시 읽고 완전히 새롭게 번역했고 이 작업이 십 년간이나 계속되어 탄탄한 번역서가 완성된 건 잘 알려진 사실이다. 하지만 이정서의 도발은 종류가 다르다. 그건 정말 도발적이었다. 번역자의 결과물을 '엉터리'라고 표현하고 그걸 읽은 독자들은 '속았다'고 하면 누군들 화가 안 나겠는가.

처음 이렇게 시작된 『이방인』 번역 논쟁은 신예 번역가 이정서가 사실은 새로운 『이방인』 번역서를 펴낸 출판사의 대표인 게 드러나면서 2차전으로 돌입했다. 노이즈마케팅을 이용해서 자기 회사에서 펴낸 책을 더 많이 팔려는 장삿속이 아니냐는 비판이 일었다. 실제로 이정서의 번역 논란 이후 그가 번역했다는 『이방인』이 엄청난 판매부수를 기록했다. 독자들은 새로운 번역서를 읽어보고 "말 그대로 참신하다"라는 평가와 "지금까지의 번역서를 엉터리라고 말할 만큼은 아니다"라는 두 파로 갈렸다. 번역에 대한 논쟁은 더 좋은 번역서를 만들어내는 데 자양분이 되지만 거슬릴 정도로 민감한 표현을 써가며 다른 번역서를 비판하는 건 옳지 않다는 의견이 있는가 하면 우리가 그동안 얼마나 단단한 문화권력의 높은 벽 안에 갇혀 있었는지 알게 된 좋은 계기라고 말하는 사람도 많다.

『이방인』의 첫 문장인 "Aujourd'hui, maman est morte"는 『모비 딕』의 첫 문장 "Call me Ishmael(내 이름을 이스마엘이라고 해두자)"만큼이나 중요한 문장이다. 그렇기 때문에 세계적으로 이 첫 문장의 번역을 두고 여러 논란이 있어왔다. 원문의 'maman'을 '엄마'로 할 것인가 '어머니'로 할 것인가, 또 그 뒤에 이어지는 단어를 '죽었다'라고 옮길 것인지 '돌아가셨다' 혹은 '운명하셨다'로 표현할 것인지를 두고 적지 않은 번역가들이 고민에 빠졌다. 이정서는 이 문장을 "오늘 엄마가 죽었다"라고 번역한 김화영 교수의 번역이 틀렸다고 주장한다. 그는 "오늘 엄마가 돌아가셨다"라고 번역했고 자연스럽게 우리말을 살려 쓰려면 '죽었다'보다는 '돌아가셨다'가 옳은 선택이라고 말한다. 과연 뭐가 옳고 또 어떤 게 틀린 것일까? 엄마, 어머니, 죽었다, 돌아가셨다……. 이게 다 무엇인가? 오히려 또 다른 벽에 부닥친 느낌이다.

나는 번역이야 어찌 됐든 그냥 읽는 편이다. 번역이 적절치 못했거나 심지어 심각한 오류가 있다고 하더라도 괜찮다고 생각한다. 그런 오류는 당연히 새로운 판본이 계속 나오면서 바로잡아야 할 테지만 번역 오류가 있는 책을 읽었다고 하더라도 '속았다'

라거나 '엉터리' 같은 생각은 일절 하지 않는다. 책을 읽을 때는 알게 모르게 오독(誤讀)을 하게 되는데 그 역시 한 사람의 독서 지평을 넓혀주는 중요한 역할을 할 수 있다고 믿는다. 문제는 나중에 오독임을 알게 되었을 때 겸허한 마음으로 반성하고 자신을 되돌아볼 수 있는가에 달렸다. 그러니 번역가를 탓할 마음은 없다.

워낙 논란이 된 것도 사실이기 때문에 이정서가 번역한 『이방인』을 읽어봤다. 그리고 곧이어 김화영 교수의 번역본을 읽어봐야 했을까? 하지만 어쩐지 삐딱한 마음이 생겨서 그렇게 비교하며 읽어보고 싶지는 않았다. 그 대신 떠오른 이름이 고(故) 이휘영 교수다. 이휘영 교수는 우리나라 프랑스문학 1세대 학자다. 김화영 교수도 이휘영 교수의 제자다. 『이방인』을 우리나라에서 처음으로 번역한 사람도 이휘영 교수다. 그게 1950년대 초반이다. 카뮈가 노벨문학상을 받기도 전에 이미 카뮈의 작품을 번역해 우리나라 독자들에게 소개했던 것이다.

이휘영 교수의 번역본은 현재 문예출판사에서 계속해서 나오고 있다. 이 출판사는 꽤 오랜 역사를 갖고 있는 걸로 안다. 그래서 혹시 1950년대 첫 번역도 문예출판사에서 펴내지 않았을까 하는 추측을 하게 됐고 정보를 찾아보니 아니나 다를까 문예출판사에서 펴낸 1973년판이 있었다. 그런데 또 의문이 일었다. 문예출판사의 회사 정보를 보니 창업이 1966년이다. 그렇다면 1950년대의 첫 번째 번역은 문예출판사가 아니라는 뜻이 된다. 어디서 첫 번째 번역서를 펴냈을까? 백방으로 수소문해본 결과 '청수사'라는 곳에서 1950년대에 첫 번역서를 냈다는 것을 알아냈다. 그러나 이걸로 끝일까? 가장 큰 문제가 남았다. 청수사에서 1950년대에 펴낸 책 실물을 오십 년이 흐른 지금 어떻게 찾아서 읽어보느냐다.

국립중앙도서관 데이터베이스에서도 1950년대에 번역한 『이방인』은 찾을 수 없었다. 이런 경우는 정말 난감하다. 도서관에도 없다면 실물이 어떻게 생겨 먹었는지조차 알 길이 없다는 얘기다. 최소한 책이 어떻게 생겼는지, 예컨대 판형이 어떤지, 표지 디자인은 어떤지 정도라도 알아야 그걸 근거로 찾아볼 텐데 아무런 정보가 없으면 스스로 셜록 홈스가 되어서 추리하는 수밖에 없다.

처음으로 했던 추리는 1950년대라는 시대적 상황이다. 당시에 외국문학을 번역했다면 단행본으로 냈을까? 그렇지 않았을 것 같다. 국내에 처음 소개하는 카뮈라는 프랑스 작가의 책인데 단행본으로 출판해봤자 독자들의 흥미를 끌어내지는 못했을 것이다. 그렇다면 문학전집류를 기획하면서 그중에 한 권으로 넣었을 가능성이 있다. 전집이라면 두 가지 판형이 예상된다. 하나는 튼튼하게 만들어 소장 가치를 높인 양장본이고, 그게 아니라면 값싼 문고본이다. 승부는 문고본 쪽으로 걸었다. 너 나 할 것 없이 가난했던 시기에 누가 양장본을 구입하려고 할까? 그런 걸 출판할 정도의 출판사라면 꽤 건실한 출판사였을 텐데 '청수사'는 모르긴 해도 규모가 클 것 같지는 않았기 때문이다. 1960년대부터 문예출판사에서 이휘영 교수의 번역본을 펴내기 시작했으니까 청수사는 그 이전에 없어진 게 분명하다.

책은 의외로 빨리 찾을 수 있었다. 동묘 근처에 있는 오래된 헌책방에 갔을 때, 정말이지 기대도 하지 않고 있던 그 책을 발견한 것이다. 문고본들이 여러 겹으로 쌓여 있는 쪽을 뒤지다가 처음으로 눈에 들어온 것이 '캬뮤'라는 옛날식 작가 이름이다. 얇은 책등에는 '캬뮤'와 함께 한문으로 '異邦人'이라는 글자가 선명했다. 그리고 그 아래, 역시 한문으로 '世界文學選集 1'이라는 글자를 보고 나는 직감했다. '이건 청수사에서 출판한 책이다!' 쌓여 있는 책들 속에서 끄집어내 먼지를 털어내고 살펴보니 과연 책 뒤표지 오른쪽 아래 작은 글씨로 '靑樹社'라는 표시가 드러났다. 곧장 책장을 넘겨 서지를 확인해보니 발행연도는 단기 4290년 2월 25일 제4판이다. 그 옆에 초판을 찍은 날짜도 함께 기록해놨는데 그것은 단기 4286년, 그러니까 서기로 1953년이다. 찾고 있던 바로 그 책인 것이다! 서지 내용을 토대로 보면 오 년 만에 네 번이나 더 찍은 것인데 이 정도면 꽤 책이 잘 팔렸던 것 같다.

서지에는 제법 다양한 정보가 들어 있다. 초판과 더불어 다시 찍은 날짜를 써놓은 것은 물론이고 출판사 소재지가 '서울특별시 종로구 동숭동 130-4'이며 1952년에 출판업을 등록했다는 사실도 명기되어 있다. 주소 체계가 달라졌을 수도 있겠지만 서지에 있는 청수사 사무실은 지금의 대학로 마로니에 공원 근방일 것이다. 마로니에 공원이 들어선 건 1970년대. 그전에는 거기에 서울대 본부와 문리대가 있었으니 근방 어딘가에 출판사 사무실이 있었다고 해도 이상할 것 같지 않다. 게다가 이휘영 교수는 1946년부터 돌아가시기 바로 전해인 1985년까지 서울대 문리과 대학 교수였으니 학교 근처에 있는 출판사에서 번역서를 출간한 것도 일리가 있다. 재미있는 것은 서지에 총판 이름이 따로 적혀 있다는 점이다. 서울대 본부 근처에 출판사가 있었다면 총판도 그 근처 어딘가에 있는 게 어울릴 텐데 흥미롭게도 '이화

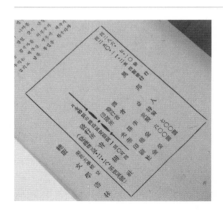

『이방인』의 판권.
단기 4290년 2월 25일
제4판임을 알 수 있다.

대학교 앞 문학서림'이라는 곳이 총판임을 알리고 있다.

책은 일반적인 문고본 판형이며 세로쓰기에 제본은 책등에 철심을 박아 넣는 방식을 썼다. 지금은 책에 철심 따위를 박지 않지만 당시에는 흔히 쓰이던 방식이다. 한창 유행했던 도서대여점의 스테이플러를 박은 책들을 떠올리면 그와 비슷한 모양이다. 추측했던 대로 출판사는 세계문학전집을 기획하면서 첫 번째 책으로 카뮈의 『이방인』을 선택한 모양이다. 그 외에 어떤 책이 이 선집에 포함됐는지는 책에도 따로 정보가 나와 있지 않기 때문에 알길이 없다. 다만 인터넷 포털사이트에서 제공하는 옛날 신문 라이브러리에서 찾아보니 1950년대 후반까지 『이방인』을 시작으로 『욕망이라는 이름의 전차』, 『작은 아씨들』, 『마농 레스코』 등 몇 권을 더 출간했다는 기사는 찾을 수 있었다.

문고본이라 따로 해설 같은 건 없이 곧장 본문이 시작되며 마지막 부분에 번역자인 이휘영 교수의 소감을 짤막하게 덧붙였다. 내겐 이 짧은 글이 너무도 소중하다. 그렇게 찾고 싶었던 『이방인』 번역 초창기 판본을 입수한 것도 기쁘지만 거기에 씌어 있는 번역자의 말은 마치 그이가 지금 내 앞에 와 앉아 이야기를 들려주는 것 같은 묘한 흥분을 느끼게 한다. 첫 번역본에서 이휘영 교수는 본인이 어떻게 해서 프랑스문학을 공부하게 됐는지 말하고, 무엇이든 프랑스 작가의 작품을 우리나라 독자에게 소개하고픈 생각이 들어서 카뮈의 『이방인』을 선택했노라고 밝힌다. 지나고 생각해보면 대단한 혜안이 아닌가. 따로 입수한 1973년판 문예출판사 번역본에서는 "알베르 카뮈라는 이름을 모르는 사람은 거의 없을 것이다"라는 문장으로 글을 시작한다. 그사이 카뮈가 노벨문학상을 받은 것도 한 이유겠지만, 처음 번역을 소개한 뒤로 이십 년 만에 우리나라에서 카뮈를 모르는 사람이 없을 정도로 인기가 높아진 것이다.

지금 다시 『이방인』을 읽어보아도 나는 딱히 번역에 대해서 이러쿵저러쿵 말하고픈 생각이 들지 않는다. 심지어 1950년대 판본을 읽으면서도 충분히 좋은 문장이라는 느낌을 받는다. 최근 이정서는 『이방인』에 이어 이번에는 생텍쥐페리의 『어린 왕자』 번역의 오역 문제를 들고 나왔다. 독자들은 또다시 술렁거린다. 하지만 뭐, 어떤가. 나는 프랑스 말을 전혀 모르는데다가 『이방인』이든 『어린 왕자』든 번역이 엉터리라고 해도 상관없다. 새로운 번역을 내놓는 사람들도 다른 번역본에 대해서 너무 비방하는 태도를 가지지 말았으면 좋겠다. 외국어의 번역은 언제까지라도 논란이 있는 것이고 완벽한 번역이란 애초에 존재할 수 없는 법이다. 그저 번역서 역시 또 하나의 문학작품이라고 믿는다.

그래서인지 소설가가 번역한 외국문학 작품에 더욱 정이 간다. 얼마 전 페르난도 페소아의 작품 『불안의 서』가 우리나라에서 처음으로 완역되었는데 번역한 사람이 소설가 배수아다. 배수아 작가의 작품을 괜찮게 봤던 터라 번역본도 재미있게 읽었다. 그런데 얼마 뒤 다른 출판사에서 같은 책의 번역서가 또 나왔다. 독자들 중 일부는 배수아가 번역한 『불안의 서』에 오류가 많다고 지적했다. 그래도 나는 여전히 배수아의 『불안의 서』가 좋다. 그 책에서는 배수아 소설의 문장 느낌이 나오기 때문이다.

김화영 교수의 『이방인』과 이휘영 교수의 『이방인』은 느낌이 또 다르다. 이정서의 『이방인』도 물론 다르다. 셋 중에 어떤 걸 '엉터리'라고 말하고 싶지는 않다. 결국 나는 번역의 질이나 문장의 옳고 그름보다는 그 문장의 느낌이 좋은 것이다. 단기 4290년에 펴낸 이휘영 교수 번역의 『이방인』을 다시 읽으면서 이런 생각을 한다. 내가 1950년대로 타임머신을 타고 날아간다 해도 이보다 더 잘 쓸 자신은 없다고. 대신 나는 여전히 독자로 남아 동숭동 어딘가를 거닐다가 '학림다방' 같은 카페에 들어가 대학생들에 둘러싸여 손바닥만 한 책을 꺼내 조용히 읽고 싶을 뿐이다.

고은 시인이 쓴 기괴한 소설

「일식」

고은 지음

예문관

1974년

1991년 민음사에서 펴낸 『화엄경』 이전까지 고은의 문학세계는 '허무주의'라는 말로 대신할 수 있다. 화엄세계에 들어서기 전 고행의 여정이라고 할까? 1990년대 이전 작품을 보면 어느 것 할 것 없이 소설 속에 자리 잡은 먹먹한 감정이 독자들 가슴을 짓누른다. 그중에서도 1974년에 초판을 펴낸 잘 알려지지 않은 장편소설 『일식(日蝕)』을 얼마 전에 구할 수 있어서 읽어보았다.

헌책방에 가끔 오시는 집요한 성격의 한 손님이 아니었다면 이 책을 영원히 모르고 살았을지도 모른다. 아직 중년의 나이가 되지 않았지만 말투나 행동은 이미 중후한 매력을 풍기고 있는 좀 수상한 느낌의 손님인데, 어느 날 고은 시인의 책을 찾는다며 보이는 대로 좀 수집해달라고 부탁하는 거였다. 무슨 책이든지 중복되는 것만 아니면 다 사겠다는 말을 덧붙였다.

그때까지 고은에 대해서 내가 알고 있는 것이라곤 시인이라는 것, 한때 승려였다는 것, 그리고 노벨문학상 발표 시즌만 되면 늘 그 이름이 떠들썩하게 기사로 나온다는 것 정도였다. 그런데 내가 고은의 작품을 제대로 읽어본 것이 무엇인가? 연작으로 쓰고 있는 『만인보』 몇 편을 보다가 말았고 『화엄경』은 영화가 나왔을 때 비교해보느라고 한 번 봤다. 2013년에 노벨문학상 발표가 있고 나서 『무제시편』(창비, 2013년)이라는 시모음집이 나왔기에 서점에 가서 봤는데 무려 6백 편이 넘는 신작시를 담아놔서 몇 편 읽다 말고 책을 내려놓고 돌아왔던 기억이 있다. 그 외에는 이중섭과 한용운 평전을 읽었다.

책을 수집해주겠다고 말은 했지만 손님을 돌려보내고 나서 반나절 만에 실제로 내가 알고 있는 게 별로 없다는 생각에 절망했다. 도대체 고은 같은 유명인의 작품을 모은다는 게 뭣이 어려워서 내게까지 의뢰하는가, 라며 그를 우습게 여겼던 것을 급히 반성했다. 1950년대에 등단한 시인은 지금껏 펴낸 작품이 상상했던 것 이상으로 많거니와 참여한 문집 등도 다 밝혀내려면—그것은 불가능이라는 결론을 빨리 내리지 않으면 안 됐다. 이런 경우는 솔직하게 말하는 게 좋다. 어서 손님에게 전화해서 포기하겠다고 전하자. 그리고 깨끗하게 손을 털자. 아니면 영원히 고은이라는 족쇄를 달고 살 것만 같은 무서운 느낌이 몰려왔다.

며칠 후, 정말로 손님에게 전화를 걸어 사정을 이야기하고 고은에 대해서는 더 생각하지 않겠노라 마음먹었다. 그런데 생각지도 못했던 곳에서 다시 고은이라는 이름과 마주쳤다. 시인은 마치 귀신처럼 나를 몰래 따라다닌 게 아니었을까 싶을 정도로 등골이 오싹했다. 어떤 어르신이 읽던 책을 우리 헌책방에 처분하고 싶다는 연락이 와서 그 집에 찾아갔는데 거기 고은의 책이 있었다. 그 많은 책들 중에 유독 그 책 한 권이 빛을 내고 있는 듯 눈앞에 확 밀려 들어왔다. 처음 보는 책이다. 제목은 『일식』. 한문으로만 적혀 있었는데 용케도 나는 그 제목을 단박에 읽었다. 어르신에게 책값을 드리고『일식』과 함께 그 집에 있던 책 3백 권가량을 함께 사 가지고 헌책방으로 돌아왔다. 다 정리하고 보니 고은의 책은『일식』단 한 권뿐이다. 그날 밤 일을 마치고 시인이 쓴 이상한 소설을 천천히 읽었다.

대개 소설과 함께 그에 대한 비평집을 찾아 읽는 것을 즐기는데, 이 소설은 시인의 작품세계 전체를 보더라도 큰 의미가 없는 것인지 어디에서도 참고할 만한 자료를 만날 수 없었다. 다만 책 표지에 현란하게 써놓은 광고 문구만이 아쉽지만 길잡이가 될 뿐이다. 출판사는『일식』이 "신비(神秘)의 작가 고은이 무려 미국의『무당(巫堂)』출간 삼 년 전에 그의 냉혹한 메스(mes)로 파헤친 정신분열증 환자인 15세 소녀의 성(性)과 사랑의 비정(非情)한 방정식(方程式)"이라며 극찬을 아끼지 않았다. 그러면『무당』이라는

「일식」뒤표지. 작가의 사진과 함께 현란한 광고 문구가 눈에 띈다.

책은 또 무엇인지 궁금해진다. 미국 작가가 쓴 책일 텐데 제목은 '무당'이라니. 그것부터가 좀 수상하다.

알고 보니 『무당』은 윌리엄 피터 블래티의 1971년 작품인 『엑소시스트(The Exorcist)』가 우리나라에 들어오면서 붙은 번역 제목이다. 소설은 물론 이를 원작으로 삼은 영화도 크게 인기를 끌어 수십 년이 지난 지금까지도 공포영화의 대명사로 불린다. 출판사는 고은의 『일식』을 세계적인 베스트셀러 『엑소시스트』와 견주고 있는 것이다! 1974년 당시 영화 〈엑소시스트〉가 국내 심의에 걸려 상영을 못했기 때문에 출판사는 이 내용을 적극적으로 홍보수단에 이용한 모양이다(영화는 1975년에 개봉해서 큰 관객을 모았다). 이렇게 되니 소설 내용이 더욱 궁금해진다. 고은 시인이 『엑소시스트』 같은 소설을 썼다니, 더 물을 필요도 없이 앉은자리에서 다 읽어버렸다.

시종일관 두근거리는 마음으로 책장을 넘겼건만 결론은 허탈했다. 『일식』은 출판사 광고 문구와는 달리 『엑소시스트』와는 상관없는 내용이었다. 귀신 들린 여자아이 이야기도 아니고 무시무시한 퇴마의식에 관한 것이라면 더욱 거리가 멀다. 정신분열 증세가 있는 15세 소녀가 주요 인물로 등장하긴 하지만 『일식』은 공포소설이 아니라 연애소설로 분류할 만하다. 그것도 요즘 말로 하자면 '막장 드라마'에 가까운 내용이다.

최현식은 40세로 마포에 있는 아파트에 산다. 주인공은 어느 날 일이 있어 지방에 갔다가 고속버스를 타고 서울로 올라오던 중 분열증에 걸린 세희와 어머니인 한신옥을 차 안에서 만난다. 사실 이 첫 장면을 읽을 때만 하더라도 앞으로 뭔가 큰일이 터지겠구나, 귀신이 이 아이의 정신을 지배하고 있는 것이구나, 하는 상상을 제멋대로 하고 있었다.

그러나 서울에서 셋이 함께 버스를 내린 후의 내용은 소녀의 분열증과는 크게 관련이 없는 쪽으로 흐른다. 충격적이게도 최현식은 한신옥과 딸 세희 사이를 오가며 위태롭게 사랑을 나눈다. 두 사람 모두를 거부할 수도, 그렇다고 받아들이기도 힘든 고뇌 속에서 세희는 임신을 하게 되고 현식은 끝내 자살로 파멸에 이른다. 뒤이어 한신옥 역시 바닷가에서 변사체로 발견된다. 허무하고 무기력한 세상 속에, 버려진 듯 시간을 허비하던 두 사람은 끝내 삶의 희망을 발견하지 못하고 생을 마감한 것이다.

1974년에 초판을 펴낸 소설 『일식』은 지금은 물론 당시에도 큰 주목을 받지 못한 것 같지만 작가가 해결하고자 했던 마음속 응어리가 어떤 것이었는지는 조금 짐작이 간다. 암울하고 희망 없는 시대를 견뎌야 했던 예술가의 고민은 한없이 크고, 넓고, 급기야는 분열증처럼 퍼진다.

아픔이 없는 시대가 있었던가? 다만 그것을 껴안고 어루만지는 희망의 크기가 그 시절을 대신 말해줄 뿐이다. 『일식』을 읽으며 시종일관 느꼈던 답답한 심정은 내가 그 안에서 아무런 희망의 단서를 찾지 못했기 때문이다. 훗날 작가가 결국 화엄세계에서 해답을 찾았듯이 나 또한 지금 어느 곳을 헤매고 있는 건지 모른다. 이야기 끝 무렵에 작가가 쓴 "또 하나의 나는 나처럼 어둡지도 않고 비겁하지도 않을 것이다. 그것은 너와 내가 만든 또 하나의 나인 것이다"라는 말이 마지막 책장을 덮고 난 다음 꽤 오랫동안 마음에 남았다.

이렇게 내 손에 들어온 『일식』 초판은 그로부터 몇 달 후 한 여성 손님이 적지 않은 가격을 지불하고 구입해 가셨다. 아버지가 고은의 열렬한 팬이기 때문에 생신 선물로 드리면 좋겠다며 책을 가져갔다. 언젠가 그 책을 다시 만날 날이 있을까? 사람 사이의 인연도 그렇지만 사람과 책의 인연이란 더욱 알 수 없는 것이다. 책은 사람이 찾는다고 해서 눈앞에 떡하니 나타나는 때가 드물다. 반대로 책이 나를 만나러 오는 때까지 기다리는 수밖에 없다.

여름이면 생각나는 가슴 뜨거운 인생

『장준하 문집』

장준하 지음

사상

1985년

張俊河文集

7월 들어 찌는 듯 무더운 날씨가 매일 계속된다. 이제 막 여름이 시작된 것이다. 이렇게 더운 날이 계속되면 사람들은 으레 여름휴가를 기다린다. 어디 시원한 곳에 가서 며칠 쉬면 어떨까, 하며 들뜬 마음으로 계획을 세운다.

돌아다니는 것을 썩 좋아하지 않는 내게 최고의 피서는 바로 책 읽기였다. 어릴 때부터 허약 체질이었던 나에게는 밖에서 고생하느니 집에서 뒹굴며 책을 보는 게 더 나은 피서 방법이었다. 특히 시원한 바다나 산이 배경인 소설을 읽으면 여름이 금방 지나갔다. 어릴 때는 추리소설을 많이 읽었고 대학생이 되면서 토마스 만이 쓴 장편소설 『마의 산』을 여름마다 다시 봤다. 『마의 산』은 배경이 스위스에 있는 요양소이기 때문에 한 번도 가보지 못한 그곳을 책으로 상상하며 서늘한 기분을 느끼곤 했다. 언젠가 『프랑켄슈타인』과 『드라큘라』에 빠져 있던 때도 있었다. 때와 장소는 알 수 없지만 으스스한 배경 설정에 매료되어서 여름밤마다 조금씩 읽었다. 직장생활을 하면서는 쉽고 빠르게 읽히는 스티븐 킹 소설을 많이 읽었다. 스티븐 킹은 글도 잘 쓰지만 우리 생활 주변에 있을 법한 일을 가지고 작품을 쓰기 때문에 더욱 섬뜩한 기분을 느끼게 만든다. 여름마다 날씨는 똑같이 덥지만 개인적으로 느끼는 '더운 기분'이라고 하는 것은 매년 달라진다. 그러니까 읽는 책도 때때로 변한다.

딱히 여름에 읽기 위해 집어든 책은 아니지만 서른 살이 넘어서 더운 날이면 늘 꺼내 드는 특별한 책이 있다. 장준하 선생의 수기 『돌베개』다. 이 책은 대학을 졸업하고 회사 다니던 시절 처음 헌책방에서 구해 읽었는데 그때의 충격을 지금도 잊을 수 없다.

헌책방에서 일하다보면 사람들로부터 여러 질문을 받는다. 특히 TV나 신문, 잡지 등 매체에서 인터뷰를 하게 되면 자주 듣는 질문이 있다. 헌책방에서 가장 아끼는 책이 무엇이냐? 이런 책은 도무지 팔기에 아깝다고 할 만큼 좋아하는 책이 있다면 말해달라는 것이다. 이런 말을 들으면 선뜻 대답하기 어렵다. 헌책방에 있는 책들이 모두 내 친구이자 선배, 그리고 때론 연인 같은데 어찌 그중 한 권을 가려 뽑을까.

그래서 보통은 그때그때 떠오르는 책을 말해주곤 하는데 여름이면, 게다가 7월이라면 장준하 선생 문집을 자주 입에 올리게 된다. 잘 알려진 『돌베개』는 1985년 장준하 선생 10주기를 기념하여 사상 출판사에서 펴낸 세 권짜리 문집 중 두 번째 책이다. 1권과 3권은 각각 『민족주의자의 길』, 『사상계지 수난사』로 대중 독자를 위한 책이라고 하기는 어렵지만 2권인 『돌베개』는 수기이기 때문에 실감 나는 역사소설처럼 읽히기도 한다. 때문에 여전히 개정판 책을 어렵지 않게 구해 읽을 수 있다.

수기는 1944년 7월 7일, 그러니까 딱 요즘같이 무더운 날이 계속되는 때 시작한다. 선생은 일본군에 입대했다가 동료 세 명과 함께 탈출, 중국을 거쳐 1945년 쓰촨 성에 있던 광복군을 찾아가기까지의 여정을 자세히 들려준다. "이날은, 광활한 대지에 나의 운명을 맡기던 날이다. (……) 나의 의지에 불을 붙이고 나의 기념으로 기름 부어, 나의 길을 찾아 떠난 날이다." 이렇게 힘이 전해지는 첫 문장을 마주하고 어찌 그대로 책을 덮을 수 있겠는가.

지금까지 『돌베개』를 여러 번 다시 읽었지만 젊은 장준하의 목숨을 건 탈출, 그리고 한여름 인간을 죽음으로 몰고 가는 태양 아래 6천 리 길을 헤매어 결국 도착한 광복군 주둔지까지의 여정은 너무도 생생해서 마치 내가 탈출 일행에 포함된 것 같은 긴장감을 느끼게 만든다. 광복 이후 독재정권에 대항하는 장면에선 뜨거운 열정으로 가슴이 뛴다. 손가락에 동상이 걸렸을 때 일본 군의관이 마취도 없이 일부러 생살을 칼로 째는 일화를 비롯해서 탈출 후 겪게 된 공포와 젊은이의 고민, 신앙과 애국, 광복에 대한 열망 등이 마치 어제 일처럼 생생하게 문장 속에 녹아들었다.

『돌베개』는 신간으로도 구입할 수 있지만 헌책방의 스테디셀러이기도 하다. 특히 1985년에 출간된 세 권짜리 갈색 하드커버 세트는 구해놓기가 무섭게 새 주인을 만난다. 책 상태가 좋은 건 쉽게 찾을 수 없어 자주 책방에 갖춰놓지 못하는 게 아쉽다. 왜일까? 빳빳한 새 종이에 인쇄된 새 책이 있는데도 불구하고 어째서 사람들은 삼십 년 전에 펴낸 책을 원할까? 나 또한 오랫동안 헌책방 손님이었고 지금은 직접 운영하는 일꾼으로 십 년을 지냈는데도 매번 비슷한 의문이 생긴다.

어떤 책은 똑같은 내용의 새 책 대신 오래된 책이 더 인기가 좋다. 예를 들면 신영복 선생의 『감옥으로부터의 사색』 같은 책이 그렇다. 이 책은 나중에 초판에서 누락된 내용을 덧붙여 개정증보판을 펴내기도 했지만 그래도 헌책방에서 손님들이 많이 찾는 건 햇빛출판사에서 1988년에 펴낸 초판이다.

그 이유를 곰곰이 생각해보면, 책을 갖고 싶은 간절한 마음이 생기도록 만드는 건 그 속의 내용도 중요하지만 결국 책이라는 물성 그 자체가 아닐까 싶다. 책을 작가와 동일시하는 것이다. 아무리 책 쓴 사람을 좋아한다고 하더라도 작가를 완전히 자기 소유로 만들 수는 없는 일이다. 그이를 내 책장 어느 곳에 모셔둘 수는 없다. 책이라면 가능하다. 잘 쓴 책을 읽는다는 것은 본문을 펼 때마다 살아 있는 작가를 만나는 것과 같다. 그러니 작가와 더 가까운 느낌을 받을 수 있는 책을 원하는 것이다. 그런 책은 초판이 아니면 의미가 없다. 책에 오류가 좀 있더라도, 장정이 새 것과 비교해서 허술하더라도, 세로쓰기에 맞춤법이 개정되기 이전에 펴낸 책이라도, 본문 안에 한자가 많더라도 아무런 상관이 없다. 오직 처음에 출판된 책만이 작가의 첫 온기를 품고 있다고 믿는다. 우선은 나부터가 그렇다.

『장준하 문집』 세 권을 책장에 모셔두고 있다는 것만으로도, 그걸 바라보는 것만으로도 때론 가슴이 벅차오를 때가 있다. 마치 저기에 살아 있는 장준하 선생의 환영이라도 보이는 것만 같다. 내용은 똑같지만 새 책이 거기 있다면 이런 느낌을 받지는 못할 것이다. 왜냐하면 그것은 말 그대로 '새것'이기 때문이다. 1985년에 펴낸 책과 비교할 수 없을 정도로 단정하고 깔끔하지만 한편 바로 그 이유 때문에 도저히 감정이입이 안 되는 것이다. 구김 하나 가지 않은 말끔한 책을 읽으면서 어찌 장준하 선생의 그 수많은 삶의 주름들을 공감할 수 있단 말인가. 갈색인지, 혹은 회색인지, 아니면 검정색이거나 이 모든 게 다 섞여 있는 것 같은 투박한 하드커버에 한문으로 쓰인 '張俊何文集'이라는 손글씨 제목은 과연 선생의 10주기 추모문집다운 선택이다. 표지를 넘기면 맨 먼저 함석헌, 문익환, 백기완 등 익숙한 이름들이 추모문집 간행위원회에 속해 있다. 이들의 고민이 책 전체를 통해 마음으로 전해진다.

2015년은 장준하 선생이 박정희 정권 아래서 의문의 죽음을 맞으신 지 40주기였다. 전 국민적인 추모행사 분위기가 있지 않을까 생각했는데 의외로 조용히 추모제가 치러져서 마음 한편이 불편했다. 파주시에 있는 장준하공원에서 추모식을 했는데 국회의원 몇을 포함해 5백 명 정도가 참석했다고 한다. 여름을 맞아

다시 읽은 선생의 글을 생각하며, 과연 사십 년이라는 세월 동안 우리 사회가 얼마나 달라졌는지 되돌아본다. 혹시 달력의 숫자만 바뀌었을 뿐 똑같은 일을 반복하고 있는 것은 아닐까?

요즘 텔레비전이나 신문을 보면 하루도 빠짐없이 이런저런 모양으로 애국자 행세를 하는 사람들 이야기가 넘쳐난다. 그러나 과연 누가 진짜 나라를 사랑하는 마음을 가졌는지는 알기 힘들다. 장준하 선생 같은 큰 어른을 이 시대에 다시 만날 수 있을까? 아니 그보다, 그런 인물을 또다시 죽이는 국가가 되지 않기를 기대한다.

두 천재 시인의 저주받은 한 시절

『저주받은 시인들』

앙리 페이르 지음

최수철, 김종호 옮김

동문선

1985년

시에 관심 있다고 하는 사람치고 '랭보'라는 이름을 들어보지 못한 이는 없을 것이다. 랭보는 너무나도 유명하기 때문에 시를 잘 모르는 사람들조차 랭보가 위대한 시인이라는 것 정도는 안다. 랭보의 시를 떠올린다면 단연 『지옥에서 보낸 한철』이라는 책을 먼저 말하게 된다. 랭보에 큰 관심이 없는 사람이라면 이 작품집 외에 다른 것은 얼른 생각나지 않을 것이다. 그도 그럴 것이, 랭보는 평생 단 두 권의 시집만을 남겼기 때문이다. 『지옥에서 보낸 한철(Une Saison en enfer)』과 『일뤼미나시옹(Illuminations)』(채색 삽화라는 뜻)이다. 놀라운 사실은 그 둘 모두를 불과 스무 살이 되기 전에 썼다는 것이다. 그리고 서른일곱 나이로 죽기 전까지 다른 작품집은 내지 않았다.

랭보라는 이름엔 항상 '천재 시인'이라는 꼬리말이 붙어 다닌다. 이런 평가를 반대하는 사람은 아무도 없다. 시에 대해서 많이 알거나, 혹은 잘 모르더라도 누구에게나 랭보는 천재 시인이다. 마치 이중섭을 천재 화가라고 부르듯이 말이다. 하지만 그림과는 달리 랭보에 대해서 깊이 공부해보지 않는 이상 번역된 시만 읽을 수 있는 우리나라의 대부분 독자들은 랭보가 왜 천재인지 알지 못한다. 그저 프랑스문학을 대표하는 '표상주의' 혹은 '상징주의'를 완성했다는 것만 학교에서 잠시 배우고 지나칠 뿐이다. 나 역시 학교 다닐 때 시험에 랭보로 대표되는 프랑스문학 사조가 무엇인지 쓰라는 문제가 나왔을 때 위와 같은 답을 썼고 당연히 정답 처리를 받았지만, 그것뿐이었다. 문제와 정답만 외웠기 때문에 정작 표상주의나 상징주의가 무엇인지 전혀 모르고 있었다.

세계적으로 유명한 시인이지만 특히 우리나라에서는 1970년대 이후 선풍적인 인기를 얻었기 때문에 당시 학창 시절을 보낸 사람이라면 랭보의 이름이 더욱 친근하게 다가올 것이다. 괜히 멋을 부리기 위해 민음사에서 나온 랭보의 시집을 옆구리에 끼고 다니던 젊은이들이 있었다. 게다가 '지옥에서 보낸 한철'이라는 제목은 당시 암울했던 사회 분위기와 너무도 잘 어울렸다. 하지만 랭보가 말한 '지옥'은 단지 그가 살았던 시대만을 말하는 것 같지는 않다.

앙리 페이르가 쓴 『저주받은 시인들』은 랭보와 함께 또 다른 한 사람, 랭보를 말할 때 빼놓을 수 없는 바로 그 사람, 시인 베를렌에 관한 이야기다. 랭보를 아는 사람이라도 베를렌이라는 이름을 함께 떠올리는 이는 많지 않다. 물론 베를렌도 프랑스가 낳은 위대한 시인 중 한 사람이다. 어쩌면 그 둘이 하필이면 동시대에 태어난 것 자체가 저주의 시작이었는지도 모르겠다. 적절한 비유가 될지 모르겠으나 백 년에 한 번 나올까 말까 하다는 농구 선수 '마이클 조던'과 하필이면 한 팀에서 뛰게 된 '스카티 피펜'의 경우라고 할까? 피펜 역시 대단한 기량을 가진 선수지만 사람들은 시카고 불스의 선수라고 하면 보통은 조던만을 떠올린다.

프랑스 문단에서 이미 상당한 재능을 인정받고 있던 폴 베를렌에게 어느 날 열일곱 살에 이미 천재 소리를 듣던 시인 랭보가 편지를 보낸다. 시골 동네에 살던 랭보는 자신의 재능에 날개를 달아줄 인물로 파리에서 활동하고 있는 유명 시인에게 당돌하게 편지를 보냈던 것이다. 만나고 싶다는 랭보의 편지 이전에 이미 랭보의 천재성을 직감적으로 알아차린 베를렌은 "위대한 영혼이여, 어서 오시라"는 답장을 쓰며 흥분을 감추지 못한다. 결혼생활에 싫증을 느끼고 있던 베를렌은 젊고, 아름답고, 게다가 누구도 넘보지 못할 문학적 재능을 모두 갖춘 완벽한 남자 랭보를 보는 순간, 비록 동성관계였지만 걷잡을 수 없이 사랑에 빠진다.『저주받은 시인들』은 이때부터 두 사람이 주고받은 편지를 중심에 두고 과연 두 위대한 시인의 말로가 어떠했는지 추적한다.

지금도 동성애를 바라보는 사회의 시선이 곱지만은 않은데, 랭보와 베를렌이 영혼을 불살랐던 1870년대는 어떠했을까. 동성애는 도덕적으로는 물론이고 법적으로도 문제 삼을 수 있는 범죄였다. 우리가 지금 편리하게 쓰고 있는 '컴퓨터'라는 기계를 처음으로 고안해낸 천재 수학자 앨런 튜링 역시 제2차 세계대전 중에 독일군의 암호체계를 해독하는 등 연합군 승리에 결정적인 역할을 했지만 동성애를 한다는 사실이 밝혀져서 법원의 판결을 받은 뒤 끝내 자살에까지 이르게 된다. 튜링은 법정에서 화학적 거세에 해당하는 판결을 받았다. 이게 1950년대에 있었던 일이다.

1870년에는 제아무리 파리라고 하더라도 동성애는 거의 죄악에 가까운 취급을 받았다. 게다가 베를렌은 이미 다른 여자와 결혼한 유부남이 아닌가. 하지만 그 어떤 것도 한번 시작된 사랑을 끊을 수 없었다. 둘은 파리를 떠나 여러 곳을 전전하며 도피생활을 하기에 이른다.

빠르게 타오른 불꽃일수록 심지는 오래가지 못하는 것일까. 얼마 못 가 두 사람은 경제적 문제에 부딪혀 자주 싸우게 된다. 급기야 랭보가 베를렌에게 절교를 선언하자 이성을 잃은 베를렌은 랭보를 향해 권총을 꺼내 들고 방아쇠를 당긴다. 다행히 한 발은 빗나갔지만 나머지 한 발이 랭보의 손에 맞았고 베를렌은 경찰에 붙들려 2년 형을 선고받는다.

베를렌의 총격 사건은 두 사람을 완전히 갈라놓았고 랭보는 더 이상 시를 쓰지 않았다. 천재적인 재능을 타고난 랭보는 자신의 마지막 원고인 『일뤼미나시옹』을 베를렌에게 맡기고 아프리카로 건너가 사업에 몰두한다. 어떻게 된 일인지 시인은 그곳에서 무기 밀매까지 손대다가 병을 얻고서야 다시 프랑스로 돌아올 수 있었다. 랭보는 회복되지 않았다. 병 때문에 다리를 못 쓰게 되고 결국 한쪽 다리를 잘라냈지만 이런 극단적인 치료도 삶을 연장시키지는 못했다.

병원에선 랭보의 죽음이 임박했음을 알리고 가톨릭 사제를 보내 마지막 고해성사를 받으려 했으나 랭보는 이를 두 번이나 거절

했다. 사제의 세 번째 방문에 결국 성사를 했지만 성체배령은 끝내 받지 못하고 서른일곱 살의 랭보는 그가 붙들고 있던 가련한 영혼에게 영원한 안식을 주었다. 베를렌은 랭보가 세상을 떠나고 오 년 뒤에 죽었다.

분명히 두 시인에 관한 책이지만『저주 받은 시인들』표지엔 랭보의 사진만 있다. 어쩌면 랭보보다 베를렌이 훨씬 뛰어난 작가였을지도 모르지만 대부분의 사람들은 천재 시인이라는 별명을 가진 랭보를 더 많이, 자세히 기억한다. 책 내용도 베를렌이 랭보에게 보낸 편지, 베를렌이 랭보의 시에 대해서 쓴 글, 베를렌이 총격 사건 후 법정에서 랭보에 대해서 진술한 내용 등 많은 분량이 베를렌에게서 나온 글로 구성되어 있지만 어찌 된 일인지 표지엔 랭보의 얼굴만 넣었다. 프랑스 시를 공부한 사람을 만날 일이 있었는데, 그는 베를렌을 가장 뛰어난 프랑스 시인으로 믿고 있었다. 단지 랭보는 이야깃거리가 더 많은 사람이기 때문에 자주 입에 오르내릴 뿐이라고 말했다. 그런 걸 생각해보면 랭보보다 베를렌이 훨씬 쓸쓸하고 고독한 삶을 살았던 게 아닐까. 죽고 난 뒤에도 사정은 달라지지 않았다. 어쨌든 사람들은 베를렌보다 랭보를 더 많이 기억하고 있으니 말이다.

두 사람이 서로에게 열정을 불살랐던 시기는 몇 해에 불과하다. 주고받은 편지 또한 많은 분량이 아니고 더구나 랭보는 베를렌에게 거의 편지를 쓰지 않았다. 그럼에도 『저주받은 시인들』을 편집한 작가 앙리 페이르는 이들에 관한 거의 모든 자료를 발굴해서 두 시인이 보낸 '지옥의 한철'을 훌륭하게 재구성했다. 나중에 이 편지 모음을 토대로 〈토탈 이클립스〉라는 영화도 만들어졌다. 책과 함께 랭보로 분장한 미소년 리어나도 디캐프리오의 연기를 감상하는 것도 빼놓을 수 없는 재미다.

함석헌 자서전의 초판을 찾아서

『죽을 때까지
이 걸음으로』
함석헌 지음
삼중당
1964년

'어른'이라는 말은 다만 나보다 나이가 많은 사람에게 붙이는 호칭이 아니다. 스무 살이 넘고 주민등록증이 발급됐다고 해서 다 어른이라고 할 수 없다. 그러면 누가 어른인가? 어른은 나이가 많고 적음을 떠나서 어른다워야 어른이다. 어른다움이란 무엇인가? 그것은 '바름'이다. 어른은 우선 몸과 마음이 바르고 말과 행동이 흐리멍덩하지 않다. 세상이 있기에 내가 있다는 겸손한 마음가짐으로 뜻은 늘 크게 가지며 베풂은 아주 사소하며 작은 것에까지 닿아 있다. 화나는 일에 화낼 줄 알아야 하고, 우스운 일에는 웃을 줄 알아야 한다. 그러나 제 입맛에 들지 않는다고 화를 내고 혼자만 즐겁다고 웃어대는 건 어린애보다 못한 사람이다. 인간과 동물, 자연을 포함한 모든 숨 쉬는 생명이 한데 어울려 평화롭기를 바라는 사람이 어른이다.

이상이 내가 생각하는 어른의 정의다. 본받고 싶은 어른의 모습이다. 그리고 마지막으로 하나 더 추가한다면, 지금 살아 계신 분을 어른이라 부르고 싶지는 않다. 내 기준으로 어른이라 함은 오랫동안 수많은 사람들과 역사의 검증을 통해 어른다움을 입증한 사람이기 때문이다. 지금 아무리 어른다운 모습을 보이고 있더라도, 멋진 책을 쓰거나 강연회를 할 때마다 구름처럼 사람들을 몰고 다니는 사람이라고 하더라도 바로 내일 금수 같은 본성이 드러날지도 모른다. 혹은, 살아 있을 때 아무리 평가가 좋더라도 세상을 떠나고 나서 곧장 시시한 사람인 것이 판명된다면 참으로 허탈하다. 그러니 어른은 살아 계실 때는 몰라볼 수도 있다. 돌아가시고 나서 한참 시간이 흐른 다음에야 많은 사람들이 '아, 그분은 어른이었구나!' 하고 말할 수 있다면 그가 진짜 어른이다.

이런 믿음을 토대로 평소에 내가 어른이라고 말하는 사람으로 는 세 분이 있다. 류영모 선생(柳永模, 1890~1981), 함석헌 선생(咸錫憲, 1901~1989), 그리고 장준하 선생(張俊河, 1918~1975)이다. 세 분 의 공통점은 모두 기독교를 종교로 갖고 계셨다는 것이다. 물론 지금 흔히 말하는 '개신교'와는 조금 다른 의미이다. 그래서인지 나도 철이 들고 나서부터는 기독교를 종교가 아닌 철학 쪽으로 좀 더 무게를 두며 살았다.

좋아하고, 따르고 싶은 사람이 있으면 그를 기억할 수 있는 어 떤 물건을 가지고 싶은 게 사람 마음이다. 그게 연예인이라면 브 로마이드 사진이나 직접 받은 사인을 간직하고 싶은 것이다. 얼 마 전 작고하신 고 신영복 선생을 존경하는 사람이라면 선생이 쓰신 붓글씨 한 점이 귀하다. 나는 책을 좋아하기 때문에 책을 갖 고 있으면 마음이 편안해진다.

류영모 선생은 생전에 발표한 책이 없다. 다만 매일 새벽 3시 면 어김없이 일어나 책을 읽고 명상을 했는데 이때 떠오른 생각 을 일기처럼 적은 게 있다. 선생이 돌아가시고 난 후 제자들이 이 글을 모아 책으로 만든 게 『다석일지』다. 하지만 거의 이십 년 동안 쓰신 원고 중에 누군가 1권을 빌려갔는데 돌려받지 못해 결국 1권은 빠진 채로 출간됐다. 일기는 분량만 해도 1만 2천 매가 넘는데다가 류영모 선생이 만들어낸 글자와 단어들 등 어려운 말들이 많이 섞여 있어 일반인들이 읽기에는 어려움이 있었다. 이에 제자 중 하나인 김흥호 선생이 알기 쉬운 말로 옮기고 주석을 달아 만든 책이 솔출판사에서 2001년에 펴낸 『다석일지』 전 7권이다. 1990년에 홍익재 출판사에서 네 권으로 영인본을 만든 일도 있으나 지금은 둘 모두 절판된 상태라 중고 책을 구한다고 하더라도 책 상태가 좋은 것은 가격이 수십만 원을 넘어선다. 그런데 나는 다행히도 이 책에는 크게 마음이 쓰이지 않는다. 아직 배움이 모자란 탓인지 류영모 선생의 글은 주석을 보며 읽는다고 하더라도 너무 어렵다. 무슨 뜻인지 헤아리기가 난망하다. 그러니 지금 책을 갖고 있다고 한들 장식품이 될 수밖에 없다.

대신 장준하, 함석헌 선생의 책은 한 권씩 갖고 있다. 장준하 선생이 쓰신 책은 당연히 선생의 10주기 기념으로 사상사에서 세 권으로 편집 출판한 『장준하 문집』이다. 그러면 함석헌 선생의 책은? 앞서 말한 두 분에 비하면 함석헌 선생은 책이 많다. 한길사에서는 1988년에 총 스무 권짜리 전집을 발간했는데, 2009년에는 그동안 발견된 강연 원고와 시, 산문 등 좀 더 내용을 보충하고 편집을 새로 한 전집을 다시 출판했다. 이때는 책도 늘어나서 총 서른 권이 됐다. 2014년에는 선생의 25주기를 맞아 새롭게 편집한 전집을 내놓는다는 소식이 있었는데 어찌 된 일인지 아직 나오지 않고 있다.

함석헌 선생은 내가 가장 존경하는 분이기 때문에 물론 이 모든 책을 다 갖추고 싶은 욕심이 아주 없지는 않다. 하지만 서른 권은 너무 많다. 전집이 나왔을 때 서점에서 그 분량을 눈으로 확인하고는 곧바로 버겁다는 느낌이 들었다. 이 중에서 정수를 담은 책 단 한 권만을 간직하고 싶다. 그렇다면 '나의 자서전'이라는 부제목이 붙어 있는 책, 『죽을 때까지 이 걸음으로』여야 하지 않을까? 그건 내가 평소에 평전, 자서전 등 한 사람의 삶에 대한 책을 각별히 좋아한 데도 이유가 있다.

그러니 함석헌 선생의 자서전이라고 하면 내게 의미가 크다. 하지만 새로운 표지를 갈아입고 말끔하게 정돈된 전집 중에 들어 있는 책을 갖고 싶지는 않다. 책 내용은 똑같겠지만 상징성이 없기 때문에 기왕이면 처음 펴낸 책, '초판'을 간직하고 싶다. 같은 책이라도 초판과 초판이 아닌 것은 느낌이 다르다. 초판에서 느껴지는 싱싱한 날것의 느낌은 무엇과도 비교할 수 없다. 『죽을 때까지 이 걸음으로』는 1964년 삼중당에서 초판을 펴냈다. 목표는 바로 이 책이다.

그런데 이 책을 어디서 찾을까? 수십 년 전에 존재했던 책이기 때문에 똑같은 것을 구하려면 갖은 정보력을 총동원해야 한다.

오래된 책을 찾는 첫 번째 단계는 그 책이 어떻게 생겼는지 알아보는 것이다. 어떻게 생겨 먹었는지 알아야 찾든지 수배를 내리든지 할 것 아닌가. 이럴 때 국립도서관은 최고의 흥신소다. 오래된 책이라면 대여가 안 되는 경우가 있는데 그런 때에도 실물을 확인할 수는 있기 때문이다.

도서관에서 찾아 확인한 바로는, 책 크기는 B5(182×257mm) 정도에 하드커버이며 표지 색깔은 녹두처럼 옅은 푸른색이다. 책등에 위로부터 차례대로 "죽을 때까지 이 걸음으로, 나의 自敍傳, 咸錫憲 著, 三中堂"이라는 글자가 있을 뿐 표지 앞뒤에는 아무런 글씨가 없다. 이런 경우라면 책을 찾았지만 절반만 찾은 것이다. 책 모양을 보아하니 이 책은 원래 표지를 감싸는 겉 종이 같은 게 있었던 것인데 도서관에서는 그것까지 보관하지는 않은 것 같다. 이렇게 되면 다시 원점으로 돌아와서 생각해봐야 한다. 초판 표지의 원래 모습을 알 수 있는 곳은 어디일까?

다행히도 책 표지를 한 장 넘기니 본문이 시작되기 전, 표지 글씨를 쓴 사람이 '安秉煜'이라고 밝히고 있다. 이거야말로 큰 소득이다. '안병욱'이라고 하면 철학자이자 흥사단의 이사장을 지낸 이당(怡堂) 안병욱 선생이 틀림없을 것이다. 표지에 책 제목을 쓴 사람 이름을 군이 밝힌다는 것은 표지 디자인이 제목을 쓴 글자 그 자체로 되어 있을 가능성이 높다. 여기까지가 첫 번째 탐색을 위한 정보수집 결과다.

그 후에는 이 정보를 토대로 백방으로 수소문하고 서울 시내 헌책방을 이 잡듯이 뒤지는 것이다. 삼중당에서 펴낸 책이니까 삼중당 출판사와 관계가 있을 것 같은 사람들에게는 전부 연락을 돌렸다. 부산 보수동까지 내려가서 헌책방 골목을 샅샅이 조사했다. 그런데 싱겁게도 이 책은 내가 일하고 있는 헌책방에서 가까운 곳에 있었다. 은평구 뉴타운에 이어서 얼마 전 녹번역과 홍제역 근방에 있는 주택지들이 철거됐다. 그 자리에 아파트가 들어서는 것이다. 재건축이 확정되면 주민들은 당분간 다른 곳으로 이사해야 하기 때문에 헌책방에 연락해 가지고 있던 책을 정리하는 일이 잦다. 그렇게 해서 연락을 받은 한 집에 갔더니 이 책이 마치 오래전부터 나를 기다리고 있었다는 듯 고고한 자태를 뽐내며 책장에 들어 있는 것이 아닌가. 그 기쁨은 말로 표현하기 힘들 정도다.

실제로 확인한 책에는 종이 싸개가 아니라 책을 완전히 감싸도록 제작한 책집에 하드커버 책이 들어가 있는 모양이다. 주황색 바탕에 앞쪽엔 검은색 붓글씨로 제목과 저자 이름을 썼다. 이것이 이당 안병욱 선생의 글씨다. 뒤는 중앙에 삼중당의 로고인 동그란 원형 세 개가 겹쳐진 문양만 있다. 책 상태는 더 이상 좋을 수 없을 만큼 완벽했다. 그 책을 포함해서 수백 권이나 되는 책들을 끈으로 묶어 책방으로 가져온 다음 함석헌 선생의 책을 맨 먼저 끌러서 천천히 읽었다. 본문은 세로쓰기로 되어 있지만 함석헌 선생의 평소 문장이 그러하듯 글 중에 한문은 거의 없었다. 1960년대에 이미 그런 마음가짐으로 우리말을 살려 썼다니, 여느 지식인들이 자주 쓰는 어깨 힘들어간 문장과는 완전히 다르다.

함석헌 선생의 글은, 사상은 그의 삶을 닮았다. 어쩌면 1901년에 태어난 것 자체가 선생의 운명을 이미 결정한 것이었는지도 모른다. 철들 나이에는 이미 나라의 주권이 다른 나라에 넘어가버렸고 장성해 한창 뜻을 펼칠 때에는 한국전쟁이 터졌다. 나이가 들고 난 다음에는 이념싸움과 군사독재로 혼란스러운 시절을 보내야 했다. 이런 역사를 감당해야 했던 선생이 택한 길은 평화와 싸움 두 가지 중 하나가 아니라 둘을 함께 아우르는 독특한 사상이었다. 후에 사람들이 함석헌 선생을 가리켜 '싸우는 평화주의

『죽을 때까지 이 걸음으로』.
이당 안병욱의 붓글씨가 돋보이는
북 케이스.

자'라고 부르는 것도 이런 이유 때문이다. 대학 다닐 때 처음으로 읽어보았던 선생의 글에서 이런 철학을 발견했고 바로 이것이야 말로 참다운 철학이라고 여겼다.

선생은 『죽을 때까지 이 걸음으로』를 여는 글에서 이렇게 선언 한다. "나더러 말이 곱다 밉다 마라. 글에 條理(조리)가 있느니 없 느니 마라. 이 부조(不條)를 깨치고, 이 짙은 어둠을 뚫으며, 이 수 수께끼를 풀 때까지, 나는 미친 듯이 아우성을 치며 회리바람을 돌지 않을 수 없느니라." 환갑을 넘긴 나이에 이렇듯 당찬 주장을 할 수 있는 사람이 얼마나 될까. 문장만 놓고 보면 영락없이 혈기 왕성한 청년이다.

「평화정신」이라는 제목으로 따로 쓴 글을 보면 선생의 어린 시 절이 어땠는지, 그리고 왜 평화를 원하면서도 한편으로는 시끄럽 게 반항하며 싸우고 있는지 이유를 엿볼 수 있다. 선생은 "참은 반항한다. 반항할 줄 모르는 백성은 망한다"고 말한다. 평화를 사 랑하는 사람이라면 평화가 깨지려 할 때 반항할 줄 알아야 하고 그게 바로 참 사람이다. 무조건 참고, 버티고, 가만히 있고, 속으 로 삼킨다고 하여 평화가 아니라는 말이다. 아무런 일도 일어나 지 않는 것은 평화가 아니다. 숲을 멀리서 보면 평화로워 보인다. 하지만 그 안에 살고 있는 생명들은 저마다의 삶을 살아내기 위 해 다른 생명들과 복잡하게 엉켜 있다. 그 모습은 대단히 소란스 럽다. 바람이 이리저리 불고 새들이 여기저기서 오가며 각기 다른 소리를 낸다. 계곡 물소리와 때때로 들려오는 짐승들 소리, 바람에 부딪치는 나뭇가지 소리……. 이 모든 걸 누구도 계획하지 않았고 정해진 규칙도 없다. 하지만 알고 보면 이런 복잡한 어울림이 모여 평화로운 숲을 만드는 것이다. 그러니 사회가 평화롭기 위해서는 한편으론 서로 다른 목소리들이 자유롭게 울려 나와야 한다. 내가 이해한 함석헌 선생의 평화사상이란 대강 이런 것이다.

가장 마음에 들었던 것은 바로 '죽을 때까지 이 걸음으로' 생명과 평화의 철학을 지켜나가겠다는 선생의 굳은 의지다. 그리고 이 다짐은 1989년에 세상을 떠날 때까지 바보 같다 말해도 될 만큼 완벽하게 지켜졌다. 몸과 마음, 말과 행동, 글과 생각이 일치된 삶을 살다 가신 것이다. 물론 누구나 이런 철학을 실천하며 살 수는 없다. 나 또한 함석헌 선생의 태도를 존경하며 따르고 싶지만 똑같이 살 수는 없는 법이다. 다만 늘 거울처럼 비춰보고 싶은 것이다. 내게 어려운 일이 닥쳤을 때, 살다가 실망하거나 가슴 아픈 처지가 되었을 때 선생이 끝까지 지키려고 노력했던 가치들을 생각하며 힘을 얻는다. 『죽을 때까지 이 걸음으로』는 경전처럼 매일 꺼내서 읽는 건 아니지만 그저 간직하고 있다는 것만으로도 큰 힘이 된다. 그게 바로 책의 힘, 처음 펴낸 초판의 힘이다.

삼엄한 시대, 미완성으로 출간된 『지구인』

地球人
崔仁浩 著

『지구인』
최인호 지음
예문관
1980년

얼마 전 작가 최인호 선생이 돌아가셨다. '영원한 청년'이라는 수식어가 붙어 있는 최인호 작가이지만 병과 죽음 앞에서는 역시 우리와 같은 한 사람이다. 솔직하게 고백하자면 나는 최인호의 작품을 거의 읽지 않았다. 일부러 그랬다. 상업소설을 쓰는, 가벼운 작가라는 편견을 갖고 있었기 때문이다.

물론 최인호가 그런 편견에 포함될 작가가 아니라는 것은 알고 있었다. 1963년, 약관 고등학교 2학년 신분으로 신춘문예에 당선되었으니 얼마나 대단한 사람인가! 물론 바로 전년도인 1962년에 작가 황석영이 역시 18세의 나이로, 그것도 『사상계』—세상에! 십대 청소년이 '사상계'를 들었다 놨다니!—잡지를 통해 등단해서 사람들을 놀라게 했기 때문에 최인호의 신춘문예 등단은 살짝 빛이 바래긴 했어도 어쨌든 굉장한 사건이다.

그뿐인가. 글을 많이 써내는 작가임에도 불구하고 작품 수준이 늘 평균 이상인데, 이런 집중도 역시 따를 사람이 별로 없다. 『바보들의 행진』, 「깊고 푸른 밤」, 『고래사냥』, 『별들의 고향』, 『겨울 나그네』는 영화로 만들어져 큰 인기를 얻었다. 이런 작품은 작가의 전성기에 쓰인 것들이다. 하지만 최인호에게만큼은 '전성기'라는 말이 따로 필요 없을 정도로 꾸준히 좋은 작품을 내놓았다. 몇 해 전 드라마로 제작되어 젊은 세대에게도 친숙한 『해신』, 『상도』 역시 원작은 최인호의 작품이다. 그럼에도 불구하고 최인호를 읽는다는 건 멋이 없는 일이라는 속 좁은 생각 때문에 외면

했던 것이다. 고등학교 다닐 적에, 심지어 거드름을 피우고 싶은 욕심에 친구들이 최인호에 대해서 내게 물으면 일부러 "아, 그, 최인훈 하고 이름 비슷한 작가 말이지?"라고 가벼이 넘겨버릴 정도였다.

하지만 그런 내가 도저히 읽지 않고는 배겨내지 못할 것 같아서 집어든 책이 있었으니, 바로 『지구인』이다. 제목에서 오는 느낌이 워낙 강렬해서 박민규 같은 작가가 쓴 책인 줄 알았다. 서점에서 책을 발견하고 서지를 보니 최인호의 소설이고, 게다가 처음 나온 것은 1980년이다. 앞부분을 슬쩍 읽었는데 도저히 책을 놓을 수 없었다. 모두 세 권짜리 두툼한 책인데 그 자리에 서서 1권을 거의 중간까지 빠져들어 읽었고 나머지는 사 가지고 집에 와서 폭풍이 몰아치듯 읽어버렸다.

『지구인』은 1974년 서울 구로동에서 실제로 있었던 강도 살인 사건 기사를 토대로 구상한 작품이다. 작가는 얼마 후에 이 사건의 당사자인 이종대 씨의 배다른 동생인 이종세 씨를 만나면서 본격적으로 신문에 작품을 연재한다. 이종세 씨는 사건이 있던 때 경찰의 요청으로 현장으로 가 형 이종대 씨에게 자수를 권했던 인물이다.

1978년부터 『문학사상』에 연재한 『지구인』은 소설의 주축이 되는 끔찍한 사건이 중심 소재이지만, 최인호의 탁월한 솜씨는 사건 그 자체를 자극적으로 드러내기보다 이런 사건을 만들어낸 우리들 모두의 삶을 보여준다. 지금이야 각종 SNS를 통해 알고 싶지 않은 사건사고까지도 보면서 지내지만 당시에 이런 소식을 들을 수 있는 건 신문이나 라디오뿐이었다. 1970년대에 텔레비전이 있는 집은 그렇게 많지 않았다. 사람들은 최인호 같은 작가가 쓴 소설을 통해 우리들이, 우리 사회가 어떤 모양으로 생겨 먹었는지 엿볼 수 있었다.

그러나 소설은 군사정부 안에서 불거진 추한 사회문제들을 여과 없이 드러내고 있기 때문에 얼마 못 가 정부로부터 압력을 받게 된다. 정부에서 글을 못 쓰게 했을 정도면 이 소설에 나온 일들을 그저 소설로만 보고 넘길 수 없다는 반증이 아닐까. 한창 인기를 끌어모으던 때 결국 연재가 중단되고 소설은 완결되지 못했다. 연재를 할 수 없는 상황이기 때문에 독자들은 단행본으로라도 나오기를 기대했다. 당시 예문관 출판사에서는 지금까지 연재했던 내용을 토대로 두 권짜리 책을 내놓았다. 이것이 1980년에 펴낸 초판 『지구인』이다. 어떻게든 마지막 3권을 만들려고 계획을 잡아놨는지 2권 표지에는 "제3권도 근간!"이라는 글자가 선명하다. 하지만 끝내 3권은 나오지 못했고 이야기는 그렇게 끝났다. 그 후에 최인호는 몇 번 더 소설의 결말 부분을 작업했지만 책은 나오지 않았다. 나머지 부분을 다듬어서 개정판이 나온 것은 그로부터도 시간이 한참 지난 2005년의 일이다. 드디어 월남전

이야기가 포함된 제3권으로 마무리가 된 것이다.

지구에 사는 사람들인 우리는 자신에게 '지구인'이라는 말을 쓰지 않는다. 우리나라 사람들끼리 서로 '한국인'이라고 하지 않는 것처럼 말이다. 생활고 때문에 시작된 종대의 범죄는 결국 연쇄살인으로 이어지고, 더 이상 여기엔 자신과 같은 사람이 살 만한 구석이 없음을 깨닫는다. 종대는 자살이라는 방법으로 영원히 지구를 떠나려고 한다. 그가 보기에 여기에 사는 사람들, 우리들은 함께 살아갈 수 없는 다른 종족, 지구인들이다. 1970~80년대의 암흑 같은 사회를 겪었던 사람들이라면 이 책을 그저 술술 읽히는 범죄소설로만 볼 수 없을 것이다. 왜냐하면 이 안에서 실타래처럼 엮인 군상들 하나하나가 모두 우리 자신의 모습이기 때문이다. 지금 이 사회를 만들고, 이끌고, 살아내고 있는 우리들 모두에게는 이 문제들을 해결해야 할 의무와 책임이 있다.

1980년 예문관에서 나온 초판 표지 1, 2권을 각각 앞뒤로 엎어놓고 연결하면 섬뜩할 정도로 무서운 눈초리를 하고 이쪽을 노려보는 누군가의 얼굴을 마주하게 된다. 연쇄살인범 종대의 얼굴일까? 아니면 당신과 나, 우리들이 범죄자 종대를 바라보는 냉소 섞인 눈빛일까? 시간은 흘러 밀레니엄을 훌쩍 넘겼다. 어른들은 옛날에 비하면 살기 좋고 편해졌다고 말한다. 맞는 말이다. 그런데 인간성은 어떨까? 경쟁하듯 더 멋진 자동차를 타고 다니고, 서울에서 부산까지 두 시간이면 갈 수 있는 세상이 열렸다. 고등학교 수학여행 때 경주까지 통일호를 타고 아홉 시간 가까이 걸렸던 기억을 여전히 갖고 있는 나만 하더라도 아침에 서울역에서 출발해 점심이 되기 전에 부산에 도착하는 지금의 속도가 믿기지 않을 정도다.

이제 세상은 부족한 게 없어 보이고, 오히려 너무 넘쳐나서 멀쩡한 것을 버리는 게 문제인 것 같다. 이런 세상에 살고 있는 사람들이라면 모두 행복해야 하지 않을까? 그렇지만 모르긴 해도 강력범죄나 사기, 성폭력, 자살, 생활고 문제 등은 예전보다 더 많아졌을 것 같다. 그건 누구의 탓일까? 누구도 태어날 때부터 범죄자가 될 운명을 지니고 있는 사람은 없다. 살인사건 보도보다 더 끔찍한 것은, 우리들 중 누구라도 또 다른 종대가 될 가능성이 있다는 사실이다. 『지구인』의 표지를 다시 살핀다. 종대를 파멸로 이끈 사회, 그 사회를 만든 우리들 지구인을 쳐다보는 누군가의 쓸쓸한 얼굴에서 무서움보다 더 큰 부끄러운 마음이 가슴을 짓누른다.

시로 쓴 해외 여행기

『지나가는 길에』

조병화 지음

신원문화사

1989년

여행과 책은 잘 어울리는 것처럼 보이지만 실제로 그 둘이 아름답게 어울려 있는 모습을 본 일이 거의 없다. 쉽게 생각해보면 여행은 계속 이곳저곳으로 옮겨 다니는 움직임이고 책은 멈춰 있는 글자를 보는 것이기 때문이다. 특히 여행지에서 책 읽는 모습을 떠올리면 꽤 감상적인 그림이 되지만 정말로 여행을 가서 책을 읽는 사람은 그렇게 많지 않다. 휴가 일정이 짧기로 세계에서 으뜸가는 우리나라 사람의 경우엔 더욱 그렇다. 게다가 모처럼 시간과 돈을 들여 외국으로 떠난 여행이라면 더 말할 것도 없다. 한순간도 그냥 지나치기 아까워서 종아리가 붓도록 거리를 돌아다니고 사진이나 동영상을 찍기에도 하루가 모자란데 한가하게 어느 곳에 틀어박혀 책이나 보다니!

하지만 여행에 관한 책만큼은 서점에 차고 넘친다. 요즘은 인터넷이 발달해서 언제라도 컴퓨터 앞에만 앉으면 여행하려는 곳에 대한 정보를 쉽게 찾을 수 있는데도 갖가지 화려한 옷을 빼입은 여행 책들은 끊임없이 서점 매대 위로 올라왔다 빠져나가기를 반복한다. 여행과 책이 함께 지니고 있는 특별한 가치 하나가 이 둘을 끈끈하게 이어주는 게 아닐까.

여행은 어느 곳이든 길을 가는 행위다. 그 길은 두 가지다. 이미 여러 사람이 다녀서 안전하게 닦아놓은 곳이거나 위험을 무릅쓰고 이제 개척해야 하는 곳이다. 사람은 누구나 길 위에 서 있거나, 혹은 어느 길로든 움직이고 있다. 그래서 옛 사람들은 삶 자체를 여행이라고 말했다. 그런 의미에서 책도 길이다. "책 속에 길이 있다"는 흔한 말을 굳이 꺼내지 않더라도 우리들은 책 속에서 다양한 길을 찾는다. 글자만 가득한 책 속에 무슨 길이 있느냐고 묻는다면, 그 사람은 말 그대로 책 속에서 글자만 본 것이다.

숲에는 나무만 가득한데 어째서 그 안에 들어가면 상쾌한 기분을 느낄 수 있냐고 물어보는 사람은 없다. 책 속에 가득 들어찬 글씨들은 제각각으로 생긴 나무와 풀처럼 어울려서 마침내 큰 숲을 만든다. 사람들은 그 안에서 이리저리 뻗어나간 오솔길을 만난다. 어디로 이어진 길인지 알아차리지 못해도 좋다. 좁게 난 숲길을 걸어가는 것 자체로도 벌써 몸과 마음이 상쾌해진다. 반드시 정상에 올라야만 하는 것도 아니다. 산은 꼭대기까지 오른 사람이든 중간까지 왔다가 돌아간 사람이든 상관없이 자신의 호흡을 아낌없이 나눠준다. 책 읽기도 비슷하다. 끝까지 읽지 않더라도 다만 읽는 과정 그 자체에서 이미 마음이 풍요로워진다.

얼마 전 헌책방에 들어온 책 꾸러미를 풀어 한 권 한 권 손질하다가 조병화 시인의 책 한 권을 만났다. 조병화 시인은 1949년 시집 『버리고 싶은 유산』으로 문단에 나온 이후 2003년 83세 나이로 세상을 떠나기 전까지 많은 작품을 남겼다. 시집으로 엮어 펴낸 것도 수십 권에 이를 정도로 다작했기 때문에 조병화 시인의 책은 헌책방에선 흔하게 볼 수 있는 책 중 하나다. 워낙 많은 책을 펴냈기 때문에 오래전에 출판된 것이라고 해도 값어치가 특별히 높지 않다.

헌책방에서 비싼 값에 팔리기 위해서는 나름의 몇 가지 기준이 있다. 작가가 책을 한 권만 내놓고 세상을 떠난 경우 그 책은 가치가 높아질 확률이 크다. 박인환 시인의 『목마와 숙녀』라든지 윤동주 시인의 『하늘과 바람과 별과 시』 등이 이런 책이다. 지금에 와서 문학적으로 높은 평가를 받는 작가의 초기작들은 간혹 작가가 자비로 출판하기도 했는데 이런 경우는 펴낸 부수도 적기 때문에 가치가 높다. 1백 부를 자비로 만든 백석 시인의 『사슴』, 김기림 시인의 『기상도』 같은 책이 그렇다. 『기상도』는 연작시 「오감도」로 잘 알려진 작가 이상이 직접 표지 장정을 한 것으로, 진본일 경우 그 가치는 더욱 높다. 여러 책을 펴낸 경우, 작가의 이름을 유명하게 만든 책의 초판이라면 수집가들 사이에서 높은 평가를 받는다. 작가의 육필 서명이 책 속에 들어 있으면 같은 책이라도 가격이 비싸지는데 일반인이 아닌 또 다른 유명 작가에게 준 헌사가 씌어 있다면 가격은 몇 배씩 뛰는 게 예사다. 그 외에도 책값을 비싸게 하는 요인은 다양하다.

그런데 조병화 시인은 좀 애매하다. 좋은 작품을 쓰는 작가로 인정받기는 하지만 우선은 작품 수가 너무 많아서 희소가치가 떨어진다. 첫 시집인 『버리고 싶은 유산』부터 마지막 작품집인 『넘을 수 없는 세월』까지 쉰세 권이나 되는 시집을 발표했다. 박인환이나 이상처럼 요절했던 것도 아니며 김수영 시인처럼 작품 속 주제에 극한으로 치닫는 치열함을 담고 있는 것도 딱히 아니다. 시인의 글은 어렵지 않고 누구라도 쉽게 읽고 이해할 수 있는 정도의 문장이다.

그런데도 낮은 평가를 받느냐 하면 그것도 아니다. 경기도 안성시에는 조병화문학관이 있고 문학관으로서는 드물게 작가가 사망하기 전 개관했다. 문학관의 한 시설인 '편운재'는 시인의 어머니가 작고한 후에 따로 지은 작은 공간이다. 지금은 그 안에 작가가 생전에 썼던 집필실 모습을 그대로 복원해놓았다. 1990년부터 조병화 시인의 호 '편운(片雲)'을 따라 만든 '편운문학상'을 제정해 매년 수상자를 내고 있다. 이 역시 아직 시인이 살아 있을 적에 만든 문학상이다. 소설가 이제하, 시인으로는 마종기, 나태주 등이 문학상을 받은 바 있다.

시인의 작품은 일본, 중국, 독일, 프랑스, 영국 등에서 그 나라 말로 출판됐고 일본 소학교 6학년 교과서에 번역된 작품이 실려 있다. 뿐만 아니라 시인은 운동에도 재능이 있어서 경성사범학교에 다닐 적에는 조선 럭비 대표선수로 일본 대회에 참가해 3연속 우승했다는 기록도 있다. 어릴 때부터 늘 우수한 성적을 거둔 비범한 두뇌에 시인의 감수성, 그림 실력에, 운동까지……. 요즘 유행하는 말로 '사기 캐릭터'라는 신조어가 있는데 조병화 시인이 딱 그런 꼴이다. 시인의 재능에 대해서 말하자면 할 말이 너무도 많다. 부럽기도 하다. 세상에 이런 사람 또 있을까 싶다.

　문학관 구성은 알차다. 복원해놓은 집필실 풍경도 볼 만하고 생전에 작가가 썼던 필기도구나 모자, 그리고 트레이드마크인 담배 파이프도 실물을 볼 수 있다. 흥미로운 건 우리나라에서는 보기 힘든 이색적인 물건들이 더러 보인다는 점이다. 그건 평소 여행을 좋아했던 조병화 시인이 세계 각국을 돌아다니면서 모은 수집품들이다. 그래서인지 시인의 수많은 작품 속에는 늘 여행의 이미지가 엿보인다. 사람을 만나거나 헤어지는 것도 인생이라는 여행길로 비유했고 사랑하는 것 역시 그렇다. 길 위에서 만난 인연인 것이다. 아예 여행지에서 쓴 시를 모아 엮은 작품집도 있다.

　이번에 발견한 시인의 서른세 번째 시집 『지나가는 길에』가 바로 그런 책이다. 1989년 초판이고 신원출판사에서 기획한 시인총서 4번이다. 표지를 한 장 넘기면 먼저 책날개에 자유인은 당연히 그런 모습이어야 한다는 듯 '베레모를 쓰고 파이프 담배를 입에 문' 조병화 시인의 사진이 익숙한 눈빛으로 이쪽을 바라본다. 시인의 여러 시집 중에서 1957년에 펴낸 『서울』과 더불어 내가 좋아하는 책이다.

　『지나가는 길에』는 흔히 말하는 '기행시집'에 속한다. 『서울』이 한국전쟁 후 어수선한 서울 거리를 걸으며 쓴 글이라면 이 작품집은 시인이 1980년대에 외국여행을 하면서 느낀 감정을 시로

써서 엮은 것이다. "시는 짧을수록 좋다"는 시인의 말을 그대로
실천에 옮긴 듯 모든 시가 일본의 하이쿠에 견줄 만큼 짧고 단순
하다. 오래전 이 시집을 처음 봤을 때는 어이가 없어서 웃음이 나
왔다. 프랑스 파리의 에펠탑을 앞에 두고 적은 시가 단 세 줄이다.
양자강 드넓은 물길은 네 행, 시베리아는 고작 다섯 행으로 끝이
다. 어린 시절 나는 이 허망한 시들을 하찮게 보아 무시했다.

처음으로 이 시를 읽었던 때로부터 이십 년 이상이 흐른 지금
다시 본 시들은 흔하게 쓴 여행의 단상이 아님을 느낀다. 오랜 시
간 동안 삶의 문제를 고민하던 시인이 떠올린 맑고 투명한 단어
들이다. 시인은 그것을 표현하는 데 복잡하고 어려운 잡문이 필
요하지 않았던 것이다. 특히 '길'에 관한 인생의 숙제를 풀어내기
라도 하듯 시인은 1980년대에 『안개로 가는 길』, 『혼자 가는 길』
처럼 목적지조차 알 수 없는 외로운 길에 대한 철학을 시로 우려
냈다. 그리고 이윽고 시인은 『지나가는 길에』에서 무겁게만 느낀
괴로움들이 어쩌면 인생이라는 짧은 여행 중에 그저 지나가듯
만난 작은 쉼표가 아닌지 묻는다.

『지나가는 길에』가 더욱 특별한 이유는 시 한 편마다 시인이
직접 스케치한 풍경 그림이 함께 실려 있기 때문이다. 시처럼 단
순하지만 특징을 잘 살린 그림에는 마치 일기 쓰듯 작은 글씨로
날짜를 적었다. 대부분은 내가 아직 가보지 못한 먼 곳 풍경이다.
그중에 한 곳, "도쿄에서 모스크바까지 줄곧/은박지를 구겨놓은

거 같은/눈 덮인 대륙" 시베리아에 꼭 가보고 싶어졌다. 그곳까지
닿을 마음의 길을 오늘부터 조금씩 만들어가야겠다.

『지나가는 길에』.
시인이 직접
그림을 그리고
짧은 시를 썼다.

잡지 폐간의 아픔을 딛고 선 신작시집 시리즈

『꺼지지 않는 횃불로』

21人新作詩集

꺼지지 않는
횃불로

1982

『꺼지지 않는 횃불로』

김용택 外 지음

창작과비평사

1982년

1980년대는 기억보다 훨씬 더 암울한 시대였다. 그때 권력을 휘두르던 사람들은 야만이라는 말로도 부족한 짓을 아무렇지도 않게 저질렀다. 바른 말 하려는 사람들의 입을 막았고 옳은 길 가리키는 손가락을 부러뜨렸다. 그러나 사람의 생각과 행동을 지배하겠다는 욕심은 얼마나 바보 같은 짓인가! 인간이 기록해놓은 어떤 역사를 보더라도 그런 행동이 성공을 거두었다는 얘기는 찾을 수 없다. 그럼에도 불구하고 곧 썩어 없어질 권세를 누리는 사람들은 여전히 미래가 자기들 것인 줄 알고 날뛴다.

우리는 일제강점기 때 일본 정부가 우리말로 된 언론기관을 탄압하고 강제로 통폐합한 사실을 안다. 누구도 그 일을 옳은 역사로 보지 않는다. 그런데 해방 이후에도 똑같은 일이 반복됐다. 1970년에 『사상계』 잡지가 폐간됐다. 1953년부터 발행된 종합 월간지인 『사상계』는 장준하 선생이 『사상』을 인수해서 펴냈는데, 1970년 5월호에 김지하 시인의 담시(譚詩) 「오적(五賊)」이 실리면서 정부로부터 폐간 조치 당했다. 시인이 말한 '오적'은 한자 풀이 그대로 민중의 다섯 적으로 각각 재벌, 국회의원, 고급공무원, (군)장성, 장차관을 말한다. 비록 시라고는 하지만 이들의 부정부패를 신랄하게 풍자했으니 권력자들이 김지하와 『사상계』를 좋게 볼 리 없다. 시인과 잡지 관계자들은 모두 반공법으로 처벌됐고 『사상계』는 강제 폐간됐다.

헌책방에서 『사상계』 폐간호는 꽤 비싼 값에 거래된다. 잡지라고 하면 보통 창간호가 비싼데 『사상계』처럼 특별한 이유가 있어서 폐간이 된 경우 폐간호의 가치를 높게 본다. 하지만 이런 책들은 또 그만한 이유 때문에 가격이 뚝 떨어지기도 한다. 『사상계』 초판은 말하자면 김지하 시인이 쓴 시로 인해 비싸진 것이기 때문에 시인이 그때와는 다른 태도로 살게 되면 비쌌던 책도 졸지에 찬밥 신세가 된다. 어쩌면 또다시 값이 오를 날도 있을 것이다. 그런데 지금 시인이 보여주는 삶의 태도를 보면 그날이 금방 올 것 같지는 않아 쓸쓸한 마음만 한구석에 간직해둔다.

계간 『창작과비평』 잡지는 1980년 봄호에 강만길, 백낙청 등 학자들이 참여한 좌담을 기획해 실었다가 검열을 받아 전문이 삭제되었고, 이어 여름에는 나라 권력을 장악하고 있던 신군부 무리에 의해 강제 폐간 조치를 당했다. 갑작스런 잡지 폐간으로 작가들이 작품을 발표할 길이 없어지자 창작과비평사는 잡지 대신 '신작시집', '신작소설집' 등의 형태로 단행본을 만들었다. 드러내놓고 국가를 비판하는 목소리를 내기 힘들었던 사회 분위기 속에서 특히 신작시집은 큰 인기를 모았다. 출판사는 1981년에 시인 신경림의 장시(長詩) 「남한강」을 포함해 시인 열세 명이 모여 만든 『우리들의 그리움은』을 펴낸 것을 시작으로 1982년에는 참여 시인을 스물한 명으로 늘여 『꺼지지 않는 횃불로』를 발행했다. 1984년에는 『마침내 시인이여』, 그리고 1985년에 『그대가 밟고 가는』을 내놓았다. 신작시집에 참여한 시인은 기존 문인들이 중심이지만 책을 낼 때마다 신인을 발굴해 참신한 작품을 싣는 일도 함께했다.

이때 나온 신작시집들이 하나하나 모두 의미가 깊지만, 특히 주목할 만한 책은 1982년에 나온 『꺼지지 않는 횃불로』다. 여기엔 훗날 '섬진강 시인'이라는 별명이 붙게 될 김용택 시인이 신인으로 발탁되어 섬진강 연작시 네 편을 포함해 시인의 작품 총 아홉 편이 실렸다. 당시 국민학교 교사였던 김용택 씨가 시인으로 등단한 첫 책이다.

섬진강은 비단 김용택 시인 때문만이 아니더라도 우리나라 사람이라면 누구나 아는 강이다. 구례와 하동을 이어주는 강이고 예부터 물이 맑고 경치가 좋기로도 둘째가라면 서러워할 이름이 섬진강이다. 때가 되면 은어잡이 낚시꾼들이 어구를 챙겨 띄엄띄엄 늘어선 모습이 그대로 그림 같고 시 같은 곳이 섬진강이다. 섬진강 은어는 워낙 인기가 좋아 일본 사람들이 원정까지 오는 바람에 문제가 될 정도였다. 어떤 신령한 기운이 있었던 것인지 지난 정부 때 4대강 사업에서도 섬진강은 빠졌다. 얼마 전 뉴스를 보니 사실은 섬진강을 포함해서 5대강 사업을 추진하려고 했다는데, 그런 생각을 하면 또 뜻 모를 무서운 상상이 머리를 채운다.

『꺼지지 않는 횃불로』에 실린 김용택 시인의 섬진강 연작시는 이렇게 시작한다. "가문 섬진강을 따라가며 보라/퍼가도 퍼가도 전라도 실핏줄 같은/개울물들이 끊기지 않고 모여 흐르며 (……)
섬진강물이 어디 몇 놈이 달려들어/퍼낸다고 마를 강물이더냐
고". 그 말이 맞다. 누가 감히 강물을 제멋대로 퍼다 나르려고 하
는가. 몇 사람이 작정하고 그런 일을 벌인다 해도 수천 년 흘러내
린 강물을 이길 수 없다. 강물은 또한 하늘 같은 민중의 뜻이 흘
러가는 모양이다. 결국 욕심 부리는 권력자들은 제 힘을 못 이겨
강물에 휩쓸려 끝을 맺는 게 역사의 가르침이다. 시인은 소리도
없이 묵묵히 흐르는 섬진강을 바라보며 그렇게 커다란 힘을 알아
챈 것이다. 오랜 시간이 흐른 뒤 어떤 권력자가 실제로 강물을 퍼
내려고 하는 걸 예감이라도 한 듯 정확하게 꼬집어낸 문장이 가
슴을 먹먹하게 만든다.

　시를 좋아하는 사람들은 시를 찾아 온 거리를 헤맨다. 헌책방
을 운영하고 있는 지금, 시를 찾으러 오는 손님들을 보면 눈빛에
서 시인의 감성이 느껴진다. 소설이나 철학 책을 찾고 있는 사람
들과는 분명히 다른 느낌이다. 우리 헌책방에서 갖추고 있는 시
집들은 많지 않지만 시를 좋아하는 사람들에게 시집의 많고 적
음은 문제가 되지 않는다. 문장이 짧든 길든 시인의 작품은 모두
시이기 때문이다. 김수영 시인의 말대로, 시는 온몸으로 밀고 나
가며 쓰는 것이기 때문에 시를 읽는 사람도 눈으로 읽거나 입으
로 소리 내어 읽는 것에서 멈추지 않고 온몸으로 그것을 받아들

인다. 그러니까 시인들의 저항정신은 온몸을 내걸고 권력자들 앞에 설 수 있는 용기를 함께 갖고 있다. 이런 시인들의 저항을 총으로도, 몽둥이로도, 고문으로도 막을 수 없었다. 왜냐하면 시를 읽은 사람들도 제각각 시인이 되어 저항했기 때문이다.

나는 시인이 되지는 못했지만 시를 좋아한다. 특히 저항시라고 불리는 1960년대부터 1980년대까지 나왔던 시와 시인들을 좋아한다. 그 시대를 겪어보지 못한 내게 당시 출판됐던 책들은 모두 사라진 책들이다. 절판된 목록에 들어 있다. 박노해의 『노동의 새벽』, 김지하의 『황토』, 김정환의 『해방서시』, 그리고 황지우, 양성우, 채광석, 백무산이 피를 찍어 써내려간 시들……. 이들 중 어떤 것들은 과연 이 책이 현실에 존재했던 적이 있었을까 싶을 정도로 절대 눈에 띄지 않는다.

풀빛 출판사에서 시리즈로 펴낸 '풀빛판화시선'을 헌책방을 돌아다니며 사 모으다가 지쳐서 그만둔 일이 있다. 그러나 창작과비평사의 신작시집은 포기하고 싶지 않았다. 풀빛판화시선처럼 여러 권이 나온 것도 아니어서 목표는 단 네 권이다. 뜻이 있는 곳에 길이 있다는 말이 있지 않나. 열심히 찾아다니면 인연이 닿을 거란 생각으로 무작정 돌아다닌 게 몇 년이나 흘렀다. 책은 확실히 사람과 인연이라는 관계로 맺어진 물건임에 틀림없다. 어떤 책은 희귀한 거라고 생각했지만 자주 만나기도 하고 또 어떤 경우는 반대로 흔할 것 같다고 여겼지만 오랫동안 소식이 없다. 창작과비평사의 신작시집 네 권을 모두 모으기까지는 대략 십 년이라는 시간이 걸렸다. 회사를 다닐 때 퇴근하자마자 늘 근처 헌책방에 출근하다시피 갔고 주말엔 시내 쪽에, 휴가라도 받으면 부산, 인천, 대구 등 안 가본 곳이 없을 정도로 헤집고 다녔는데 상태가 괜찮은 시집을 발견하는 일은 드물었다.

시간은 흘러 우연인지, 필연인지, 혹은 운명인지 이제 내가 헌책방을 차려 운영하고 있다. 그리고 내 책상 위엔 흠집이 거의 없는 창작과비평사의 신작시집 네 권이 가지런히 놓여 있다. 그걸 볼 때마다 이런 생각을 한다. 이 정도 열정이면 창작과비평사에서 내게 상이라도 줘야 한다고. 아니, 어쩌면 그 상을 이미 받은 게 아닌가? 머리로도 아니고, 심장으로도 아니고, 온몸으로 밀고 나가며 쓴 시집 네 권을 달리 어떤 상과 맞바꿀 수 있을까.

대한민국의 역사를 만든 논쟁들

『한국논쟁사』(전5권)

손세일 편집

청람문화사

1976년

"가지 많은 나무에 바람 잘 날 없다"는 옛말이 있듯이 튼튼하고 건전한 사회에는 갖가지 잡음이 많은 법이다. 그러면 공동체가 잘 굴러가겠는가, 하는 우려의 소리도 많지만 그런 말의 이면에는 '빨리 빨리'라는 그림자가 함께 드리워져 있는 것이다. 여러 이견들이 복잡하게 얽혀 있는 공동체는 의사결정 속도가 느릴 수밖에 없다. 아니면 누구 하나가 치고 나가면서 주변 소리들을 억누르는데, 국가의 수장이 그런 노릇을 하면 독재가 된다. 우리나라는 지난날에도, 심지어 밀레니엄을 넘어선 지금도 여전히 자기가 가리키는 방향만이 옳다고 목소리를 높이는 정치인들을 쉽게 볼 수 있다.

빨리 가려고만 하지 않는다면 세상의 아름다운 모습을 더 많이 볼 수 있다. 좋은 공동체란 원하는 곳까지 빨리 가는 게 아니라 느리더라도 모두 함께 아름다움을 느낄 수 있는 곳으로 향해야 한다. 알 수 없는 여러 가지 것들이 섞여 있는 소리가 사라진다면 아름다운 모습도 기대할 수 없다.

산에 있는 오솔길 걷는 것을 즐기는 나는 언젠가 날씨 좋은 날 그 숲길을 캠코더로 찍어서 영상을 간직해두고 싶은 욕심이 생겼다. 때는 아직 더위가 다 물러가지 않은 초가을이었고 하늘엔 작은 구름이 듬성듬성 떠다니는 완벽한 날이었다. 여느 때처럼 숲길을 걸으면서 내가 보고, 듣고, 느끼고 있는 것들을 모두 담아내려고 집중했다.

늦게까지 산에 있다가 집으로 돌아온 후 영상을 컴퓨터에 옮겼을 때 심각한 실수가 있었음을 알고 크게 실망했다. 캠코더의 오디오 옵션을 잘못 건드렸는지 영상은 촬영됐지만 소리가 전혀 나오지 않았다. 눈으로 보았던 풍경은 완벽하게 모니터 안에 재현됐지만 단 한 가지, 소리가 없으니 아무것도 느껴지지 않았다. 그러나 나는 산에 갈 때마다 소리를 거의 인식하지 않고 있었던 게 사실이다. 영상을 보면서 아무리 소리를 상상해내려고 해도 아무것도 떠오르지 않았다. 시간이 더 지나자 모니터 속에 있는 무미건조한 세계는 지옥같이 느껴졌다.

과연 그것이 소리 때문에 겪은 감정인지 확인해보기 위해 이번에는 녹음기만 들고 다시 산을 찾았다. 손에 들고 있는 기계가 캠코더에서 녹음기로 바뀌었을 뿐 달라진 건 아무것도 없다. 그런 다음 다시 집으로 돌아와 녹음된 파일을 들었을 때, 조용한 밤에 눈을 지그시 감고 그 소리를 들었을 때를 여전히 기억한다. 그것은 마치 우주에 떠 있는 것 같은 자유로움이었다. 아무런 규칙도 없이 소란스럽게 들리는 그 소리에 귀를 기울였을 때 비로소 내 눈앞에서 숲의 전체 모양이 그려졌다. 그때 알았다. 숲은 보이는 것만으로는 표현할 수 없는 것임을. 아름다운 풍경만으로는 부족하다. 그 안에 떠들썩한 잡소리가 섞여야 숲이다. 새소리, 바람 소리, 물소리, 나뭇잎이 서로 부딪히는 소리, 작은 짐승들이 빠르게 나무 위를 오가는 소리, 어느 때는 햇살이 나뭇잎 사이로 쏟아지는 것도 소리가 있는 것같이 느껴졌다. 그 모든 게 서로 어울려 숲이 된다. 시끄럽게 울어대는 직박구리 소리가 귀에 거슬린다고 없애버리면 그곳은 더 이상 산이 아니다.

우리나라는 세계에서 가장 빠르고 편한 인터넷 회선을 구축했다. 1990년대 이후 엄청난 속도로 컴퓨터와 스마트폰이 보급되었고 이제는 달리는 자동차 안에서도 끊어짐 없이 텔레비전을 볼 수 있을 정도가 되었다. 편리한 만큼 여러 부작용도 있는데 그중 하나가 글을 쓰는 문제다. 누구나 쉽게 인터넷에 글을 쓰고 공유할 수 있다는 게 때로는 많은 사람들의 심기를 불편하게 한다. 자기 생각을 자유롭게 말하고 또 그것에 대해서 이견을 제시하고, 어떤 사람은 그 글을 옮겨다가 다른 곳에 인용하는 일이 순식간에 일어나면서 사이버 세계 안에서 서로 티격태격 싸우는 경우도 생긴다. 요즘엔 상황이 더 심각해져서 인터넷상에서 싸우던 사람들이 서로 만나 주먹다짐을 하다가 목숨을 잃었다는 뉴스도 가끔 본다.

십 년 전쯤 헌책방에서 직원으로 일하고 있을 때도 그런 소식을 종종 들었다. 그런 끔찍한 일들이 왜 일어나는지 이해하고 싶었다. 사람들이 어울려 살다보면 서로 다른 생각을 가질 수도 있는 것인데 왜 그걸 억누르려고 하는지, 결국 그이를 죽여야만 하는지 모르겠다. 그러던 중 헌책방에 새로 들어온 책들 중에서『한국논쟁사』라는 흥미로운 제목을 발견하고는 일하는 틈틈이 읽었다. 당연한 얘기겠지만 인터넷이 없던 시절에도 사람들은 지금과 비슷하게 논쟁을 벌이고 있었다.

이 책은『사상계』잡지 편집장을 역임한 손세일 씨가 한국전쟁 이후부터 1970년대까지 있었던 지식인들 사이에서의 논쟁을 분야별로 엮어 펴낸 책으로 전부 다섯 권이다. 당시 헌책방에 들어왔던 책은 이 중 제2권으로 문학과 어학 관련 논쟁들이 들어 있다. 가장 유명한 것은 1954년 1월부터 8월까지 서울신문에 연재한 정비석의 소설『자유부인』에 대한 논란이다. 이 소설은 서울에 있는 모 대학의 국어과 교수 장태윤의 아내인 오선영 여사가 가정생활에 권태를 느껴 댄스홀에 출입한다는 내용인데 독자들의 열렬한 반응과는 달리 지식인 사회에서 큰 논란이 되었다.

그럴 만한 것이, 때는 한국전쟁이 끝나고 얼마 지나지 않은 시점이라 정부는 온 국민이 단합하여 다시 나라를 재건해야 한다는 분위기를 만들고 있었다. 그런데 이때 모범을 보여야 할 대학교수의 부인이 춤바람이 났다는 건 용납하기 힘든 상황이다. 장태윤 교수도 다른 젊은 여성에게 추파를 보내고 있는데 남성 중심으로 한참이나 기울어져 있던 당시의 지식인 사회에서는 부인의 춤바람이 더 큰 문제였다.

남편은 지식인이라고 불리는 계급의 대표자 격인 대학교수인데 아내가 내조에 힘쓰지 않고 춤을 추러 다닌다? 그리고 그것이 소설가가 말하는 여성의 자유다? 게다가 실제로 서울대학교 법대에는 공교롭게도 소설의 주인공과 이름이 같은 한태윤 씨가 일하고 있었다. 이에 서울대학교 법대 교수인 황산덕 씨가 대학신문에 정비석과 『자유부인』을 비판하는 글을 실었다. 황 교수의 글에 정비석은 조목조목 따지며 해명했고, 특히 책을 읽어보지도 않고 소문으로만 소설 내용을 듣고 비판하는 글을 쓴다는 것에 대해서 불만을 표시했다.

정비석의 반박에 황 교수는 서울신문에 더 강한 어조로 작가와 소설을 싸잡아 비판한 글을 기고했다. 정비석의 소설은 문학 작품으로도 가치가 없을뿐더러 사회에 끼치는 해악은 중공군 50만 명에 달한다는 말까지 쏟아냈다. 사태가 이렇게 되자 홍순화 변호사가 정비석을 옹호하는 글을 썼고 뒤이어 평론가 백철이 이 논쟁에 합류해 문학성과 통속성이라는 두 가지 관점으로 소설을 바라봐야 한다는 분석을 내놨다.

박경리의 소설 『시장과 전장』을 중심에 두고 펼친 작가와 백낙청의 논쟁도 이 책에 들어 있다. 최현배와 허웅, 이기문 씨가 참여한 「'말본'이냐 '문법'이냐」도 흥미진진하다. 이런 옛 논쟁들을 읽고 있자니 다른 책도 궁금해졌다. 책날개에 있는 정보를 보니 제1권은 역사, 철학, 종교를 엮었고 제3권은 정치와 법률, 경제를,

제4권은 사회와 교육문제, 마지막 제5권은 예술과 민속에 대한 논쟁들을 모았다.

특히 관심이 기울었던 것은 함석헌과 윤형중의 「할 말이 있다/할 말이 없다」 논쟁이다. 둘의 지상논쟁은 너무도 유명해서 종교 사상에 관심을 갖고 있지 않은 사람이라도 한 번쯤 들어봤을 이야기다. 한국 기독교에 대해 비판한 함석헌과 함석헌이라는 사람이 기독교를 비판할 자격이 있는가를 따지는 윤형중의 논쟁은 해방 후 우리나라에서 벌어진 논쟁의 '명대결(名對決)'로 일컬어진다. 그런데 나는 여태 이 논쟁의 전문을 한 번도 읽어본 일이 없다. 내용을 알고 있는 건 그저 어디선가 주워들은 덕이다. 『한국논쟁사』 제1권에 이 논쟁의 전체 내용이 편집자 손세일의 해설과 함께 실려 있다.

1970년대 젊은 세대에게 큰 인기를 모으고 있던 소설가 최인호와 사회학자 한완상 교수 등이 참여한 「청년문화론」은 제4권에 있다. 제5권은 예술과 민속 편이어서 더 흥미로운 주제가 많다. 「사진은 예술이 아닌가」, 「무궁화는 국화로서 좋으냐」 등은 제목만 보더라도 당장 읽어보고 싶은 욕구가 꿈틀거린다.

어떻게 해서든지 전체 다섯 권을 모아보고 싶다는 생각이 들었다. 헌책방에서 일하고 있기 때문에 그런 책이 들어오면 그때마다 모아둘 수 있겠지만 언제 책이 들어올지 알 수가 없기 때문에 퇴근하면 다른 헌책방을 돌면서 책을 찾았다. 1976년 초판으로만 구성된 다섯 권을 모두 갖추는 데는 일 년이 조금 넘게 걸렸다. 뿌듯한 마음에 책을 곁에 쌓아두고 본문에 나온 한자를 하나하나 찾아가며 다 읽었더니 그게 또 일 년 정도 흘렀다.

처음엔 논쟁들이 재미있어서 책에 빠져들었는데 읽다보니 지금 우리들 세대에 와서는 얼마나 달라졌는지 견주어보게 된다. 분명히 수십 년 전 논쟁을 모아놓은 책인데 그 내용이 지금 정치인들의 논쟁, TV 토론 프로그램에서 나오는 이야기와는 질적으로 너무도 차이가 난다. 요즘 토론이라고 하면 의례히 서로 치고받으며 자기주장만을 옳다고 말한다. 그런데 오래전 지식인들의 논쟁을 읽으면 어딘지 모르게 고급스러운 맛이 있다. 왜 그럴까 곰곰이 생각해봤는데 문제는 '속도'의 차이인 것 같다.

인터넷이라는 게 없었던 때 공식적인 입장을 내세워 논쟁을 하려면 신문이나 잡지에 자기 생각을 정리한 글을 써서 기고해야 했다. 그러면 그 글을 읽은 누군가가 똑같은 방법으로 반박하거나 옹호하는 입장을 표시했다. 하루, 이틀 정도라고는 하지만 당사자들은 서로 생각할 시간이 있다. 지금 인터넷상에서 논쟁을 하려면 거의 실시간으로 정신을 곤두세우지 않으면 안 된다. 마음속에 아무리 좋은 뜻을 품고 있더라도 생각을 곰삭히지 않고 글을 쏟아내면 결국 실속 없는 결과를 맞는다.

토론은 서로 싸워 어느 한쪽이 이기는 게 목적이 아니다. 다양한 의견들이 서로 소리를 내면서 아주 조금씩 세상을 알차게 만들어가야 한다. 숲에 있는 새들이 저마다 자기들 소리가 더 아름답다며 싸우지 않듯, 여러 잡음들이 자유롭게 섞여 있는 사회가 오히려 건강한 공동체다. 그러기 위해서는 지금보다 모든 게 조금 더 느려져야 한다. 공부, 일, 가정생활 등 모든 게 너무 빠르니까 생각할 여유가 없고 저마다의 생각을 서로 존중해줄 마음의 틈이 꽉 막혔다.

지금 내가 일하고 있는 헌책방은 무엇이든 천천히 하는 게 목표다. 느릿하게 일하고 돈도 좀 천천히 벌면 좋겠는데 가게 임대료 내는 날은 살벌할 정도로 빠르게 다가온다. 『한국논쟁사』 다섯 권은 여전히 헌책방에 한 질을 갖추고 있다. 잘 안 팔리는 책이지만 이삼 년마다 누군가 찾는 사람이 나타난다. 그럴 때는 책을 사가는 손님이 참 반갑다. 책이 팔리면 또 어딘가에서 같은 책 한 질을 기어코 찾아내 갖춰놓는다. 본문에 한문이 너무 많아서 읽기 힘들다고 하면 그저 천천히 사전 찾아가며 읽어보시라고 권한다. 일 년이든 이 년이든 다 읽고 나면 그렇게 느렸던 시간만큼 몸과 마음이 풍성해질 것이라고 말한다. 숲에서 자란 나무를 베어만든 책이니까 숲을 대하듯 천천히 읽다보면 그 안에서 스며드는 많은 소리들을 느낄 수 있다고 말한다.

호랑이의 모든 것을 알려주마

호랑이

『호랑이』
손도심 지음
서울신문사
1974년

세상의 동물 중에서 취미생활이라는 걸 가지고 있는 건 인간이 유일하다. 취미라는 것도 참으로 다양해서 내가 어렸을 때는 어떤 형들이 성냥갑이나 껌종이, 병뚜껑 모으는 걸 본 일도 있다. 물론 더 이상한 걸 모으는 사람도 있었다. 그걸 보면서 '저런 걸 어디다 쓰려고 모을까?' 하는 생각을 했다. 하긴 그러는 우리들도 딱지나 우표 따위를 모았다.

지나고 나서 불쑥 드는 한 가지 의문점은 무언가를 수집하려고 할 때 그 정보를 다들 어디에서 얻었는가 하는 것이다. 무엇이든 본격적으로 하려고 들면, 요즘 말로 '덕질'을 하기 위해서는 우선 정보가 필요한 법이다. 지금이야 무엇이든 알고 싶은 게 있으면 컴퓨터 켜고 자판 몇 번 두드리면 대부분의 궁금증은 풀리는 세상이다. 오히려 이게 더욱 사회문제가 되고 있는 실정이다. 인터넷이라는 게 발달하기 전까지는 똑똑한 사람을 보면 '박사'라든지 '걸어 다니는 백과사전' 같은 별명을 지어주곤 했다. 정보를 얻으려면 그런 사람들을 찾아가서 묻거나 혹은 그들이 알고 있는 또 다른 전문가를 소개받았다. 하지만 이제는 그 자리에 사람이 있지 않고 검색 엔진이 들어앉았다. 이런 데서 얻은 정보는 건조하다. 인간미가 느껴지지 않는, 말 그대로 데이터일 뿐이다.

인터넷이 없었을 땐 사람이 앎의 통로였다. 그러나 사람보다 더 크고, 깊고, 넓은 정보의 바다가 있었으니 바로 도서관이다. 도서관은 제아무리 뛰어난 이라고 하더라도 다 담을 수 없는 우연과 필연이 소용돌이치는 거대한 심해다. 호기심이 많은데다 지극히 내성적이기까지 했던 나는 알고 싶은 모든 것을 도서관에 가서 찾았다. 무릇 책 한 권에는 사람 수십 명에 해당하는 지식이 담겨 있다고 배웠다. 누가 그런 말을 했는지는 기억이 희미하다. 내가 중학생일 때 돌아가신 아버지였던가? 어쨌든 나는 여전히 그 말을 믿는다. 그러니 거기에 내가 찾는 게 없다면 그 누가 알 것인가? 거기는 천국이자 지옥이었다. 보르헤스의 말대로 천국이 있다면 바로 도서관의 모습을 하고 있을 것이다. 그러나 반대로 빠져나올 수 없는 무간지옥이 있다면 거기도 역시 도서관이다.

어쨌든 내 경우를 빗대어 생각해보더라도 책에 관련된 장소에 자주 다니는 사람은 보통 두 가지 특징이 있다. 그들은 호기심이 엄청나게 많고 내성적이다. 그런 사람들이 주로 도서관이나 책방에 모인다. 사르트르가 쓴 소설 『구토』를 보면, 주인공 로캉탱은 한적한 시골마을에 살면서 도서관과 카페를 오가는 게 일상의 거의 전부다. 그가 도서관에서 하는 일은 지금 우리가 웹서핑을 하는 이유나 별반 차이가 없다. 로캉탱은 오래전에 살았던 어떤 장군에 대한 책을 찾아보며 글을 쓰는 중이다. 당연하게도 참고할 수 있는 자료는 미래가 아닌 과거에 있다. 과거에 쓰인 책, 오로지 그밖에 또 어떤 것에 의지해야 한단 말인가!

다른 한편 그 도서관에는 좀 이상한 사람이 한 명 있다. 그 역시 무언가를 공부하는 중이다. 하지만 로캉탱처럼 뚜렷한 목적이 있는 건 아닌 것 같다. 자신을 '독학자'라고 말하는 그의 공부 방법은 놀랍게도 도서관에 있는 책을 제목의 알파벳 순서대로 읽어나가는 것이다. 그렇게 하면 언젠가 도서관에 있는 책을 다 읽을 수도 있을 것이다. 하지만 그 일을 완성하는 것은 로캉탱이 보기에 거의 불가능해 보인다. 그럼에도 불구하고 그는 읽는다. 오늘 어떤 책을 읽었으면 내일은 바로 그다음에 있는 책을 읽는다. 그리고 다음 날엔 또 그 옆의 책을……

헌책방은 두말할 것도 없다. 누군가에게 이곳은 책의 무덤일지 모르지만 또 다른 이에게 헌책방은 보물섬이다. 여기엔 별별 호기심꾼들이 다 모여든다. 로캉탱 같은 사람이 있는가 하면 책을 순서대로 읽어치우는 독학자 같은 사람도 많다. 그런 사람들은 자기가 알고 있는 것이 여전히 부족하다고 믿는다. 평생 동안 도서관이나 헌책방을 드나들며 부족한 부분을 채워나가더라도 완전해지는 건 불가능할지 모른다. 그런데 한편으로 이 불가능이라는 것이 또 무시할 수 없는 매력이다. 오히려 어느 순간 완벽한 모습을 달성할 수 있다면 지금까지의 노력이 허탈해질 것이다. 그러니까 역설적이게도 앎은 되도록 부족해야만 한다. 우리가 책 읽기를 통해 알 수 있는 단 한 가지가 있다면 그것은 바로 자신이 여태 모르고 살았다는 것을 알아차리는 것뿐이다.

그런 의미에서 내가 헌책방에서 일하고 있는 것은 하늘이 내려주신 축복이 아닐까 싶다. 책으로 둘러싸여 언제까지나 새로운 곳으로 항해해 나갈 수 있다는 건 숨길 수 없는 매력이다. 오래전 내 수중에 들어온 책 중에 손도심 씨가 쓴 『호랑이』라는 게 있다. 나는 이 책을 좋아한다. 어릴 때부터 호랑이에 관심이 있기도 했지만 이만큼 호랑이라는 것에 대해서 다양하게 입담을 풀어놓은 책도 흔하지 않기 때문이다. 그런데 실은 이 책을 아주 우연한 기회로 입수하게 되었다는 사실을 먼저 고백해야겠다. 여러 책을 만나다보면 이렇게 우연이 필연으로 발전하는 일을 종종 겪게 된다.

헌책방을 시작하고 얼마 안 되었을 때인데, 한 나이 지긋하신 분이 와서는 열화당에서 펴낸 『한국 호랑이』 책이 있느냐고 물었다. 그 책은 당시만 하더라도 출판사에서도 품절이 된 상태라 새 책을 파는 서점에서는 구할 수 없는 거였다. 얘기를 들어보니 이 신사분은 사업을 하다 오래전에 퇴직하고 난초 가꾸기와 분재를 취미로 삼고 있다고 한다. 그리고 틈틈이 우리나라 호랑이에 대한 자료를 수집하고 있는데, 얻을 수 있는 정보가 턱없이 부족해서 곤란을 겪고 있던 차에 열화당에서 나온 호랑이 책 소식을 듣고 헌책방에 발품을 팔아 구해보려고 한다는 것이다. 나 역시 손님에 비하면 어린 나이지만 호랑이에 관심이 있으니 한번 찾아보겠다고 하고는 몇 달이 지나가버렸다.

물론 그 책 찾는 일을 잊은 것은 아니다. 백방으로 찾아보았지만 어디에서도 나오지 않았다. 그러다가 우연히 동묘에 있는 한 헌책방에서 『호랑이』라는 책을 발견했다. 진한 갈색 책등에는 아무런 글자가 씌어 있지 않았기 때문에 그냥 지나칠 수도 있었겠지만 어쩐지 그날따라 책등에 제목이 없는 그 책을 한번 꺼내보고 싶었던 것이다. 아니나 다를까, 하드커버 앞면에 근엄한 금색 글씨로 '호랑이'라는 제목이 선명하게 들어왔다. 지금껏 한 번도 보지 못한 책이기에 몇 장 넘겨 차례만 대강 훑어보고 집으로 가져왔다.

본격적으로 책을 살펴보니 이 책이 참 물건이다. 열화당의 『한국 호랑이』는 품절되기 전에 가지고 있던 책이기 때문에 그 내용을 대강 알고 있었다. 열화당에서 펴내는 책이 본래 좀 비싸긴 한데, 그 책은 가격에 비하면 내용이 풍성하지 않아서 실망했다. 그런데 손도심 씨가 쓴 책 『호랑이』를 보니 열화당 책과 비교가 안 될 정도로 읽을거리가 많다.

책 크기는 130×185mm로 아담한데 6백 쪽이 넘는 방대한 원고를 전부 호랑이에게 할애했다. 호랑이 이름의 유래에서부터 민화 속에 등장하는 호랑이의 모습, 역사에 등장하는 호랑이, 설화에 나오는 호랑이, 그리고 속담과 난센스 퀴즈에 이르기까지 호랑이가 등장하는 것이라면 무엇이든지 찾아내 쓰고 엮었다.

뿐만 아니라 호랑이 가죽처럼 갈색에 검은 줄무늬를 새겨 넣은 하드커버 표지부터 친근하면서도 당찬 느낌이 드는 금박 제호까지 책 읽는 사람으로 하여금 어느 것 하나 '호랑이'를 빼놓고 생각할 수 없도록 만들었다. 이 책을 쓴 사람은 어지간히 호랑이를 좋아했던 모양이다. 나는 이 책을 전에 오셨던 손님에게 『한국 호랑이』 대신 드릴까 생각했지만 아무래도 책이 내 손을 벗어나면 또다시 구할 수 없을 것 같아서 그만두었다. 다행히 『한국 호랑이』는 그로부터 일 년 정도 더 지난 다음 찾게 되어서 손님께 전해드렸다.

『호랑이』를 쓴 사람 손도심 씨는 알고 보니 광복 후 대학시절 우익계열 청년조직에서 활동했고 이승만 정권 때는 자유당에 소속되어 국회의원을 한 정치인이었다. 서문에서 본인이 직접 밝혔듯이 그이의 얼굴은 호랑이처럼 생겼다. 성격도 불같아서 평소엔 진중하다가도 불의를 보면 참지 못하고 달려든다. 그래서일까, 한때 자유당에 몸담아 연속으로 두 번이나 국회의원을 했던 사람이 '사사오입 개헌' 사건을 겪으면서 정치에 환멸을 느껴 의원직을 자진 사퇴했다. 이후 1960년대에는 다시 국회로 돌아와 정치인들의 부정부패를 폭로하는 등 과연 호랑이다운 면모를 발휘했다. 1966년에는 자유당 국회의원으로 활동한 것을 국민께 사죄하는 뜻으로 허름한 옷에 모자 하나만 걸쳐 쓰고는 직접 전국을 돌며 성공회에서 협찬한 성경책 보급하는 일을 했다고 전한다.

그 뒤 1979년에 생을 달리할 때까지는 고미술과 골동품 수집에 열정을 쏟기도 했다. 『호랑이』는 바로 그런 관심과 노력의 산물이다. 인터넷도 없던 그 시절, 게다가 적지 않은 나이임에도 불구하고 이런 방대한 책을 쓸 수 있었던 힘은 어디서 나온 것인지 지금 다시 책장을 넘겨봐도 신기할 따름이다. 어떤 사람은 책을 보면서 이렇게 투덜거릴지도 모른다. "뭐, 이런 것까지 시시콜콜 다 조사해서 적어놨어? 한가한 사람이로구만!" 그러나 때는 1974년이다. 지금도 어느 검색 엔진이든 '호랑이'라는 글자를 쓰고 마우스 버튼을 클릭해보면 컴퓨터의 힘으로 찾아낼 수 있는 정보에는 분명히 한계가 있다는 사실을 알게 될 것이다. 장담하건대 최첨단의 컴퓨터 앞에 앉아서 키보드를 두들기는 것보다 손도심이 쓴 『호랑이』라는 책을 펼쳐보는 게 더 많은 정보를 얻을 수 있다.

그러나 이런 책을 펴내면서도 저자는 다음과 같이 말하며 독자에게 아쉬운 마음을 전한다. "이 책은 그동안 내가 표해두었던 문헌에서 또 내가 우리 방방곡곡을 찾아다니며 채집한 호랑이 관계의 얘기의 일부분을 책이 될 분량만치 우선 찍어내기로 한 것임을 밝혀두고 후일에 그 전체를 다시 세상에 낼 수 있기를 기약한다." 손도심 씨가 좀 더 오래 살았더라면 제대로 된 호랑이 책 한 권이 또 나올 수도 있었겠지만 이 책을 끝으로 몇 년 후 그이는 숨을 거두었고 이만한 책은 여태 다시 나오지 않고 있다.

『호랑이』. 보기엔 아담하지만 6백 쪽이 넘는 방대한 분량이다.

최고_{最古}의 고서점에서 흘러나온 비화

『통문관 책방비화』

이겸노 지음

민학회

1987년

신간 서적이 아닌 책을 부르는 말은 보통 세 가지다. 첫째, 헌책. '헐었다'라는 어감이 별로 좋은 건 아니지만 오랫동안 써온 말이다. 이런 책을 사고파는 가게를 '헌책방'이라고 부른다. 둘째, 중고 책. '헌책'보다는 어감이 좋지만 특색 없이 흔한 명칭이라는 단점도 있다. 출간된 지 그리 오래되지 않은 책을 정가보다 저렴하게 판매하는 것을 '중고 책'이라 부르고 중고 책을 다루는 가게는 '중고서점'이라 한다. 헌책방보다는 규모가 크고 매장이 현대적인 분위기이며 프랜차이즈로 운영되는 경우도 있다. 셋째, 고서(古書). 한자풀이 그대로 오래된 책이라는 뜻이다. 고서를 취급하는 가게를 '고서점' 혹은 '고서방'이라고 한다.

셋 모두 따지고 보면 중고 책을 다루고 있지만 그 이미지를 떠올렸을 때 가장 멋지게 느껴지는 건 단연 고서점이다. 당연히 아무 가게에나 고서점이라는 이름을 붙여주는 건 아니다. 중고 책 중에서도 아주 오래된 종류를 주력 상품으로 갖추고 있어야 고서점이라고 한다. 법이나 규정이 있어서 명확히 경계를 그을 수 있는 건 아니지만 보통은 오래된 책 중에서도 희소가치가 있는 책이 많아야 고서점이라는 소리를 들을 수 있다. 내가 십 년 전부터 운영해오고 있는 헌책방도 다들 헌책방이라고 부르지 고서점이라고 하지는 않는다. 몇 십 년 전에 출판한 책도 더러 판매하고 있지만 고서점이 되기 위해서는 그보다 더 오래전에 유통되거나, 혹은 문화재적인 가치가 있는 책들을 갖춰야 한다.

그러면 고서의 기준이 무엇인지가 또 궁금하다. 박대헌 선생은 『고서 이야기』(열화당, 2008년) 책을 "고서는 헌책이 아니다"라는 단호한 말로 시작한다. 선생은 1953년, 즉 한국전쟁이 끝난 시점을 기준으로 삼는다. 그 이전에 출판된 책은 '고서'이고 이후에 나온 책이라면 '헌책'이다. 전쟁을 거치면서 수많은 책들이 소실되었기 때문에 한국전쟁 이전에 나온 책들은 후에 펴낸 책들보다 희소가치가 높다. 그보다 시기를 더 끌어내려 일제강점기를 기준으로 보는 이들도 있다. 그런가 하면 시기가 아닌 글자로 나누기도 한다. 한글로 쓰인 책은 고서의 기준에 들어가지 않는다고 잘라 말하는 사람도 있다.

이렇듯 무슨 책을 고서라고 부를 것이냐는 명확한 기준이 있지 않고 책 전문가들이 어느 정도 가늠해놓은 경계를 따르고 있다. 1941년에 펴낸 서정주 시인의 첫 시집인 『화사집』은 고서일까? 한센병에 걸린 시인으로 유명한 한하운의 『보리피리』는 교과서에도 실려 있을 정도로 뛰어난 작품인데 만약 이 시집의 1955년 초판을 갖고 있다면 이걸 고서라고 부를 수 있을까? 최근 엄청난 가격으로 경매에서 낙찰된 윤동주 시인의 유고 시집인 『하늘과 바람과 별과 시』는 어떨까? 1925년에 출간된 김소월 시인의 『진달래꽃』은 흠이 많지 않은 초판본이라면 1억 원을 훌쩍 넘는 큰돈을 지불해야 손바닥만 한 책 한 권을 살 수 있다. 그런데 1948년에 펴낸 윤동주 시인의 유고시집은 김기림이나 이상, 백석의 시집보다는 뒤 세대에 속한다. 이들의 가치는 어떻게 따져야할까? 확실히 출간년도 등을 따져서 고서와 고서가 아닌 것을 구분하는 것은 무리가 있다. 오래된 책이어야 하는 건 맞지만 오래된 모든 책이 고서인 것은 아니다. 책 한 권이 귀한 가치를 부여받기 위해서는 책 내용을 넘어서는 어떤 비밀스런 이야기가 깃들어 있어야 한다.

우리나라에서 그런 이야기를 가장 많이 담고 있는 곳이 어디냐면 서울 인사동에 자리 잡은 고서점 '통문관(通文館)'이다. 통문관을 아는 사람이라면 누구라도 그곳을 '고서점'이라고 부르는 데 이견이 없을 것이다. 옛 책을 팔고 있는 곳은 많지만 통문관만큼 오래, 전문적으로 고서를 다루고 있는 곳은 드물다.

통문관 근처에 박대헌 선생이 운영하던 '호산방(壺山房)'도 있었지만 지난 2015년, 가게 문을 연 지 32년 만에 끝내 간판을 내렸다. 선생은 고서점 사업을 접은 대신 전라북도 완주에 '삼례문화예술촌'을 만들어 또 다른 길을 걷고 있다. 오래전부터 문학마을 만들기에 관심이 있다는 얘기를 들은 적이 있는데 드디어 꿈을 이루신 것일까? 1980년대 초에 고서점 사업을 시작한 호산방은 여러 혁신적인 방법을 처음 시도한 이력이 있다. 고서의 가격을 정찰제로 책마다 미리 매겨놓는다거나 취급하는 책들을 일일이 컴퓨터 문서로 정리해 때때로 목록을 발행한 것도 호산방이 처음이다. 그러나 이미 당시만 하더라도 서서히 고서점과 헌책방 사업은 내리막길로 들어서려는 단계에 있었다.

일본 호세 대학의 가와나리 요(川成洋) 교수가 편집한 책『세계의 고서점』제3권에는 한국 편이 따로 정리되어 있다. 오래전에 나온 책이라 1970년대 이전 서울의 고서점들에 대한 이야기를 살짝 엿볼 수 있다. "1940년에 결성된 경성고서적상조합 명부에 따르면, 당시 서울에는 대소 합쳐 100집 정도의 서점이 있었다고 한다. 인사동에서 남쪽으로 올라간 충무로와 명동이 그 중심으로⋯⋯." 오사카 시립대학의 노자키 미쓰히코 교수의 말에 따르면 충무로와 명동 일대에 고서점이 많았다고 하는데 지금 그런 가게는 전혀 찾아볼 수 없다. 같은 책에서 호세 대학의 이와야 미치오 교수는 호산방의 개업 초기에 박대헌 선생을 만났던 일을 기록해두었다. 1990년대 초반까지는 인사동 일대에 통문관과 호산방 외에 영창서점, 문고당, 승문관, 신문관, 문우서림, 호고당, 고문당 등이 있었으나 현재 끝까지 자리를 지키고 있는 것은 통문관뿐이다. 이처럼 고서점이란 어려운 길인 것이다.

통문관의 전신은 1934년부터 관훈동에서 시작한 '금항당'이다. 창업자 고 이겸노 선생은 해방 후 가게 이름을 '통문관'이라 고치고 1960년대 들어서는 지하철 안국역 건너 인사동 초입 지금의 자리에 건물을 새로 올려 오늘에 이르고 있다. 2006년 작고

하시기 전까지 70년 동안 고서점을 이끌어오셨다면 할 이야기도 많았을 텐데 직접 쓰신 책은 『문방사우(文房四友)』(대원사, 1989년)와 『통문관 책방비화』(민학회, 1987년) 둘뿐이다. 이 중 『문방사우』는 제목 그대로 종이, 붓, 벼루, 먹에 관한 이야기를 짧게 풀어 엮은 책이다. 『통문관 책방비화』는 고서점 통문관의 역사로부터 시작해서 고서를 수집할 때 겪었던 우여곡절 등 재미있는 이야기를 모은 책이다.

앞서 말이 나왔던 '경성고서적상조합'에 대한 이야기도 이 책에 자세히 나온다. 선생은 조합에 속해 있던 서점들 이름이며 소재지를 하나하나 밝히고 있다. 뿐만 아니라 일제강점기와 한국전쟁을 거치면서 서점들이 어떻게 생겨났고 또 어떻게 사라지게 되었는지도 소상히 기록해두었다. 말 그대로 '산증인'인 셈이다.

문고본 책으로 유명한 출판사 '삼중당'은 1945년 해방 이전에는 고서점이었다. 그러던 중 춘원 이광수와 육당 최남선의 책을 출판하면서 큰 이익을 남겼다. 해방 후에는 고서적 대신 신간서적 도매와 출판업에 더욱 힘을 기울여 우리에게 잘 알려진 삼중당 문고본 시리즈를 출판하기에 이른다. 그러고 보니 나쓰메 소세키의 책을 출판해 크게 성공을 거둔 일본의 이와나미 출판사와 비슷하다. 이와나미도 처음엔 진보초에서 고서점으로 가게를 시작했고 문고본 시리즈를 만들어낸 것으로 유명하다. 이와나미는 몇 해 전 창업 백주년을 맞았다. 여전히 진보초에 있는 이와나미

출판사의 현판은 개업 당시 나쓰메 소세키가 써준 것을 그대로 사용하고 있다.

　『통문관 책방비화』에서는 특히 이겸노 선생이 어떻게 통문관을 이끌어왔는지 소상하게 들려주는데 흥미롭게도 70년 고서점 운영의 대부분이 우연과 행운, 그리고 구사일생의 연속이었다. 이십대 중반의 청년이 1934년에 관훈동에서 처음으로 남이 하던 고서점을 넘겨받아 서점 경영을 시작했을 때만 하더라도 그곳 '금향당'은 고서점이 아니라 오래된 교과서나 허접한 책들을 파는, 거의 고물수집소에 가까운 모습이었다. 가게 이름도 서점을 넘겨받기 전에는 '금문당(金文堂)'이었는데 새로 시작은 해야겠고 큰돈 들여 간판을 다시 제작할 엄두도 나지 않아 중간에 있는 '문'자를 지우고 언젠가 교과서에서 봤던 '향'자로 고쳐 '금향당'으로 한 뒤 '통문관'으로 이름을 바꾸기 전까지 십여 년간이나 운영한 것이다.

　해방이 되자 일본 사람들이 떠나면서 두고 간 책과 귀중한 자료들이 마구잡이로 쏟아져 나와 통문관을 비롯한 많은 서점들이 활기를 띠었다. 하지만 이것도 잠시뿐, 한국전쟁이 발발하자 모든 게 다 원점으로 돌아갔다. 서울에 인민군이 들이닥치자 이겸노 선생은 통문관을 놔두고 부산으로 피신을 떠났는데 가져간 책은 80권 한 질인 『조선군서대계(朝鮮群書大系)』뿐이었다. 무일쑨 피난생활 중에 천운이 따랐는지 한 미국인이 이 책을 120만 환에 구입하였기에 다시 서울로 올라와 재기의 발판을 마련할 수 있었다.

이런 이야기를 비롯해서 '책방비화' 부분에는 갖가지 희귀본들을 수집했던 일화와 그 뒷이야기를 풀어놨다. 통문관을 통해 비로소 세상에 빛을 보게 된 귀중한 자료들은 한두 가지가 아니다. 해방 후 일본인이 본국으로 떠나며 가져가버린 것으로 알려져서 소재가 불분명하던 『월인석보』를 찾아낸 일, 『독립신문』을 발굴해 연세대학교에 기증한 일, 한국전쟁 중이던 그 난리 속에서 『월인천강지곡』을 끝내 찾아낸 일, 진본 『삼국유사』를 이희승 박사의 도움으로 입수하게 된 경위 등 문화재급 일화만 하더라도 전체 책 내용의 절반을 차지할 정도로 여러 가지다.

『통문관 책방비화』는 헌책방, 고서점에 관심을 갖고 있는 사람이라면 누구나 한 권쯤 소장하고픈 책이다. 우리나라 고서점의 전설이라고 할 만한 이겸노 선생이 생전에 쓴 유일한 당신의 이야기이기 때문이다. 헌책방을 운영하면서 다행히 나도 한 권 찾아내 소장하고 있다. 손님들이 간혹 이 책을 구해달라는 요청을 한다. 몇 권은 정말로 인사동 통문관에 들러 부탁해서 구한 적이 있는데 요즘에는 통문관에서도 『통문관 책방비화』를 입수할 수 없다. 이걸 아이러니라고 해야 할지 아니면 또 무엇으로 표현하면 좋을지 모르겠다. 통문관의 창업자가 쓴 고서점 통문관에 관한 역사책이라고 해도 과언이 아닌데 통문관에 그 책이 없다.

　마지막으로 찾았던 한 권은 몇 년 전 일인데 책방에 가끔 들르
는 일본 사람 오자키 다쓰지 선생님의 부탁이었던 것으로 기억
한다. 하드커버의 상태로 흠 없이 말끔한 책을 건네주었을 때 연
신 감사하다는 말을 하던 선생님 모습이 눈에 선하다. 이것이 인
연이 되어서 오자키 선생님과는 이런저런 책 정보를 공유하는
사이가 됐고, 특히 몇 해 전부터 내가 일본에 가서 여러 사람들을
만나 인터뷰하는 일을 기획하는 데 도움을 받기도 했다.

　이겸노 선생은 지난 2006년, 97세의 나이로 세상을 떠나셨다.
하늘나라에 쌓아놓은 수많은 고서들 사이에서 특유의 푸근한
표정으로 행복하게 지내고 계실 것 같다. 통문관은 지금 선생의

『통문관 책방비화』에 실린 저자의 사진.

손자가 운영하고 있는데 가끔 인사동에 나갈 때마다 지나면서 보면 어쩐 일인지 문이 닫혀 있는 때가 많다. 그 대신 많은 사람들이 'made in China' 스티커가 붙은 우리나라 민속기념품을 팔고 있는 가게 앞에 북적이고 있는 걸 보면 책 다루는 일을 하고 있는 한 사람으로서 마음 한구석이 쓸쓸해지는 건 어쩔 도리가 없다.

探書_{탐서}의 즐거움

© 윤성근, 2016

초판 1쇄 발행 2016년 5월 16일
초판 2쇄 발행 2016년 12월 5일

지은이	윤성근
펴낸이	김철식
사진	이유진
펴낸곳	모요사
출판등록	2009년 3월 11일(제410-2008-000077호)
주소	10209 경기도 고양시 일산서구 가좌3로 45 203동 1801호
전화	031 915 6777
팩스	031 915 6775
이메일	mojosa7@gmail.com

ISBN   978-89-97066-28-5 03810